倉橋 洋子
辻 祥子
城戸 光世 編

越境する女

——19世紀アメリカ女性作家たちの挑戦

開文社出版

まえがき

十九世紀初頭のアメリカでは、ニューイングランドの繊維工業から始まった工業化により、新興中産階級が登場するとともに、白人中産階級の女性の理想像である「家庭の天使」に象徴されるような、男女の領域の二分化が始まった。その一方で、当時のアメリカ社会は、奴隷制や男女の権利不平等、先住民の強制移住や貧富の差の拡大など、様々な社会問題を内包していた。これらの問題は、「すべての人間は平等であり、生命、自由、幸福を追求する権利を与えられている」と謳う独立宣言の精神によってアメリカが建国されたにもかかわらず、「すべての人間」に、女性や黒人、先住民等が入っていなかったという矛盾に端を発している。そしてそれは、アンテベラム期と呼ばれる南北戦争以前の十九世紀前葉から中葉にかけて、アメリカ国内で様々な社会改革運動が噴出する原因となった。

本書は、女性がものを書き、声を上げることに対して、様々な文化的・慣習的・制度的な抑圧がある中で、勇気を持って海を渡り、異なる環境に身をおいたり、異文化の思想に深く影響を受けたりすることで、既存の社会や文化の枠組みを乗り越え、あるいはそれらを改革することに果敢に挑戦した女性たちを取り上げている。彼女たちの精神的・物理的な越境は、より大きな世界へ身を置くことで、広い視野でアメリカを客観的に見る機会となった。先駆者としての彼女たちの挑戦こそ、人種や性差、階級、宗教的信条等に関係なく、すべての人の権利として自由平等が浸透するまでの長い道のりにおける、最初の一歩となったのである。

当時の女性の活躍を取り上げた先行研究は国内外で数多く発表されており、文学に限っても、女性作家を紹介したニナ・ベイム（Nina Baym）の『アメリカ女性作家と歴史書——一七九〇—一八六〇』（*American Woman*

Writers and the Work of History, 1790–1860（1995）から、多様な目的をもって海を渡った女性たちを論じるベス・リン・ルーク（Beth Lynne Lueck）他編の『大西洋を渡った女性たち――十九世紀アメリカ女性作家と英国』（*Transatlantic Women: Nineteenth-Century American Women Writers and Great Britain*）（2012）まで様々に存在する。その中でも本書は、「外国への渡航体験」や「異文化との交流」をキーワードに、海外での体験や新しい観念に触れて何らかの影響を受け、理不尽な制度や慣習に声を上げたアメリカ女性作家たちが、どのような挑戦や活躍をしたのか、あるいはそのような彼女たちの行動や著述が、当時の社会が内包する諸問題の解決にどのように影響を与えていったのかを明らかにする。

このような目的ゆえに、本書で扱う作家は、アメリカ文学研究の中ではあまり取り上げられてこられなかったような作家たちも含まれる。ほとんどがアメリカのニューイングランド出身かその地で活躍した女性たちであるが、読者は彼女たちが国内外で築いた幅広いネットワークや影響の大きさに驚かされるとともに、彼女たちの想像力の豊かさや柔軟な思想、あるいは大胆な行動に、当時のアメリカ社会に蔓延する制度的限界や矛盾を超えていこうとする力強いエネルギーを見て取ることができよう。

女性作家たちの渡航先や交流の場は、アメリカからヨーロッパ、中米、東洋、リベリアと広がることから、本書は第一部を「ヨーロッパ」、第二部を「中米・アフリカ・東洋」と区分している。また、十九世紀女性作家の伝記作家として著名なメーガン・マーシャル氏の好意により、その著書、『マーガレット・フラー――新しいアメリカ人の人生』（*Margaret Fuller: A New American Life*）（2013）のエピローグの日本語訳を最後に掲載している。なお、同時代の女性たちを扱うためにそれぞれの論文において言及されている歴史上の出来事や人物の説明が重複している場合がある。

本書の構成内容は以下のとおりである。第一部「ヨーロッパ」の「マーガレット・フラーとローマ共和国の夢」において、髙尾直知は『トリビューン』紙のヨーロッパ特派員に任命されたフラーの社会批評精神と超絶主義思想とが融合した革命思想の形成を論じ、そこにイタリア革命家マッツィーニの影響を読み解く。

大串尚代は「もうひとりの女性異端者――エライザ・バックミンスター・リーの『ナオミ』における異端とリベラル・イマジネーション」において、十九世紀前半のユニテリアン論争を視野にいれ、歴史小説の『ナオミ』は植民地時代のアンチノミアン論争やクエーカーの迫害を批判していると解釈する。

中村善雄は「沈黙のスペクタクルとトランスする人種、階級、ジェンダー――白い奴隷エレン・クラフト」において、実在の人物であるエレンと夫による南部から北部、さらにはイギリスへの逃亡劇が描かれた自伝『自由を求めた千マイルの逃走』を取り上げ、エレン・クラフトが反奴隷制運動において果たした役割を考察している。

辻祥子は「女奴隷とトランスアトランティック・アボリショニズム――ハリエット・ジェイコブズの『自伝』と手紙に見る戦略」において、逃亡奴隷の身分のまま英国に渡ったジェイコブズが、英米の奴隷解放運動のネットワークの助けを借りて出版した『自伝』と手紙に注目し、そこに奴隷救済を世に広くアピールする彼女の巧妙な戦略を読み取る。

本岡亜沙子は「無名戦士に愛と敬意を――L・M・オルコットの『病院のスケッチ』における原ヨーロッパ体験としての看護実践」において、ナイチンゲールとディックスの看護論を考察した後、オルコットの看護体験記『病院のスケッチ』をアメリカにおける原ヨーロッパ体験として読み解き、作家オルコットにおける看護体験の意義を論じている。

第二部「中米・アフリカ・東洋」では、城戸光世は「楽園の光と影――ソファイア・ピーボディの『キューバ日誌』を読む」において、ソファイアが一八三〇年代にキューバ滞在中に書いた手紙をまとめた「キューバ日誌」の特質を、ネイチャーライティング、風俗小説、奴隷制の目撃記録の面から論じ、作家ホーソーンの道徳的な妻という従来のソファイア像とは異なる人物像を示そうとしている。

倉橋洋子は「キューバにおける捕囚と抵抗――メアリー・ピーボディ・マンの『ファニータ』」において、家庭教師兼ソファイアの付添として一八三〇年代にキューバに滞在したメアリーの体験や、道徳的改革者・教育者としての信念等が、キューバの奴隷制に憤慨して書いた小説、『ファニータ』にいかに反映されているかを、同時代のキューバ文学やホーソーンの短編などと比較しつつ論じている。

大野美砂は「『アンクル・トムの小屋』とアメリカ・ヨーロッパ・ハイチ・リベリア」において、従来論じられてきたリベリアにハイチを加え、カリブ、アフリカを含めた「黒人たちの大西洋世界のコンテクストの中」で『アンクル・トムの小屋』を論じ、同書がアメリカ植民協会のリベリア移住政策の推奨により、「白人中心の帝国主義的なアメリカの秩序を補強」しているとする。

内堀奈保子は、「螺旋状の信仰――リディア・マライア・チャイルドの仏教との邂逅」において、アメリカにおける仏教受容、チャイルドの最晩年の宗教論『世界の希求』と彼女の書簡から、「同胞」という概念を中心に、チャイルドの仏教遭遇と受容への過程、さらには仏教受容に伴う彼女自身の思想の再形成を論じる。

メーガン・マーシャルの特別寄稿「猛烈な嵐のあとで――マーガレット・フラー没後伝」（生田和也訳）の原題は、"Eipilogue: 'After so dear a storm'" であるが、本書のために改題を依頼した結果、"'After so dear a storm': Margaret Fuller comes to rest" となり、その内容を反映して副題の訳は「マーガレット・フラー没後伝」とした。本寄稿は、副題の通り、フラーが夫のオッソーリや息子とともに乗船したエリザベス号が一八五〇年にファイア島沖で難破した直後、ベイヤード・テイラーやソロー等がファイア島に赴き、フラーに関する情報を収集し、遺品を回収した様子などが語られている。

これら本書に所収された様々な論文からは、アンテベラム期のアメリカにおいて、白人女性作家や元奴隷であった黒人女性たちが、どのように想像を絶する苦難を乗り越えて声を上げてきたかが窺える。今日に至るまでアメリカは、幾多の国を揺るがす難問に直面してきたが、その都度自由を希求し理想国家の建設を試みた「独立宣言」の精神に立ち返り、改革のための犠牲を払ってきた。高邁な理想のために闘ってきた十九世紀の女性たちの果敢な精神の息吹は、現在でも感じとることができる。二十一世紀の我々の使命は、彼女たちの功績を発掘し、正当に評価することであると痛感する。

付記

本書における人名のカタカナ表記に関して、できる限りの統一を試み、一般的な表記を使用するよう試みたが、Lydia Maria Child の Maria はマライアに統一した。マーシャル氏によれば、十九世紀後半に南欧東欧の移民が大勢アメリカに移民してくる以前は、発音はマライアが主であったことによる。

倉橋　洋子

目次

第二部　中米・アフリカ・東洋

第一部　ヨーロッパ

マーガレット・フラーとローマ共和国の夢

髙尾　直知

はじめに

サラ・マーガレット・フラー（Sarah Margaret Fuller, 1810–50）は、一八一〇年、ボストン近郊の町ケンブリッジポートで生まれた。父ティモシー・フラー（Timothy Fuller）は、革命直後一七七八年に生まれ、弁護士として世に出るが、合衆国下院議員に選出されるなど、政治的野心を強く持っていた。その政治思想は（みずからの父が王党派として聖職を追われたこともあってか）古典的な共和制に傾き、当時台頭しつつあったジャクソン民主党の勢いに圧倒されることになる（Capper 11）。長女の教育に対しても、ティモシーの共和制信仰は色濃く表れ、おさないころのマーガレット・フラーは、すでにラテン語――つまり古代共和制ローマの言語――を習得して、歴史書や伝記などをよく読みこなすまでになっていた（Capper 31）。このような教育が、のちのフラーのヨーロッパ（ことにイタリアとその首都ローマ）への関心を育んだ。しかし同時に、父の厳しい教育姿勢がみずからの健康をむしばむことになったと、後年恨みごとを述べてもいる（Higginson 23）。

フラーは長じてから、ラルフ・ウォルドー・エマソン（Ralph Waldo Emerson, 1803–82）をはじめとする超絶主義者たちと交友を深め、一八四〇年には、エマソンら知識人たちの企画した『ダイアル』（*Dial*）誌編集者に就任する（一八四二年まで）。そののち一八四四年には、西部旅行をまとめた『湖畔の夏、一八四三年』（*Summer on the Lakes, during 1843*）を出版する。この作品は、表向き五大湖を旅した経験をつづったものとなっているが、その内実は、白人に追いやられるインディアンの窮状を訴えながら、同時にそこに抑圧された女性の状況を描きこむ社会批判の書であった。さらに、一八四五年には、『ダイアル』誌に掲載した論説をもとに、女性の特質と権利を論じた『十九世紀の女性』（*Woman in the Nineteenth Century*）を出版。こういった文筆活動が、『ニューヨーク・デーリー・トリビューン』紙編集主幹のホレス・グリーリー（Horace Greeley, 1811–72）の目にとまり、一八四四年には、同紙の文芸部記者に就任している。『トリビューン』紙は、当時日刊紙一万部、週刊紙一万三千部と、ニューヨーク第三の発行部数を誇る大新聞（その名は紆余曲折を経ながら、こんにちの『インターナショナル・ヘラルド・トリビューン』に受けつがれている）（Mitchell 9）。その女性記者として、年収五百ドルという破格の好条件で迎えられた。

一八四六年、友人一家の家庭教師として、念願の渡欧が実現することになり、同時に『トリビューン』紙のヨーロッパ特派員に任じられる。同年八月、リヴァプールに着き、英国を巡り、トーマス・カーライル（Thomas Carlyle, 1795–1881）などの著名人と面会。つづいて、十一月パリに渡り、ここでも作家のジョルジュ・サンド（George Sand, 1804–76）やポーランド人革命運動家アダム・ミツキェヴィッチ（Adam Mickiewicz, 1798–1855）と出会い、当時の社会主義運動をつぶさに観察、そのようすを『トリビューン』紙に報告している。

そして一八四七年二月、イタリアに。ローマにはいると、四月には、のちに夫となるジョヴァンニ・アンジェロ・オッソーリ（Giovanni Angelo Ossoli, 1821–50）と出会う。このときフラー三十七歳。かたや二十六歳のオッソーリは、貧乏貴族出身。秋ごろ、ふたりは密かに関係を結び、十二月には、フラーは妊娠に気づいたようだ。翌年七月、臨月を前に知人たちから身を隠すために、ローマ近郊リエティに移住。おそらく、このころオッソーリと秘密裏に結婚式を挙げたと思われる。結婚について、フラーは近親や友人にも長く明かさず、そのことが、オッソーリとの関係に、さまざまの疑惑を招くこととなる。九月には長男アンジェロ（Angelo）を出産。十一月、こどもを村の乳母にあずけ単身ローマに戻った。ローマ革命が急を告げていたからだ。

一八四九年二月、ローマ共和国設立が宣言され、フラーの敬愛していたジュゼッペ・マッツィーニ（Giuseppe Mazzini, 1805–72）がその執政官のひとりとして任命された。しかし四月以降、ナポレオン三世が軍を送って、ローマを砲撃。その間もフラーは従軍看護師として野戦病院で働く。同時に、『トリビューン』紙に、砲撃のさなかのローマのようすを書きおくり、理想主義にあふれた共和国礼賛をつづけた。しかし、ガリバルディ（Giuseppe Garibaldi, 1807–82）らの抵抗もむなしく、六月、共和国は崩壊。教皇ピウス九世がローマに戻り、マッツィーニも、ガリバルディも、ふたたびイタリアから亡命。革命失敗後の混乱を避けるため、フラーは夫と子を連れていったんフィレンツェに身を移し、帰国の道を探りつつ金策に奔走。一八五〇年五月、家族とともにアメリカに向かってフィレンツェを出発した。経済的理由から、四年前のように蒸気船に乗ることはできず、輸送用の帆船に乗客として乗りこむ。しかしこれが災いして、六月、ニューヨーク沖で船が座礁、おり悪く襲った嵐に遭難、家族ともども水死した(1)。

本論においては、イタリアにおけるフラーの政治思想が、それまでの超絶主義的思想性と、報道記者としての社会問題意識とを融合した新境地に達しており、その革命思想には、ジュゼッペ・マッツィーニの影響が色濃く映じていることを明らかにする。

一　新聞記者フラーの急進化と感傷性

『トリビューン』紙の文芸部記者就任後、マーガレット・フラーが社会的問題に関心を移すようになったことは、すでに多くの研究者の指摘するところである。城戸光世が手際よく要約するとおり、ニューヨークにおいてフラーは「社会改革派のグリーリーの影響もあり（中略）アメリカの社会や政治批評への傾向を強めていく」（110）。キャサリン・C・ミッチェル（Catherine C. Mitchell）も、『トリビューン』時代の記事をまとめた編著のなかで「ニューヨークにおいて、フラーの思想は、抽象的な超絶主義哲学から（中略）政治活動家へと変化した」（53）としているし、ベル・ゲール・シェヴィニー（Bell Gale Chevigny）は、このような関心が女権問題に端を発し、そこからしだいに抑圧されたひとびと全般へと移っていったことを跡づけている（291）。

このようなニューヨーク時代のフラーの社会的関心は、ミッチェルが「ロマンチックな感傷性」と呼ぶものに裏打ちされている。たとえば、性犯罪（つまり売春）を犯して、刑期をつとめた元獄囚女性たちのために、保護施設を作ろうとする運動について報じるときの一節。「わたしたちはすべてのひとに訴える。（中略）女性たちよ、あなたたちは、まわりの社会の抑止力や、おのれ自身の力によって、最初の過ちを犯さないよう守られてきた。しかし、そのように守られてこなかったものたちのために、同情してあげて欲しい。このような過ちを、世間のひとびとは、女性の場合のみ取りかえしのつかないものと考えてしまうのだ」（Mitchell 94–95）。フラーはかくも貧しい女性たちの置かれた状況を、感傷的に描きだす。「「できれば」とわたしは貧しいリンゴ売りの女性にいった。あまりに悲惨な彼女の物語を聞いただけで、自分の人生までいやになってしまったところだった。「できれば、あなたが幸せになるのを見たいものだわ」」（73）。あるいは、フレデリック・ダグラス（Frederick Douglass, 1818–95）の『数奇なる奴隷の半生』（*The Narrative of the Life of Frederick Douglass*）（一八四五）を書評しながら、「ことばに尽きせぬほど心を動かすのは、ダグラスが昼日中の日ざしのなかで母を見たことがないというくだりだ」（137）。フラーにとって、新聞記者として語るためには、このような貧しく落ちぶれた女性、子を奴隷制に奪われなすすべもない母といった、感傷的モチーフを用いるしかなかったということであり、逆にその限界にも、フラーは気づいていたことだろう。

そうした関心を抱えながら、フラーは『トリビューン』紙特派員という肩書きを得て渡欧する。イギリスやフランスを初めて訪れたフラーが注目したのは、やはり貧しい女性たちの窮乏のありさまだった。第一報告にすでに「英国の家庭！　その麗しさはすでに昔話になりつつある。新しい霊が、その神聖なる力をもって「おのおのの城」と誇る家庭にふたたび安寧を取りもどすしかない。その守り手であるべき女性たちが、通りに出て物乞いするしかなく、この苦境のはざまで、家の鍵を落としてしまったからだ」（Fuller, *Dispatches* 47）と、家庭の崩壊を訴えているし、グラスゴーでも「わたしはひとびと、ことに女性たちが、着ないほうがましなような汚れたぼろを身にまとい、落ちつかず、なにも期待するものがないかのように悲惨な表情を浮かべて歩くのを見た。その姿は、ダンテの『地獄編』の門に書かれた碑文［「我を過ぐれば憂ひの都あり、我を過ぐれば永遠（とこしへ）の苦患（なやみ）あり、我を過ぐれば滅亡（ほろび）の民あり／……汝等こゝに入るもの一切の望みを棄てよ」（ダンテ 25）］よりもはるかに悲惨なものだった」（79）と、貧者の生活に目を向ける。

　パリを発ったあとには、「わたしは、英国でもフランスでも、困窮した階級の女性たちに関して、さまざまの事実を集めた。（中略）わたしは、そういった女性たちの状況について、おとこたちがどう考えているか見てきたし、また、より恵まれ、守られた環境にあるおんなたちが、誰しも無情なことを見てきた。その原因は、事実を知らないというほかは考えられない。もし、それらのうちのいくらかでも公にすることによって、ひとびとの無知を取りのぞくことができるのであれば、さらにおおくの調査をおこなったのちに、より正当な判断が下せるようになったおり、発表したいと思っている」（*Dispatches* 124）と述べて、関心の中心がどこにあるのかを知らせている。フランスを発つ直前、リヨンにおいても、貧しい機織り女たちの生活実態について「仕事がうまくいかなければ、身売りするしかない。かれらには、機を織るか、売春か、食べていくにはふたつの道しか残されてない」というある紳士の説明を取りあげている（128）。貧者の女たちについて、つねに感傷小説的な視線で訴えるのは、ニューヨーク時代の新聞記者としての報道姿勢をいまだに引きずっていることの証左だろう。

　フラー自身は、このような自分の姿勢について、《社会主義》ということばを使って表現している。「わたしは、ヨーロッパに来るまえは、《社会主義》と呼ばれるものを信じていた。それが、この時代の傾向やひとびとの求めに応じて、不可避的に訪れるものだと思っていたのだ。しかし、政治や教育の形態、さらには日常生活におけるこれらの大変革が、これほどの早さで訪れるとは思っていなかった。やがて起きるであろうと予測してはいたが——なぜなら、そうならねばならぬからだ」(*Dispatches* 320)。フラーはこの報告を、一八四九年ローマ脱出後のフィレンツェで書いているのだが、もちろんこのことばには、前年にマルクス＝エンゲルスが『共産党宣言』(*Das Kommunistische Manifest*)のなかで批判したような「真正社会主義」「空想社会主義」といった意味あいもおおいに含まれていただろう。いまだマルクス経済理論はかたちをなさず、ただ革命運動の熱に(マルクス自身もふくめ)ヨーロッパじゅうが浮かされ、社会改革のための議論百出、混沌の時代なのだ。フラー自身は、ブルックファームでの経験もあって造詣の深かったフーリエ主義について、ヨーロッパでも「かなりの進捗を遂げている」と評し、「かれの見識は広汎で高貴」だと評価している。このあたりに、フラーの考える《社会主義》の実体を見いだすことは可能だろう。ただし、フラー個人の見解をいえば、「フーリエの精神は、おおくの点で、わたしには好ましいものとは思われない」し、「肉体を魂のまとう外見とするのではなく、魂が肉体の健康の結果であるとする過ち」を犯していると批判するのだが(119–20)。

しかし、もう一度さきほどのフラーの《社会主義》に関する省察のことばを見返してみるとき、渡欧前後のフラーの思想の質的な変化を感じることができる。渡欧以前、いや、イタリア革命を経験する前までのフラーは、これまで見てきたとおり、社会悪の存在に対して、ひとびとの関心が高まってきており、それを報道すること——さらには感傷的言辞によってその改善を人心に訴えること——によって、社会正義がいつか不可避的に訪れることを期待していた。そこにあるのは、後千年王国説(ポストミレニアリズム)的な漸進的社会改良の思想であり、当時のアメリカにおいて、おおくの社会運動家たちが漠然と共有していた感覚であったにちがいない。しかし、ローマ革命を目の当たりにしたフラーが感じているのは、そのような漠然としたツァイトガイストではなく、より明確な歴史認識であった。「なぜなら、そうならねばならぬから」と付言するフラーは、単に時流の急展開に驚く傍観者的姿勢ではなく、その急展開の裏にある歴史現実を見すえて、その激動に身を捧げることで、歴史的偶発性から足を踏みだそうとする革新的思想をみずからの根源に見いだしている。ここにわたしたちは、単に思索的空想的な社会改良運動・共同体運動ではなく、また逆に、単に感傷的露悪的なジャーナリズムでもない、おそらく当時のアメリカ人がだれひとりとして持ちえなかったような真の革命思想を見ることができる。

特派員報告の編者たちがいみじくも指摘するとおり、「ヨーロッパにおいて、フラーは共和主義と社会主義とを、なんらかのかたちで実践的に結びつけることができると信じるようになった。これはアメリカにおいてはできなかったことだ。さらに、彼女が長年抱きつづけてきたロマン主義化した宗教的メシア思想が、まもなく目撃することとなる激動のなかにおいて発揮される、社会主義的＝共和主義的理念を解釈し理解するための論理的枠組みとなるのである」(*Dispatches* 17)。この「共和主義」を民主革命の理念、「社会主義」を弱者救済の社会正義と置きかえてみれば、この指摘がフラーの思想の、イタリア革命後の質的変化をいいあてていることは明らかだ。フラーの語るイタリア大変革の急激な実現とは、彼女自身の思想的変化を映しだす物差しでもある。イタリア到着以降、フラーの特派員報告が、それまでの感傷的な社会悪描写を乗りこえて、社会の激動に寄りそい、その真髄を見きわめるような冷徹な批判性を持つようになることも、これを傍証するものといえるだろう。

そのような革命思想が、フラーにおいて、単に社会情勢の観察のみによって生じてきたとは考えにくい。フラーはそれまでも、エマソンやグリーリーといった人物との交友を通じて、その思想性を発展させていった。そのようなフラーのヨーロッパにおける思想的巨人が、ジュゼッペ・マッツィーニだったのである。

二　ジュゼッペ・マッツィーニと革命思想

マッツィーニは、一八〇五年医者の息子としてジェノヴァに生まれた。一八二九年には急進派カルボナリ党員となるが、民衆蜂起に加担したとして国を追われ、一八三一年仏マルセーユに亡命。その地で青年イタリア党を結成する。[2] しかし、一八三三年にはトリノでの軍事クーデターに加担したとされ死刑判決を受け、フランスを追われることとなり、スイスに居を移した。しかしここでも、ガリバルディが参加したサヴォアでの革命を計画するなど、さまざまの反体制運動を支援計画したため、ついに一八三六年、オーストリア宰相メッテルニヒの圧力に負けたスイス政府が、マッツィーニを追放。英国への移住を余儀なくされた。

なんどかの民主化運動失敗を通じて、マッツィーニは階級間格差に目を開かれていった。英国において、ジョン・スチュアート・ミル（John Stuart Mill, 1806–73）やカーライルなどの知己を得て、文筆活動で身を立てるかたわら、イタリア人労働者向けの新聞『アポストラート・ポポラーレ』を発刊（一八四〇年）、さらに詐欺的契約によりイギリスに連れてこられたイタリア人のこどもたちを対象にした無料の学校を開校した（一八四一年）。この学校には、フラーも訪れて、こどもたちと交流している。さらに、この学校で学ぶイタリア人少年少女たちについて、「ユダヤの漁師や貧民のなかから、のちに全人民を膨らませるパン種となった（と現代のヨーロッパ人の考える）ひとびとが選ばれたように、これらの貧しい少年たちもまた、自国の民にたいする伝道師として、オルペウス神秘主義の詩人などよりも、現代においてはよっぽど効果的な人材となるかもしれない」（Fuller, *Dispatches* 99）と評した。暗にマッツィーニの社会活動が、（有名なブロンソン・オルコット（Bronson Alcott, 1799–1888）の「オルペウスの箴言」が掲載されていた）『ダイアル』誌の思想偏重よりも有意義であるとして、アメリカ的超絶主義を揶揄しているわけだ。同時に、この部分に、特派員報告編者たちの指摘するマッツィーニのキリスト化（*Dispatches* 33）のはしりを見ることもできるだろう（貧しい漁師から弟子を選びだし、「パン種」

としたのはキリストにほかならないのだから[3]。

マッツィーニ自身も自伝において――ちなみに、この自伝の「序文」はウィリアム・ロイド・ギャリソン（William Lloyd Garrison）が書いている――フラーの訪問を回想して、「ある夕食時に訪れたフラーは、一時間もしないうちに、わたしたちにとっての姉妹のような存在になった。純粋で高貴な性質は、あらゆる寛容な思いに応答して、豊かな愛情の交流を理解し、感得してくれた。この愛情は、われらの目的の神聖さを知る宗教的感性のゆえに、わたしたちのあいだに生まれたものだったのだ」と述懐していた（Mazzini 224）。ここで、「神聖さ（ホリネス）」という語をマッツィーニが用いているのも、興味深い。なんとなれば、フラー自身が、キャロライン・スタージス（Caroline Sturgis）に宛てた手紙のなかで、マッツィーニについて、「かれは、神聖さによって清められながら、しかしその人物はまったく卑小なものになっていないといったたぐいのひとだ」（Fuller, *Letters* 4: 240）と述べているからだ。

このことばの呼応が示すのも、先に引用した特派員報告編者のことば――「彼女が長年抱きつづけてきたロマン主義化した宗教的メシア思想」――にあるような宗教的思想性の共感といったものだろう。なんといっても、『十九世紀の女性』においては、理想の結婚のタイプが「宗教的な結婚」とよばれ、「共通の神殿にむかう巡礼の旅」といいあらわされていて、神聖であることはフラーにとり最高の価値観を表すことばであった。それゆえ、この「神聖さ」を女性的な美質のひとつとして数え、愛と美とともにそれを並べていたのである（Fuller, *Woman* 48, 22）。そもそも『十九世紀の女性』においてフラーが（あまりにも多種多様な文献を引用しながら）訴えたことを端的にまとめれば、それは、「ひとの成長は男性的側面と女性的側面の両面でなされる」（*Woman* 99）ということだった。この両面のバランスの取れた成長、それがフラーにとって、男女の地位の平等化に通じる重要な社会改革の鍵だった。フラーは、イタリア人無料学校のうちに、マッツィーニの運動の奥に横たわる階級問題意識と人道主義的精神を察知し、そこに彼女の考える女性的な特質（「神聖さ（ホリネス）」）のあらわれを見ていたのだ。そしてそのような特質を革命的な思想と融合し実践したマッツィーニのうちに、男性的要素と女性的要素がみごとにバランスを取りつつ存在する理想的な人間性を見てとって、その部分で大いに共感していたのである。前述のスタージスへの手紙において、マッツィーニについて「出会ったなかでも、とびぬけてもっとも麗しい（ビューチャス）人物は、ジョーゼフ・マッツィーニ」（*Letters* 4: 240）とするのも、そのようなフラーのマッツィーニ理解を表していると考えられる。

　マッツィーニは結局一八四八年までイギリスに亡命し、ローマ共和国の樹立に際してついにイタリアに凱旋、その三頭政治（トリウンヴィラート）の一角を担う。共和国崩壊後は、ふたたび亡命生活にはいって、一八五三年にはオーストリアの支配下にあったミラノで武装蜂起を企てるが、これも失敗。これ以後、イタリア統一運動の第一線は、カブールとガリバルディがになうこととなる。マッツィーニ自身は、ヴィットリオ・エマニュエレ二世を王とするカブール主導のイタリア統一に対して、批判的な姿勢をとりつづけた。(4)

　マッツィーニの革命思想を要約すれば、それはかれがかかげる合いことば「神と人民（ディオ・エ・ポポロ）」に尽きる。シモン・L・スラム（Simon Levis Sullam）はこれを十九世紀的な「政治的宗教」であると分析している。つまり、フランス革命以降、「伝統的宗教、伝統的神性から、国家への新たな信仰、国家を偶像化する行為へと、神聖なるものの移行がおこなわれた」なかで、マッツィーニもまた、（教会ではなく）民主的国家の建設のうちに、人類の超越的な使命を見たというのである（110）。マッツィーニは、独立国家について「これは、人民の使命であり、この地上において果たすべき責務である。それによって、神の御心が世界のうちに実現するのである」（qtd. in Sullam 112）と語って、このような理解を示していた。ただし、マッツィーニに特徴的なのは、単に国家がそれまでの神性にとってかわるのではなく、先の合いことばにあるように、超越的な神性はいまだに存続しているというところだ。そう考えることで、イタリア民主革命が、フランス革命の陥ったようなテロリズムに堕すことなく、むしろ人民の果たすべき責務を教え、その欲求を律しつつ、国家建設のためにつとめることを求めるものとなると考えていたのである。マッツィーニにとって、イタリアにおける民主化運動は、下から（つまり人民主導）のものであると同時に、上から（つまり超越的な責務）のものでもある。ただ、誤解してはならないのは、この「神」といわれる超越的存在は、キリスト教のものではないということだ。かれ自身は、キリスト教信者でないことを確言していた（Hearder 186）。つまり、マッツィーニの《神》とは人格的理性的な超越存在ではありながら、聖書に啓示された歴史的な神ではなかった。このあたりも、超絶主義思考を思想的根源とするフラーにとって受けいれやすいところだったのだろう。

「神と人民」というマッツィーニの革命理論の二面性は、青年イタリア党の綱領にさらに明確に読みとることができる。第三節において、マッツィーニは「青年イタリア党員は、共和主義者であり統一主義者である」と語り、さらにはその意図するところを敷衍していた。共和主義者であるということについては、「理論的に、すべての国家は、神と人類の法に従って、自由で平等な兄弟同士の共同体を生みだすべく運命づけられており、共和制のみが、このような未来を約束する政治形態だからである」と説明する（Mazzini 64）。そしてつづいて「統一主義」という点については、「統一なくして、真の国家はありえない。統一なくして、ほんとうの力はありえない。イタリアのまわりは、自国の権利を守ることに汲々としながら強力に統制された国家に囲まれており、なによりもまず力が必要だからだ。連邦主義は、スイスのように政治的無力へとイタリアを引きずりおろしてしまい、必ずや隣国のひとつの影響下に、イタリアを置くことを余儀なくさせる」（67）という。つまり、青年イタリア党の綱領が示しているのは、民主革命による「下からの」（共和政体を目指す）運動が、同時に超国家的な「上からの」力による統一（つまり、イタリアの統一国家化）を生みだすという神人共同の思想である。マッツィーニは、人民の教化教導によって革命運動を下から、つまり大衆主体に草の根的に企てれば、それによって現実的には不可能と思われたイタリア統一国家を誕生させることになると信じていた。しかも、この統一国家は、封建領主の連合による連邦国家ではなく、民主的な共和国家としてのイタリアとなるという強烈な信念なのである。[5] このようなかれの思想は、「若きヨーロッパ」というかたちで拡大し、現在のヨーロッパ共同体思想の先駆ともなるが、まさに「神と人民」というスローガンの理論的発展を跡づけるものといっていいだろう。

さきに特派員報告編者の評言として、イタリアにおいて「共和主義と社会主義」との実践的結合を思いえがくようになったという点で、フラーが当時のアメリカ人のなかでも、抜きんでて革新的な思想を持ちえていたという指摘を取りあげた。そのお手本が、ジュゼッペ・マッツィーニの政治思想とその実践的運動――青年イタリア党の結成やイタリア人無料学校の設立――のうちにあったことは明らかである。共和主義を目指す大衆革命運動が、神の摂理に合致して、人民主体の統一政体を生みだすという信仰は、共和主義が同時に階級格差を解消し、貧富の差、男女の別を撤廃する社会の到来に通じるというフラーの信念を生みだすことになる。ぎゃくにいえば、フラーにとって生涯最大の懸案であった性差の抜本的廃絶のためには、共和主義的な国家建設、そのための民主革命が不可欠になるのである。突如夜中に訪ねてきたマッツィーニを迎えて、「いままでとは違った最近の苦難を通じて、かれはこれまで以上に神のように見えた」(*Letters 5: 201*) と友人に書いて送るフラーは、まさにこのような消息を教える黙示的預言者として、マッツィーニを見ているのである。

三　ローマ共和国の夢

イタリア入りしたフラーの特派員報告が、下層階級の人民に対して、それまでのような感傷的視点ではなく、むしろそれらへの埋没を示すようになるのは、それゆえに当然のことといえる。たとえば次のような報告は、その最たるものだろう。「サルタレロの踊りがわたしを魅了する。そこに真のイタリアワイン、イタリアの陽光を見る。ある晩、コロセウムの近くで、偶然その踊りを初めて目にして、わたしは夢中になった。仲間たちがわたしのように浮かれることなく、夜露に震え風邪をひきそうになっているのをさしおいて、ただひとり、強情にもその場にとどまっていた」(*Dispatches* 176)。一八四七年十二月十七日付のこの報告が、オッソーリとの再会と関係の深まりに浮きたつ内心を如実に反映していることは、報告編者らの指摘するとおりである。カラフルな衣装をまとって踊っているのは、ローマのトラステヴェレ地区に住む貧民たちで、フラーはかれらのオクトーバーフェストを目撃した興奮を、友人やエマソンに書きおくっている(*Letters* 4: 306, 309)。オッソーリとの関係が、このような下層階級の人民との埋没と呼応していることは注目に値する。

さらに、一八四八年に入り、フラーは妊娠のためにローマ近郊の村に身を避ける。そこで無聊をかこちながら、イタリアでの見聞を書き留めはじめた。これが、のちにイタリア革命史の原稿として人々に知られ期待されたものだ。フラー遭難ののちに、エマソンはソローを遭難現場近くの村に送って、遺品の回収とともに、とりわけこの原稿の捜索を命じていた。この原稿についてフラーは「どんなにがんばっても、この本の完成にはすくなくとも三か月かかる。この本が、ますます心をとらえるようになっている(It grows upon me)」(*Letters* 5: 73)と語っている。革命史が、ローマの人民たちの活動として描かれていただろうことは、特派員報告の随所で明らかなのだから——「[アメリカ人民も]いずれ国家にとっての真の貴族階級、唯一ほんとうに高貴なひとびとを、敬い、守ることを知るだろう。つまり、《労働階級》のひとびとを」(*Dispatches* 211)——フラーの心をとらえるようになる革命史が、フラーの人民との同化・埋没を契機としていることは、容易に想像がつく。ただし、ここで「三か月」といわれていること、さらに「わたしの心をとらえる(grows upon me)」といわれていることは、意味深長である。なんとなれば、このときフラーは妊娠六か月を過ぎており、胎児の成長(growth)を確実に意識していたはずだし、およそ三か月後の九月五日に、オッソーリとのあいだの子アンジェロを出産するからである。つまり、フラーにとっては、イタリアの民主革命の記録とみずからの妊娠とは密接に結びついていたのであり、息子の誕生は、イタリア人民が民主的統一国家を生みだすことと、そのようにして階級差や性差のない社会が生みだされること、さらにはフラー自身がその過程に挺身し参加することをあらわすできごとだったのである。

やはり妊娠潜伏中に、フラーはまわりの村人について、エマソンに宛てた私信のなかで次のように評している。「このひとびとの無知には驚かされる。このひとたちにとって、わたしは神からの使者か、ひとびとを教える女神ケレスのような存在で、外国の風習について驚くような話をしてくれるし、自分たちの聖人にまつわる伝説も教えてくれると思っている。このような人々を愛し、ともに住むことはやさしい。村人のパンやブドウでわたしは満ちたりている。しかし、豊かな土壌からそれらを収穫する手段が、わたしにはない」(*Letters* 5: 86)。このような人民の描写は、のちにみずからの結婚と妊娠出産を告白したフラーが、夫オッソーリについて語ることばに引きつがれていく。「偉大な思想についても無知、書物についても無知、おのれの責務に関しては、純粋な感性と汚れを知らぬ性質によってのみ啓発され、それでいて、その本性の契るところをいささかも失することはない」(5: 248)。オッソーリとの関係にどのような感情的感覚的要素が絡んでいたとしても、そのようなプライヴェートな側面とはまったく離れて、いや、それをむしろ利用するようにして、フラーはオッソーリとの繋がりを、下層人民全般との繋がりの具体的な現れと見ていた。つまり、マッツィーニの語る共和制と統一国家の同時的誕生に比肩するような、共和政体と人民主導の社会主義的国家の同時的誕生の象徴的できごととして、自身の出産を見ていたのである。

一八四八年十二月の特派員報告において、フラーはその夏の擾乱を総括して次のように語る。「この偉大なドラマについて、書くべきことは多いが、別の場所へゆずりたい。もっと十分に、アメリカではほとんど知られていない役者たちの肖像をきちんと書きこむことのできるところへ。素材は十分すぎるほどある。わたし自身、おおくの共感に満ちた苦悩とともに、その一角をしめる権利を得たのだ。しかし、イタリアの血と涙の流されるなかで、新たに栄光に満ちた誕生を目撃するというのは、喜ばしいことだ」(*Dispatches* 237)。フラー自身の「共感に満ちた苦悩」とは、妊娠出産にまつわる不安と痛みを想起させるし、目撃した「誕生」には、自身の息子のものも含まれるだろう。そのような経験を通じて、彼女自身が、ローマ革命の歴史の一部として、それを代表する権利を得たとフラーはいう。さらには、彼女が語る「次なる革命」のありさまは決定的である。「《新しい時代》は、もはや胚胎にはとどまらない。それはすでに生まれた。すでに歩き始めている。ことし巨大な第一歩が目撃され、その容姿にも見まごうところはない」(321)。ここにいたって、はっきりと、《新しい時代》が生まれた息子と比定されている。この報告は一八五〇年一月付。このときすでに息子のアンジェロは一歳四か月。歩き、話し、目鼻立ちもはっきりとしてきたわが子の姿に、新たな社会のありさまを見るとき、フラーはみずからの行為と、ローマ革命の歴史とのとり結ぶ新たな男女のありさまを見ているのである。

気鋭の研究者デーヴィッド・グレヴェン（David Greven）は、『湖畔の夏』で語られる「マリアナ」の逸話を精神分析学的に分析し、それが女性の同性愛的欲望と自己愛とを物語のかたちで語るトロープとして利用されていることを指摘していた。そのうえで、「マリアナとその「奇妙で生き生きした」生きざまに代表されるような特異な女性性の形態と、集合的で表面上は伝統的な女性アイデンティティとのあいだの断絶」をフラーが描こうとしていたのだと述べる（51）。マリアナの逸話がフラーの自伝的叙述か、すくなくとも（グレヴェンがいうような）自らの性的欲求を映しこんだ物語であることは確かなのだから、フラーがその女性的欲求をみずからの著述に描きこむことを敢えておこなったという解釈には説得力がある。もしそうであるとすれば、ローマ革命の渦中にあって、その一部となったという自覚を持ったフラーが、自分の著作におのれの非因襲的なアイデンティティを描きこもうとしたのみならず、むしろさらに一歩進んで、みずからの女性としての身体までも使って、独自の革命的アイデンティティを生みだそうとしていたとしても不思議ではない。のちにオッソーリの性格について、フラーと親しかったジョーゼフ・モジア（Joseph Mozier）から詳しく聞いて、結局「ローマ革命の歴史」などという原稿はなかったのだと記すナサニエル・ホーソーン（Nathaniel Hawthorne, 1804–64）は、もちろんそこまで見通すことはできなかったかもしれない（Hawthorne 156）。しかし、フラーにとっては、無知なる人民の代表ともいうべきイタリア人オッソーリと関係を結び、その子をなしたという私的なできごとと、イタリア革命を見つめ、そのために挺身し、その英雄マッツィーニの活躍を報じて、さらには新しい次なる真の革命の訪れを予言するという公的できごととは、切っても切れない紐帯で結ばれていたのである。その意味で、フラー自身の身体とその経験が「ローマ革命の歴史」そのものであったといえるだろう。「ローマ革命の歴史」という原稿はなかったかもしれない。しかし、それが深く刻みこまれた新しい女性アイデンティティは、フラーのうちに成立していた。彼女のたどり着いたアイデンティティのうちに、共和主義と社会主義というふたつのイデオロギーの合致が結実しているのである。

おわりに――マグダラという姿勢

さきに引用した手紙のなかで、ある夜突然フラーを訪れるマッツィーニの姿は、突如夜盗のように訪れるとされるキリストのイメージ（第一テサロニケ五・二など）が重ねられている。同じ日に書かれた別の手紙では、「マッツィーニの殉教の二十年間は、ついに棕櫚の葉の歓迎を受け、初めてローマ市民として、ローマに足を踏みいれた」（*Letters* 5: 202）とされ、マッツィーニとキリストとの繋がりを確かなものにしている。[6] これに対してフラーは、マグダラというありかたをおのれのものとする。「わたしは心からマッツィーニを愛している。かれもわたしを愛してくれている。（中略）かれのやさしく輝く瞳は、わたしの魂のなかにメランコリーな音楽を奏でる。その音楽はわたしの現在の生活を清めて、わたしはマグダラのように、大切なときが来たら聖なる油をかれの頭に注ぐだろう」（5: 210）。ジェフリー・スティール（Jeffrey Steele）は、「服喪（モーニング）」のイメージが、フラーにとって悲しむ女性同士の連帯を生みだす鍵になると論じているが、マグダラのイメージは、そのような女性同士の連帯を踏みこえて、むしろキリスト的存在に対しおのれの心身を油として注ぎだす女性のありかたを表しているといっていい。このときメランコリーは、悲哀の経験による女性の結びつきが、英雄的男性への敬意と挺身という意味を持つことを表している。さらに、「現在の生活を清め」るとは、結婚、妊娠、出産を含めたフラーの状況を示していると考えていいだろう。一見して婚外交渉と後ろ指差されるような行為も、マッツィーニの革命理論——下層人民の蜂起による民主革命が統一国家を生みだす——への挺身によって清められる。つまり、ここでもフラーにとってオッソーリとの関係は、マッツィーニの理想の実現のために用いられるべき女性的経験であったのだ。

さらにそのことは、もうすこし前の母親への手紙にも見てとることができる。「わたしの立場をややこしくしているほかの状況について、書くことはできません」といって、母にも明かすことのできないオッソーリとの関係をほのめかしたあとで、フラーは次のように記している。「若いころは、おおいなることをおこなう人物になることを夢見ましたが、いまではマグダラのように、「彼女はおおく愛した」といわれることに、おのれの訴えを置くことで満足しています」(5: 145)。ここでも明らかに、フラーはおのれとオッソーリとの関係を念頭に置きながら、おのれを、姦淫の女というイメージを帯びたマグダラのマリアに重ねている。そうすることで、オッソーリとの関係を持ちながら、マッツィーニの理想に挺身するという自己を創造しているのである。それの両面が結びつくということ——つまり、無知蒙昧なる人民の代表たるオッソーリとの肉体関係を持ち、そのことによってイタリア統一共和国を夢見るマッツィーニと精神的な関係を保とうとすること——に、フラーが理想の男性像とするマッツィーニに対して、理想の女性アイデンティティを生みだそうとしていることが見てとれるだろう。

マグダラは、姦淫の女でありつつ、おそらくその卑しい働きをもって手に入れた高価な油をキリストの頭に注いだ。さらには、キリストの処刑にも立ち会い、そしてその復活の最初の証人となり、弟子たちにその第一報を知らせる働きをになう。そのような姿勢をフラーが求めたということは、マッツィーニの凱旋と失墜を、しっかりと(妊娠出産というかたちで)その身に刻みつけ、おのれの心身をもって、「ローマ革命の歴史」を刻みつけようとしたということなのだ。そうなることで、マッツィーニの求めた《新しい時代》の最初の証人となり、さらにはそれを次なるひとびとへと語りついでいこうとすること。これこそが、共和主義と社会主義をひとつに結びつけ、そのような時代の招来にために働こうとしたフラーの姿勢だったのである。

注

（1）フラーの略歴・渡航経験については、最新の Megan Marshall の伝記のほか、Charles Capper や Joan von Mehren による近年の伝記、Thomas Higginson による十九世紀当時の伝記、および Robert N. Hudpeth 編集の書簡集の序文、Reynolds と Smith 編集の特派員報告集序文、Mary Kelley の序文・年表などを参考にした。

（2）「青年イタリア党（ラ・ジョヴィーネ・イタリア）」を直訳すれば、「若きイタリア」で、マッツィーニはそのごも、（その実質的活動はどうあれ）「若きヨーロッパ」など同様のネーミングで、さまざまの政治結社を生みだす。その余波は大西洋を越えて、かたや一八四〇年代ニューヨークを中心とした「若きアメリカ（ヤング・アメリカ）」を生みだし、かたや南アメリカに亡命したガリバルディを中心とした在外イタリア人によるモンテヴィデオ（ウルグアイ）解放運動に通じることになる。

（3）この「パン種」のイメージは、特派員報告の結末でももう一度よみがえる。そこでは「イタリアはすべて同じパン種がしこまれ、同じ目的に向かって発酵しつつある」（Fuller, *Dispatches* 322）とされ、フラーの語るパン種が、革命的要素を孕んでいることが明らかにされている。

（4）マッツィーニの略歴については、Denis Mack Smith による評伝、Bayly と Biagini による論集、および Harry Hearder によるイタリア統一史によった。

（5）フラーがこのようなマッツィーニの革命観を十分に理解していただろうことは、マッツィーニが教皇ピウス九世に宛てた手紙を、『トリビューン』紙への特派員報告に翻訳引用していることからもうかがえる。そこでマッツィーニは次のように教皇に訴えていた。「イタリアの統一は神のわざです。（中略）わたしが、この手紙をあなたにさし上げるのは、（中略）イタリアの復興が、権利の旗印のもとにではなく、責務の旗印という宗教的観念に後押しされておこなわれることで、ほかのすべての国々の革命を追い抜き、ヨーロッパの進歩の最前列に、すぐさま躍り出ることができるからです。神と人民という、致命的なまでに分けて考えられることのあまりに多いふたつのことばを、美しく神聖（ホーリー）なる調和のうちに直ちに結びつけ、国々の運命を導くようにすることが、あなたにはおできになるからです」(Fuller, *Dispatches* 198)。

（6）Timothy M. Roberts は、ハーパーズフェリー襲撃を企てるジョン・ブラウン（John Brown, 1800–59）が、ガリバルディの指揮下で闘った経験を持つヒュー・フォーブズを通じて、マッツィーニの革命思想にも親しんでいたのではないかと推測している（317）。その理解の度合いはどうあれ、そもそもガリバルディの影響下にある傭兵フォーブズをアドヴァイザーとしたことに、イタリア革命の理論への親和性を見ることは可能だろう。そうすると、そのジョン・ブラウンをキリストと比定したエマソンやソローの発言は、じつは、マッツィーニをキリスト化したフラーの発想を焼き直すものであったことになる。もちろん、ブラウンのうちに、マッツィーニにあるような革命理論があったとは思われないし、そもそもエマソンやソローがマッツィーニを理解していたという証拠もないが、すくなくともフラーの活動がそのような影響を与えた可能性があることは、彼女の評価に資するものだろう。

引用文献

Bayly, C. A., and Eugenio F. Biagini, eds. *Giuseppe Mazzini and the Globalisation of Democratic Nationalism 1830–1920*. Oxford: Oxford UP, 2008.

Capper, Charles. *Margaret Fuller: An American Romantic Life*. Vol. 1. *The Private Years*. New York: Oxford UP, 1994.

Chevigny, Bell Gale. *The Woman and the Myth: Margaret Fuller's Life and Writings*. Revised and Expanded Ed. Boston: Northeastern UP, 1994.

Fuller, Margaret. *The Letters of Margaret Fuller*. 6 vols. Ed. Robert N. Hudspeth. Ithaca: Cornell UP, 1983–94.

——. *"These Sad but Glorious Days": Dispatches from Europe, 1846–1850*. Ed. Larry J. Reynolds and Susan Belasco Smith. New Haven: Yale UP, 1991.

——. *Woman in the Nineteenth Century*. Ed. Larry J. Reynolds. New York: Norton, 1998.

Greven, David. "New Girls and Bandit Brides: Female Narcissism and Lesbian Desire in Margaret Fuller's *Summer on the Lakes*." *Legacy* 29.1 (2012): 37–61.

Hawthorne, Nathaniel. *The French and Italian Notebooks*. Vol. 14 of *The Centenary Edition of the Works of Nathaniel Hawthorne*. Ed. Thomas Woodson. Columbus: Ohio State UP, 1980.

Hearder, Harry. *Italy in the Age of the Risorgimento: 1790–1870*. New York: Longman, 1983.
Higginson, Thomas Wentworth. *Margaret Fuller Ossoli*. Boston: Houghton, 1884.
Kelley, Mary, ed. *The Portable Margaret Fuller*. New York: Penguin, 1994.
Marshall, Megan. *Margaret Fuller: A New American Life*. Boston: Houghton, 2013.
Mazzini, Giuseppe. *Joseph Mazzini, His Life, Writings, and Political Principles*. New York: Hurd and Houghton, 1872.
Mitchell, Catherine C., ed. *Margaret Fuller's New York Journalism: A Biographical Essay and Key Writings*. Knoxville: U of Tennessee P, 1995.
Roberts, Timothy M. "The Relevance of Giuseppe Mazzini's Ideas of Insurgency to the American Slavery Crisis of the 1850s." Bayly and Biagini 311–22.
Smith, Denis Mack. *Mazzini*. New Haven: Yale UP, 1994.
Steele, Jeffrey. *Transfiguring America: Myth, Ideology, and Mourning in Margaret Fuller's Writing*. Columbia: U of Missouri P, 2001.
Sullam, Simon Levis. "The Moses of Italian Unity: Mazzini and Nationalism as Political Religion." Bayly and Biagini 107–24.
von Mehren, Joan. *Minerva and the Muse: A Life of Margaret Fuller*. Amherst: U of Massachusetts P, 1994.
ダンテ・アリギエリ『神曲』上巻、山川丙三郎訳、岩波文庫、一九五二年。
城戸光世「共和国幻想——マーガレット・フラーのヨーロッパ報告」『環大西洋の想像力——越境するアメリカン・ルネサンス文学』竹内勝徳・高橋勤編、彩流社、二〇一三年、一〇七—二六。

もうひとりの女性異端者

――エライザ・バックミンスター・リーの『ナオミ』における異端とリベラル・イマジネーション

大串　尚代

序

一七九九年に『ニューイングランド史の概要』(*A Summary History of New England*)を出版した女性歴史家ハナ・アダムズ(Hannah Adams, 1755–1831)は、本書出版のわずか十数年前に彼女自身が目撃したアメリカ合衆国の独立に対して、次のような評価を与えている。「独立宣言は、ニューイングランド諸州の共和主義的傾向や感性に完全に適合していた」(349)。アダムズは、イギリスからの移住を実現させることで、信教や良心の自由を守る権利があると示したのはマサチューセッツの人々だと主張し(32)、ピューリタンによる移住と、その後の独立を言祝いでいる。本書から立ち現れるのは、アメリカの独立の裏に透けて見える宗主国イギリスの不寛容な姿である。

ハナ・アダムズは、マサチューセッツ植民地に生まれ、生涯において海外に赴くことはなかった。彼女は『ニューイングランド史の概要』では、宗主国イギリスと対置させることでアメリカが――ニューイングランドが――勝ち取った「自由」を主張する。しかしながら、アダムズは同時にニューイングランドの内部においても自由と不寛容の対立があったことを明記することで、ピューリタンたちがそのために逃れてきたはずの宗教的不寛容が、移住先で繰り返されていた事実を指摘する。アダムズは特にロジャー・ウィリアムズ（**Roger Williams, 1603–83**）のマサチューセッツ湾植民地からの追放と、ウィリアムズが現在のロードアイランド州プロヴィデンスを設立した経緯を詳細に紹介している（54–57, 112–13）[1]。かくしてアダムズは独立宣言にふさわしい「共和主義的傾向や感性」をもつ「ニューイングランド諸州」の代表として、異端者の町であったプロヴィデンスを前景化していると読み取ることができる。

ここで興味深いのは、イギリスの宗教的不寛容性とアメリカの自由を対置させようとすると、アメリカ内部の宗教的不寛容性を指摘せざるを得ない、植民地の歴史が露呈されてしまう点である。アメリカはつねに内部の中に他者を含み、その他者からアメリカ的言説を生み出していたとするならば、植民地時代における宗教上の異端論争は、（元）宗主国イギリスとアメリカを常に相対化する視線となって現れる。この植民地時代は、その後のアメリカ的想像力の中でどのように再現されたのだろうか。

十九世紀前半は国家としての独立を果たしてまもないアメリカが、国民文学を確立しようとした時期であるが、同時に女性作家らが植民地時代のピューリタンの家父長的な側面を批判的に描いた時期でもある。こうした歴史小説でしばしば見られるのが、植民地時代における最も有名な異端論争のひとつであるアンチノミアン論争と、アン・ハチンソン（**Anne Hutchinson, 1591–1643**）の追放である。本論では、十九世紀初頭におこったユニテリアン論争を視野にいれながら、ハチンソン的女性像が描かれた歴史小説である、エライザ・バックミンスター・リー（**Eliza Buckminster Lee, 1792–1864**）による一八四八年の作品『ナオミ、二百年前のボストン』（***Naomi, or Boston Two Hundred Years Ago***）を取り上げる。その上で、ハチンソン再評価を通して、十九世紀において女性が形成した信仰の文学史に本作品を位置づけることを試みたい。

一　十九世紀にみるハチンソン再評価

ナサニエル・ホーソーン（Nathaniel Hawthorne, 1804–64）は、アンチノミアン論争の中心人物の一人であったアン・ハチンソンをモデルとしたヘスター・プリンを『緋文字』（*The Scarlet Letter*, 1850）のヒロインとして据える二十年前に、すでにハチンソンについての短いスケッチ「ハチンソン夫人」（"Mrs. Hutchinson," 1830）を執筆している。その中で彼は、イギリスからジョン・コトン（John Cotton, 1585–1652）牧師を追ってマサチューセッツ湾植民地に移住してきたハチンソン夫人は人並みはずれた才能を持つ女性であり、その豊かな想像力が宗教改革者としての彼女を特徴づけたと評価している（219）。しかし同時に、公共的空間において注目される女性や女性作家について「自然が定めた確固たる区別を恣意的な区分と見誤るまやかしの寛大さや、厚意が（批判に磨きをかけることがあっても緩めることがあってはならぬのだが）尽力して、よちよち歩きをしている幼い我々の文学に、女々しい弱々しさを付け加えてしまった」（218）と述べ、男性と女性の文学領域への線引きを確認することを怠っていない。

ホーソーンがこのスケッチを発表したのは一八三〇年だが、同時代には他にもハチンソンを取り上げ、再評価した作品が出始めている。たとえば一八二六年に、ハナ・ウェブスター・フォスター（Hanna Webster Foster, 1758–1840）の娘であるハリエット・ヴォーン・チェニィ（Harriet Vaughn Cheney, 1796–1889）が、アンチノミアン論争がはじまった年のプリマスを舞台にした小説『一六三六年、ピルグリムたちを覗いて』（*A Peep at the Pilgrims in Sixteen Hundred Thirty Six*, 1826）を出版している。本作品は、英国国教会信徒の父と非国教徒（dissenter）の母を持つ少尉がプリマス植民地に渡来し、国教徒の立場から観察しながら植民地の生活を送る物語だが、そこではマサチューセッツ湾植民地の為政者たちがハチンソンに下した判決が次のように述べられている。

「それでその人たちはハチンソン夫人になにをするつもりなんでしょうね」とペレグリン・ホワイトが尋ねた。

「なにをするつもりかだって！　自分たちがイギリスから逃げてきた原因そのものを彼女に課すつもりさ。あのマサチューセッツの人たちは、自らがその手の及ぶところから逃避してきて以来、「追放」をいたくお好みになっているようだ。それで自分たちの教会でその効き目を試したり、目をつけた人を誰でも懲らしめたりしようとするのだよ」（38）

チェニィの作品では、海を渡って宗主国イギリスから来た「部外者」によって、植民地内の宗教的不寛容さが強調されることになる。(2)

同様のモチーフは、リディア・マライア・チャイルド（Lydia Maria Child, 1802–80）のデビュー作となった『ホボモク』（*Hobomok*）にも見て取ることができる。ハチンソンの名前こそ登場していないものの、厳格なピューリタンの父を持ち、英国国教会派である恋人との仲を反対されたヒロインが、共同体の内部から荒野に出て行く物語は、ピューリタンの父権的な側面を批判するとともに、追放というかたちではないが、共同体の外へ出るヒロイン、メアリ・コナント（Mary Conant）を生み出した。(3)本作品でも信仰の自由を求めて海を渡ったピューリタンたちと対置するかたちで宗主国イギリスの存在が描かれており、ピューリタンに不寛容であった英国国教会大主教ウィリアム・ロード（William Laud, 1573–1645）に対する皮肉や、植民地における反イギリス的な姿勢が見てとれる。だがその植民地の人々の頑なさは、イギリスでの生活を懐かしむメアリの描写を通じて、植民地への移住の原因となった宗教的不寛容さを、まさにピューリタンたち自身がはからずも踏襲している様を映し出す。

十九世紀に入り、アメリカの植民地時代を自己批判するかのような小説が登場したことについて、デイヴィッド・レノルズ（David S. Reynolds）は、著書『フィクションのなかの信仰』（*Faith in Fiction*）において、この時期の女性作家による作品群を反カルヴィニズム・リベラル・フィクションとして論じている。本書では十九世紀前半にみられる宗教的なリベラリズムの勃興と、ハチンソン再評価の時期がほぼ一致することが示される（109–10）。さらにレノルズは『アメリカン・ルネサンスの地層』（*Beneath the American Renaissance*）において、南北戦争前の大衆小説で描かれる女性像には大別して、「道徳規範」と「働く女性」というふたつの女性像が描かれていることを指摘する（339）。レノルズは前者の「道徳規範」の中でも、勇気があり困難に立ち向かう女性の登場人物を冒険心のあるフェミニスト（adventure feminist）と分類し、その背景としてプロテスタント主義と民主主義が結びついた時代にあって、より独立心があり道徳意識の高い人物造形がほどこされるようになったと論じている（341）。

こうしたリベラリズムの台頭およびハチンソン再評価の背後にはどのような歴史的経緯があったのか。ここでまず十九世紀初頭におこった宗教論争を概観したい。

二　ユニテリアン論争とリベラリズム

ハーヴァード大学神学部のホリス教授職をめぐる人事が発端となり、カルヴィニズムをまもる正統派と、ユニテリアンを中心とするリベラル派の間で、ユニテリアン論争と呼ばれる議論が起こったのは、一八〇五年のことである。現在もホリス教授（Hollis Chair of Divinity）として継承されているこの地位は、一七二一年にイギリス商人トマス・ホリス（Thomas Hollis, 1659–1731）の寄付により創設された教授職であり、創設当時より代々カルヴィニズムの会衆派に属する教授がその地位を占めてきた。しかし一八〇三年に当時のホリス教授であったデイヴィッド・タッパン（David Tappan, 1752–1803）が亡くなり、その後任をめぐって正統派とリベラル派（ユニテリアン）の間で意見が割れてしまったため、後任がなかなか決まらないという事態に陥ってしまう。その間に

『コロンビアン・センティネル』（*Columbia Centinel*）紙に匿名の投書がなされ、進まぬ後任人事がスキャンダル化していくが、最終的には一八〇四年に評議員会（the Board of Overseers）によって、ユニテリアン派のヘンリー・ウェア（Henry Ware, 1764–1845）が教授に選出されることで決着した。

この決定に対して不服を持ったのが、正統派に所属する牧師であり、地理学者でもあったジェディディア・モース（Jedidiah Morse, 1761–1826）である。彼は一八〇五年二月にウェアがホリス教授に就任した直後の三月に、ウェアの神学的な立場と、選出をめぐるプロセスを糾弾するパンフレット「ハーヴァード大学神学部ホリス教授職選に反対する真の理由」（"The True Reasons on Which the Election of a Hollis Professor of Divinity in Harvard College was Opposed," 1805）を出版するに至った。ここでモースは、ウェアの神学部教授としての資質について厳しく糾弾している（23）。この抗議文をもって、ニューイングランドに以後約三十年の間続くユニテリアン論争が始まった。さらにモースはハーヴァード大学神学部に対抗するかたちで、一八〇八年にアン・ドーヴァーに神学校を設立、そのオープニングの説教にイエール大学学長であるティモシー・ドワイト（Timothy Dwight, 1752–1817）を迎えている。コンラッド・ライト（Conrad Wright）は、モースが論壇で活発に発言した一八〇五年から一八一五年までをユニテリアン論争の第一段階と分類しており（*American Unitarianism* 3）、この後も十九世紀半ばまで継続される正統派とリベラル派とのせめぎ合いが、アンチ・カルヴィニズム文学の背景としてあったと考えられる。

当時のニューイングランドを支配する、ふたつの宗教的立場を明らかにする論争の火種は、十八世紀末からくすぶっていた。聖書を歴史書とみなし、理性をもって聖書を理解し、三位一体を否定するユニテリアニズムは、啓蒙主義時代において――特に神の恩寵を受けた人々の手で自由（Liberty）をつかみ取った独立革命後のアメリカにおいて――キリストが超自然的な存在ではなく、非常に優れた人間であることを強調した（Wright, *A Stream of Light* 19）。キリストに人権を与えたともいえるユニテリアニズムは、アメリカ独立理念と共振していたのである。

ユニテリアニズムといえば、三位一体の否定と理性に基づいた聖書解釈を表明したウィリアム・エラリー・チャンング（William Ellery Channing, 1780–1842）による一八一九年発表の「ユニテリアン的キリスト教」（"Unitarian Christianity"）が広く知られているが、ニューイングランドでもうひとり求心的な存在であったのがジョゼフ・スティーヴンス・バックミンスター（Joseph Stevens Buckminster, 1784–1812）である。チャニングとも交流があったと思われるバックミンスターは、十三歳でハーヴァード大学に入学し、大学卒業後十六歳でエクセター・アカデミーの教師職を経て、その後ボストンのブラトル・ストリート教会の牧師となった人物だ。(4) コンラッド・ライトはバックミンスターの主張を以下のように要約している。

聖書とは、一世紀パレスチナに住む人々が創り上げたものであり、その時代の世界観を共有し、書かれた時代や場所に影響を受けている。聖書は真実を語り、信ずべき言葉を含んでいるが、しかしすべての正典がひとしく信じるに足るわけではない！ つまり、聖書は神の言葉ではなく、われわれに言葉がもたらされるための乗り物なのである。（*Wright, A Stream of Light* 15）

ライトが指摘するとおり、バックミンスターは、聖書を人が作り出した歴史的文書としてとらえ、執筆された時代や書き手に影響されていることを意識していた。したがって彼は、聖書は神の言葉そのものではなく、その言葉を読者に伝える乗り物であるという立場を取っていた。

若くしてこの世を去った牧師バックミンスターを兄に持ったのが、エライザ・バックミンスター・リーであった。アンチ・カルヴィニズム思想が強まってきた十九世紀前半に、植民地時代のピューリタン社会において自らの信念を貫いたハチンソンを再評価するリベラル・フィクションの執筆をリーが思いついたのは、当然の流れともいえる。しかしここでリーの作品の考察に入る前に、もうひとつ別の角度から十九世紀前半のアン・ハチンソン評価の背景を再考したい。

三　神との直接交流

二〇〇四年に、ハチンソンの末裔に当たるジャーナリストであり文学研究家のイヴ・ラプラント（Eve LaPlante）による、アン・ハチンソンの伝記が出版された。伝記『アメリカのイゼベル』（*American Jezebel*）は、十七世紀前半にアンチノミアン論争を起こした自らの祖先の一人であるアン・ハチンソンと、彼女を糾弾する男性たちとの間で交わされたやりとりを丹念に再現することを試みている。アンチノミアン論争の概要ついては、本書を執筆するにあたってラプラントもその底本としていた、デイヴィッド・ホール（David Hall）の『アンチノミアン論争』（*The Antinomian Controversy, A Document History*）を参照しつつ、この論争の中でハチンソンの主張のどの点がことのほか問題視されたのかを、ここで今一度確認したい。

ラプラントは、ハチンソンが問題視をされた理由を、以下の三点に集約している。第一に義弟である牧師ジョン・ウィールライト（John Wheelwright, c.1592–1679）がマサチューセッツ湾植民地を追放される際に、その嘆願書に署名した人々をハチンソンが支援していたということ、第二に女性にふさわしいとはいえない形式で、自宅での集会を持っていたこと、第三として義忍と聖化の解釈をめぐり、牧師への誹謗と思われる発言があったことである（113）。第三点目については、彼女を導いてきた牧師ジョン・コットン（John Cotton, 1585–1652）がその事実を認めず、それ以上の追求はなされなかった。したがってハチンソンの行動をめぐる問題については、上記のうち最初の二点が争点となった。ラプラントは、もし問題がこの二点のみであれば、ハチンソンへの懲罰は植民地からの追放ではなく、叱責で済んだかもしれなかったと指摘している。では、なぜハチンソンは追放という重い判決を下されたのか。それはハチンソンがここで、ラプラントの言葉を借りれば「彼女を裁く男性たちに教え諭そうとした」(113) からにほかならない。ハチンソンは次のように裁判官たちに発言している。

ハチンソン夫人：もしお許しをいただけるのなら、私が真理だと考えることの根拠をお話しします。イングランド教会の誤ったあり方を見て不安になった私は分離派になりました。そして私は厳粛な祈りの日を持ち、するとこの聖句が私におりてきたのです——イエス・キリストが肉体を持って来ることを否定する者は反キリストである——と。(中略) 主は私が聖書を開けないことをご存じでした。そのため預言という方法で聖書を私に開いてくださったのです。その後、物事に不満を持っていると、「ヘブライ人への手紙」から次の言葉を主は喜んで示してくださいました。遺言を否定する者は遺言者を否定すると。これによって私は開かれ、新しい契約を説いていないものは反キリストの精神を持つことがわかり、これによって主は私に対して牧師たちを明らかにしてくださったのです。(中略) この時以来、私はより正確に見分けられるようになり、聖書で語られている、最愛の神の声と律法者モーゼの声とを洗礼者ヨハネの声と反キリストの声とを見分けられるように主はしてくださったのです。(Hall 336–37)

「もしお許しをいただけるなら、私が真理だと考えることの根拠をお話しします」と始まるハチンソンの発言は、神によって自分は正しい牧師と間違った牧師を見分けることができるようになったと続く。さらにこの発言の後には、その声がなぜ聖霊のものであると判別できるか問われたハチンソンは、神の直接の啓示によって、神自身の聖霊が語りかけてきたと断言してしまう。この発言は、最終的に大きな問題へと——神学を学んだ牧師以外の者に神が直接啓示を下されるということがありえるのかという問題へと——発展することになった。その結果として、ハチンソンおよびその家族と支援者のマサチューセッツ湾植民地からの追放が決定されたのである。

このとき、アン・ハチンソンを支持し、ハチンソン一家とともに植民地を後にしたのがメアリ・ダイアー

（Mary Dyer, 1611–60）である。ダイアー一家は植民地を離れた後の一六五〇年にイギリスへと渡り、当時ジョージ・フォックス（George Fox, 1624–91）が創設したクエーカー教（Society of Friends）に参加し、一六五五年にロードアイランドにこの信仰を持ち帰っている。メアリ・ダイアーはその後ボストンに帰還するが、クエーカー教徒であることを理由にマサチューセッツ湾植民地からの退去命令を受けてしまう。にもかかわらず、再びボストンに戻ってきたダイアーは、一六六〇年に絞首刑に処せられている。アン・ハチンソンとメアリ・ダイアーという二人の女性、そしてアンチノミアン論争とクエーカー教をめぐる関係については、ラプラントによる次の指摘が示唆に富む。

> コディントン家とダイアー家を含む、最も早い段階からアン・ハチンソンを強力に支持してきた人々の多くは、後にイギリスのジョージ・フォックスが一六四七年に設立したフレンド会に参加することとなる。フレンド会は一六五五年にロードアイランドにもたらされた。ヘレン・キャンベルによれば、ハチンソンの支援者らがクエーカー教徒になることは、「当然の帰結」であったといえる。なぜなら「ハチンソンの教義の根幹には、『内なる光』への信仰があったからだ」という。（224）

ハチンソンの支持者たちとクエーカー教は、ハチンソンが主張した神の声を聞くことと内なる光（Inward Light）によって接点を持っていた。したがって、ここでハチンソンはクエーカー教の出現を予期するような人物であったと表されている。そしてそれは、ハチンソンと同様に母国イギリスから海を渡ってやって来た宗教だったのである。

神の声を聴き、内なる光をもつことができる人物であり、それがゆえに危険分子とみなされたハチンソンは、言い換えるならば、神の声を受けることができる、いわば受容器としての役割を担っていたと考えられる。ここにこそ、十九世紀前半のハチンソン再評価の要因のひとつを見ることができるように思われる。この問題については、後ほど立ち戻ることになるだろう。このようにユニテリアン論争およびアン・ハチンソンによる神との直接交信を踏まえるとき、エライザ・バックミンスター・リーによる小説『ナオミ』の文学史的意義はどこに見られるのだろうか。

四 『ナオミ』における内なる「光」

作家エライザ・バックミンスター・リーについて、その人生の詳しいことはあまり明らかにはされていない。父ジョゼフ・バックミンスター（Joseph Buckminster, 1751–1812）はイエール大学に学び、ティモシー・ドワイトらと親交を持っていた人物である。彼は大学卒業後にニューハンプシャー州の会衆派教会の牧師となっており、ユニテリアン派には懐疑的な態度を取っていた。このバックミンスターの家系を見ると、父ジョゼフの妹がエイモス・タッパン（Amos Tappan, 1768–1821）に嫁いでいるが、エイモスが前述のユニテリアン論争の発端となったホリス教授職デイヴィッド・タッパン（会衆派）と兄弟であることを踏まえるならば、リーの父親の代までは正統派との結びつきが強かったことがわかるだろう。しかし父親とは別の道を選び、当時ユニテリアン派が勢力を増してきたハーヴァード大学に学び、結果としてユニテリアン派へと傾倒していったのが、前述したジョゼフ・スティーヴンス・バックミンスターである。従ってエライザは会衆派の父と、ユニテリアン派の兄を持っていたことになる。父と兄から教育を受け、一八二七年頃ボストンのトマス・リー（Thomas Lee, 1779–1867）と結婚したエライザが執筆家としてデビューしたのは比較的遅く、兄の死後二十年以上経ってからのことである。第一作となった『ニューイングランドの生活』（*Sketches of New England Life*, 1837）、今回取り扱う『ナオミ』を含む数篇の小説と、父と兄の伝記、および『ジャン・パウル・リヒターの生涯』（*Life of Jean Paul Richter*, 1842）をドイツ語から翻訳するなど、十九世紀中盤に執筆活動を展開している。[5]

リーが一八四八年に出版した『ナオミ――二百年前のボストン』は、副題が示すとおり二百年前のマサチューセッツ湾植民地が舞台になっている。物語は、一六六〇年九月にボストンにイギリスからナオミ・ワシントン（Naomi Washington）という少女がやってくるところから始まる。彼女は、イギリス人の父と母のもとに生まれるが、まもなく父と死別する。実の父の死後、母が再婚した相手とアメリカに移住することになったとき、父方の親族がナオミのアメリカ移住に反対したために、十歳で母と生き別れとなったのである。母は再婚相手オルダーシー（Aldersey）氏とともにマサチューセッツ湾植民地へ移り住み、そこでナオミにとっては異父姉妹であるルース（Ruth）を出産した。間もなく二十歳になるナオミは、父方の親族の後見を必要としなくなる年齢に達するのを機に母親の住むボストンへとやってきたが、彼女が長い船旅を経てボストンに到着する直前に母は病没し、義理の父であるオルダーシー氏の家に暮らすこととなった。

この物語の舞台設定は一六六〇年九月と明記されている。歴史を振り返ってみれば、この段階ではすでにアンチノミアン論争は過去の出来事であり、さらに同年六月一日には先述したメアリ・ダイアーが処刑されている。そのような時代にイギリスから植民地に渡ってきたナオミは質素な身なりをしており、ボストン女性たちからも、あまりの質素ぶりを噂されるほどだが、実はそれこそがイギリスでは流行の先端であったことが記載されている。華美な服装をさけ、「穏やかな」顔立ちをしたナオミについて、その「美しさは霊的である」という一文が添えられている（38）。

徐々に共同体に馴染んでいこうとするナオミには、しかし、誰にも言えない秘密があった。それはイギリスで暮らしている間に、彼女の乳母であったマーガレット（Margaret）から誘われ、一度だけジョージ・フォックスの集会に足を運び、感銘を受けたことである。フォックスの祈祷が終わったとき、「そこに集まったすべての人々に、フォックスが贈り物をもたらしたようだった。まるでひとりひとりの手にはバラが、頭には花輪が置かれたかのようだった。ナオミは計り知れないほどの値打ちのある宝石を受け取ったように感じた」（49）のだった。

「内なる光、魂に神の声」。ナオミはこの素朴な言葉を耳にしたとき、彼女の心は光が流れ込んできた。これまで暗闇の中で座り込んでいたナオミは、このときまるで舞台に出たかのように、自らの存在すべてが光であふれたのである。(Lee, *Naomi* 45)

クエーカーの人々の「内なる光」という考え方におおいに共感をいだいたナオミは、以降は一度も集会には足を運ばなかったものの、心に響くものがあったことを認めている。しかしながら、彼女の義父であるオルダーシー氏は、世間体を気にする商人であり、自分の家にクエーカー教徒を住まわせることはとても考えられるような人物ではなかった。このため、ナオミは長年自分の面倒をみてくれたマーガレットをボストンに伴うことはできず、ロンドンで別れることとなる。

ところがあるとき、マーガレットが突然ナオミの住むボストンの屋敷を訪れたところから、ナオミの波乱の日々が始まる。マーガレットはナオミに会いたい一心で、大西洋を横断してきたのである。しばらくマーガレットはナオミに匿われていたが、その存在が見つかりそうになったときに、機転を利かせたナオミが彼女を無事に逃がすことに成功する。しかし、マーガレットはしばらくすると再びボストンに舞い戻り、クエーカー教の教えを声高に叫ぶようになったため、異端の罪で投獄され、公の場で鞭打ちの刑を命ぜられる。(6) マーガレットを救おうと、刑が執行される直前に、自分の所有する馬に乗せ、再びマーガレットを逃がすナオミは、今度は自分自身を危険にさらすことになってしまう。

この小説のヒロインであるナオミは、自らが正しいと思うことに従い、最終的に自らを窮地に追い込み、裁判にまでかけられてしまう点で、ハチンソンを想起させるのに十分なヒロインである。同時に、クエーカーへの共鳴をあらわしている点で、メアリ・ダイアーをも彷彿とさせる。この点から本作品の意義を考えるならば、クエーカーの男女平等を重んじる態度であるとか、公の場で女性が自らの持論を展開し、それによって罰せられ追放することがあってもくじけない不屈の強さ、あるいは宗教的寛容性などへの希求を挙げることができよう。
しかし、ここで付け加えなければならないのは、本作品ではナオミの宗教的な立ち位置が必ずしも確定したものとしては示されていない点である。小説冒頭の部分で、突然自分を訪ねてきたマーガレットを匿うために、オルダーシー家の女中であるフェイス（Faith）に、自身もクエーカーであることを告げるナオミの場面を見てみよう。

「わたくしも、クエーカーです――心と行動においてクエーカーなのです。けれども、わたくしは周りの方と同じように、自分の信仰を世に公にしなければならないとは思われないのです」（Lee, *Naomi* 165）

ここでナオミは「心と信条において（in heart and principle）」クエーカーであると述べている。だが、小説の後半になるとナオミには内なる光という考え方以外は、クエーカー的な要素はみられないと述べられる。

正統派とは全く異なる信条をもっていたナオミであるが、当時のクエーカー教徒とも共通するところはなにもなかったのである――信仰の根本的な教義や、魂にある真実の内なる声への信念を除いては。ナオミはクエーカー教徒にありがちな風変わりなところはまったく受け入れてはいなかったのである。（Lee, *Naomi* 336–37）

ナオミは正統派の信徒ではないが、かといってハチンソンのように義忍と聖化をめぐる問題や集会の問題のために追放されるわけではない。ではクエーカー教徒であると自ら認め追放されるのかといえば、そうではない。クエーカー教徒を匿い、彼らへの共感を示すけれども、自分がクエーカー教徒であることはフェイスにこっそりと告白した他は公言していない。それどころか、ナオミは、裁判においては、教会および公共の秩序を乱す存在としてのクエーカーに対する同情の念を、最初から否定していることが記されている。

はじめからナオミは、教会や公共の規律を乱すクエーカー教徒たちに同情を寄せてはいなかったとはっきりと述べていた。自分とクエーカー教徒の間には共通するところはなにもありません、とナオミは告げた。クエーカーとの繋がりは偶然にしかすぎないという。クエーカーと関わりをもち、投獄されてしまったのは、ひとえにマーガレットのためだったのだと。（中略）では三位一体を否定するかどうかという問いを受けたナオミは、自らの理解をあまりにも超えることがらに結論を出すことはできません、と答えたのだった。

（Lee, *Naomi* 410–11）

他のクエーカー教徒が自らの信仰を声高に叫ぶ様子は作中で何度か描かれるが、ナオミはそうした行動には出ない。前述の引用にあるとおり、「クエーカー教徒に特有な風変わりなことは受け入れていない（She adopted none of the peculiarities of the Quakers）」のである。

さらに、ナオミの信仰心は、他の人々に影響を与えることがない点も注目に値しよう。たとえば、彼女を娘のようにかわいがる女中のフェイスは、ナオミのクエーカーへの傾倒を聞いてその立場を尊重するものの、クエーカー教への理解を深めるわけではない。また彼女に好意を寄せるハーヴァード大学の学生ハーバート・ウォルトン（Herbert Wolton）という男性は、ナオミの考え方に共感はするものの、クエーカーに改宗することはない。しかもナオミにクエーカーを紹介した人物であるマーガレットといえば、ナオミの尽力によって逃げたきり戻ってこない。いわば、ナオミはどこにも属していない孤立した存在として描かれる。このナオミの孤立はいったいどのように考えればよいのだろうか。

五　ふたりのルース

ナオミの孤独を考える際の鍵になると思われるのが、ヒロインの名前「ナオミ」である。牧師の父と兄を持つエライザ・バックミンスター・リーが、ナオミという名前をヒロインに与えたからには、なんらかの宗教的な意味を付与した可能性が高い。ここで確認しなければならないのは、本作において登場するナオミの妹（異父妹）がルースと名付けられているという点だ。この妹の名は、母親が姉妹の結びつきを願ってつけたものであった（Lee, *Naomi* 27）。

ナオミとルースといえば、旧約聖書の「ルツ記」を示している。「ルツ記」は姑と異教徒の嫁の関係であるナオミとルースが、ナオミの息子の死後、ナオミの故郷に戻り、嫁であるルースはナオミとその親族が信仰するユダヤ教の教えに従って生きるという話であるが、一般的にはナオミとルースという異なる宗教的バックグラウンドを持つふたりの女性が、家族という絆を結ぶことによって信仰を受け継いでいく物語として理解される。このルツ記的な女性の関係性について、ダニエル・ブキャナン（Daniel Buchanan）は、南北戦争前に出版された女性によるリベラル・フィクションに特徴的に登場するエピソードであると捉えている（224–29）。もし妹のルースが姉ナオミとなんらかの姉妹的な絆を構築しているとするならば、ナオミは孤立してはいないことになる。

しかしながら、リーの小説『ナオミ』においては、ナオミとルースの関係はそれほど親密なものとしては描かれていない。ナオミの妹ルースは、たとえばハチンソンにつきしたがったメアリ・ダイアーのような存在としては描かれていないのだ。むしろルースはもっとしたたかな女性――ナオミが牢獄に入れられているときに、ハーバートをルースに譲るという条件で、ナオミの脱獄を勧める手はずを整えるほどのしたたかさを持ち合わせる女性――として描かれる。母から義理の娘へ伝わる信仰という深い関係性を暗示するはずのナオミとルースの関係は、愛情の欠落した姉妹関係としてしか描かれていない。母親はすでに亡くなり、義理の父はクエーカー教徒を匿ったために捕らえられた義理の娘とは関わりを持ちたがらない。母親がその名に姉妹の結びつきの望みを込めた妹さえもナオミの力にはならない。

このナオミの孤立感は何を示しているのだろうか。ここで作者エライザ・バックミンスター・リーの宗教的な立場を確認してみたい。リーは、父親がカルヴァン派であり、兄がユニテリアン派であったこと、またふたりの間には少なからぬ確執があったことを、父と兄の生涯を記した回想録『ジョゼフ・バックミンスター牧師とその息子ジョゼフ・スティーブンス・バックミンスター牧師の回想』(*Memoirs of Rev. Joseph Buckminster and of His Son, Rev. Joseph Stevens Buckminster*, 1849)において明らかにしているが、エライザ自身がどのような宗教的立場にあったかについては明言を避けている。もちろん彼女は『ナオミ』のようにリベラル・フィクションとして考えられる作品を執筆しており、先述のデイヴィッド・レノルズはこれらをアンチ・カルヴィニズムの系譜に位置づけている。しかしながら、『ナオミ』に登場するナオミもまた、自身の宗教的立場を明らかにしていない。正統派でもなく、ユニテリアン派あるいはクエーカー教徒でもない、別の道が取り得るとするならば、それはいったどのような道なのか。『ナオミ』のヒロインの孤独さは、彼女の進むべき道をどのように指し示すのだろうか。

実は、『ナオミ』にはふたりのルースが登場する。異父妹のルースは姉を裏切るかのような行為を企む少女として描かれるが、もうひとりのルースはすでに亡くなり、柳の下に作られた墓の下で眠っている。このもうひとりのルースは、ある女性が波乱に満ちた自身の人生を語った物語に登場する。ナオミはマーガレットを逃がしたあとに、一時的に身を隠すために、知人を訪ねるという名目で、妹のルースとともにニューヘイブンへ向かい、その旅の途中で人里離れた場所に住む女性と出会う。ちまたでは魔女(the witch)と噂されるこの年老いた女性は、イギリスのカトリック教徒の貴族男性と、ピューリタニズムを信仰する女性エリザベスの駆け落ちに付き従って、植民地にやってきたという。

エリザベスと貴族男性の死後、ふたりの間に残された娘ミルドレッドを育て上げ、さらにミルドレッドがピューリタン男性と結婚して生まれたルースを、ミルドレッドの死後に育てていたのが、この魔女と呼ばれる女性であった。彼女は自然を観察して天候を予測し（296）、薬草を使って病を治すことができたため（277）、最初は周囲の人々の頼りにされていたものの、次第に風評が立つようになる。

わたしの天候予測はほとんど外れたことがなく、お金を払ってくれようとする人もたくさんいました。わたしはいつもいらないと拒みましたが、そうするとその人たちは、小屋のそばで遊んでいる幼いルースにお金を押しつけて行くのです。そのことは別に間違ったことではありませんでした――だってわたしの天候に関する知識（my science）は、注意深い観察と学びによってもたらされたものですから。でもこのことで汚名を着せられることにもなりました。わたしがお金を受け取ったのは、わたしが邪悪な霊（wicked spirits）と親しく交わったことでもたらされた不可思議な知識（supernatural knowledge）のためだと言われたのです。

（Lee, *Naomi* 300）

自然観察による知と不可思議な知が混同された結果、この女性は魔女であると噂され、幼いルースとともに町から追放されてしまう。人里離れた場所でルースは病に倒れ、わずか六歳でこの世を去ったことが、魔女の口からナオミに語られる。

ここで魔女の物語に登場するルースと、ナオミの妹のルースが奇妙に重なり合う。夜通し魔女と呼ばれる女性の物語を聞いていたナオミは、夜が明けたときに妹のルースが元気よく起きてくるのを目にするのだが（306）、ここではあたかも、柳の下に作られた墓に埋められた少女ルースが、生きているナオミの妹のルースとなって立ち現われているかに描かれる。魔女の物語を聞いているときに「魔女は、うすぼんやりとしたものへと消えていくことがら――自分とは別の世界にあるもの――を話しているように思われた」（288）と考えるナオミは、異なるふたつの世界をつなぐ存在としての魔女を見ていたと考えられる。その異なるふたつの世界とは、過去と現在であり、かつ現在と魔女が見据える未来である。妹ルースは亡くなったルースと重ねられ、ナオミの未来は魔女によって占われる（307）。

二章にわたって挿入される魔女の物語は、ふたつの異なる世界の継続性（過去と現在、過去と未来、そして死者と生者）を前景化する。ここでは、ふたりのルースは物語内で、死者と生者をつなぐための存在としての意義をおびる。ここで、本作品が一八四八年に執筆されていることの意義を今一度確認する必要があるだろう。アン・ブロード（Ann Braude）やバーバラ・ゴールドスミス（Barbara Goldsmith）が指摘するとおり、十九世紀の女権拡張運動は、主に白人中産階級の女性たちを結びつけてきたスピリチュアリズムによって支えられていた面が大きい。ゴールドスミスは、クエーカー的な神と人間のたゆまぬ対話が、一八四八年になってロチェスターでテレグラフ線が導入された時期と、フォックス姉妹の霊との対話の時期が一致していることを指摘している（33）。科学技術の進歩による電信を取り込んだ心霊電信（spiritual telegraph）を通じて精霊と繋がる方向へ向かう、カルヴィニズムともユニテリアンとも、クエーカーとも異なるかたちの信仰――すなわちスピリチュアリズム――が形成される時期に発表された『ナオミ』の意義はここにあると思われる。すなわち、ハチンソンを思わせる態度で正統派に対抗し、クエーカー的な要素を取り入れつつもクエーカー教徒とは一線を画し、ハーヴァードの神学部でユニテリアン派の教えを学んだ兄を想起させるハーバートと恋仲になりながらも、リベラル派に落ち着くことのないヒロインを描くことは、十九世紀の女性が向かいうる信仰の形を示している。それは人里離れたところへ追放された魔女が体現するような知の体系であり、ふたつの異なる世界を――あるいは次元を――繋げようとする思想である。

女性の独立宣言といわれる「所感宣言」が一八四八年に発表されていることを考えるならば、ハチンソンがもつ神と交信する力は、同じく一八四八年に出版された本書『ナオミ』において、リセプターとしてのアン・ハチンソンをスピリチュアリズムへの乗りもの（vehicle）として再生させ、さらに科学技術という知（science）を取り入れた、あの世とこの世をつなぐ知の体系を持った女性の新たな信仰の領地を切り開こうとしたのではないか。十九世紀前半のユニテリアン論争を経たあとに到来するスピリチュアリズムへと繋がる女性の思潮史に位置づけることで、植民地時代のアンチノミアン論争やクエーカーの迫害の物語を描いた小説『ナオミ』の意義が理解されるように思われる。そしてそれは常に、もうひとつの世界である、大西洋を挟んだイギリスとの交流が視野に入っていたことを示唆するのである。

結論

エライザ・バックミンスター・リーは他にも魔女裁判を描いた『惑い』（*Delusion*, 1837）、また異教を描いた、古代ローマを舞台にした歴史小説『パルテニア』（*Parthenia*, 1857）を執筆している。彼女の歴史へと向けられるまなざしや、異教への関心は、十八世紀に宗教史を執筆したハナ・アダムズ、また一八三〇年代には古代ギリシャを舞台にした小説『フィロシア』（*Philothea*）を描き、また一八五三年には三巻本の宗教史『宗教思想の進歩』（*The Progress of Religious Ideas*）を出版したチャイルド、そして十九世紀末に女性の視線から聖書を再解釈し、フェミニズム聖書解釈の基盤を築いたエリザベス・ケイディ・スタントンへとつらなる女性の宗教史の中に位置づけられるものと考えられる。これら十九世紀の女性の宗教思想の根本には、巡礼の父祖たちが逃れてきたイギリスの宗教的迫害と、植民地時代に正統派によるピューリタン以外の宗教への迫害を併置する姿勢が見受けられる。そこからの脱却を目指すとき、時代を過去に遡る歴史小説や、異国を舞台にした小説を執筆することは、逃避とは異なるかたちの道を目指す——越境の可能性を模索する——姿が垣間見えるように思われるのだ。エライザ・バックミンスター・リーの『ナオミ』におけるハチンソン再評価の必要性とその意義は、十九世紀アメリカン・ルネサンスの再解釈へと繋がっていくことだろう。

注

＊ 本研究は科学研究費補助金（20720079）による研究成果である。

（1）アダムズは『ニューイングランド史の概要』を執筆する際にジェレミー・ベルクナップ（Jeremy Belknap, 1744–98）、ウィリアム・ゴードン（William Gordon, 1728–1807）、デイヴィッド・ラムゼイ（David Ramsay, 1749–1815）らの書物を参考にしており、みずからを「編纂者（a compiler）」と呼んでいた。しかしロードアイランド州については、みずからプロヴィデンスまで赴き、資料を調べている。アダムズがマサチューセッツ州を離れたのはこのときだけであった。（Schmit 76–77）

（2）デイヴィッド・レノルズは十九世紀前半に見られるハチンソン再評価にチェニィの *A Peeps at the Pilgrims* を含めて論じている。一方で、エイミー・スクレイガー・ラング（Amy Scrager Lang）は、ハチンソンに対する様々な評価をふまえつつ、ハチンソンは善意の人ではあるものの、熱意が行き過ぎた人物であるように描かれていることを指摘している（154）。

（3）アンチ・カルヴィニズムの小説作品として、レノルズは他にキャサリン・マリア・セジウィック（Catherine Maria Sedgwick）、サラ・ヘイル（Sarah J. Hale）、またスザンナ・ローソン（Susanna Rowson）らの作品を挙げている（*Fact in Fiction* 99, 101）。

（4）バックミンスターは、ユニテリアン派の牙城となった雑誌『マンスリー・アンソロジー』（*Monthly Anthology*）の創刊に関わり、またボストン・アセニーアム（Boston Athenaeum）の創設にも尽力した人物でもある。彼は後にジェディディア・モースと対立関係となった歴史作家ハナ・アダムズとも交流があり、アダムズが宗教史を執筆しているときに書斎を自由に使わせていた（Schmidt 148）。

（5）リーの小説は、当初はニューイングランドの様子をスケッチ風に描いたものであったが、その後本作に見られるようなアンチノミアン論争、魔女裁判、異教といったテーマを扱うようになっている。

（6）当時クエーカー教徒に対する刑罰は、女性でも腰まで衣服を脱がせた状態で、鞭を打たれることが多かったとされる。

特にニューイングランドではクエーカーへの迫害が酷かったという。「クエーカーに対する迫害はアメリカの植民地で広く行われていたが、それが最も残忍な頂点に達したのは、ニューイングランドにおいてだった。秩序を重んじるピューリタンたちが、クエーカーリズムに無秩序を感じ取ったことが、彼らの憎悪を生んだ。男女間の平等を実践するクエーカーに対して、ピューリタンは男性の権威を主張する、ということも一因となった」（ベイコン 45）。

引用文献

Adams, Hannah. *A Summary History of New England*. Dedham: Mann and Adams, 1799.

Braude, Ann. *Radical Spirits: Spiritualism and Women's Rights in Nineteenth-Century America*. 1989. 2nd ed. Bloomington: Indiana UP, 2001.

Buchanan, Daniel P. "Tares in the Wheat: Puritan Violence and Puritan Families in the Nineteenth-Century Liberal Imagination." *Religion and American Culture: Journal of Interpretation* 8. 2 (1998): 205–36.

Cheney, Harriet Vaughn. *Peep at the Pilgrims in Sixteen Hundred Thirty-Six: A Tale of Olden Times*. 1826. Boston: Phillips, Sampson. 1850.

Child, Lydia Maria. *Hobomok and Other Writings on Indians*. New Brunswick: Rudgers UP, 1986.

Goldsmith, Barbara. *Other Powers: The Age of Suffrage, Spiritualism, and the Scandalous Victoria Woodhull*. New York: HarperPrennial, 1998.

Lang, Amy Scrager. *Prophetic Woman: Anne Hutchinson and the Problem of Dissent in the Literature of New England*. Berkeley: U of California P, 1989.

LaPlante, Eve. *American Jezebel: The Uncommon Life of Anne Hutchinson*. New York: Harper, 2004.

Lee, Eliza Buckminster. *Naomi, or Boston Two Hundred Years Ago*. Boston: Crosby & Nichols, 1848.

——. *Memoirs of Rev. Joseph Buckminster and of His Son, Rev. Joseph Stevens Buckminster*. Boston: Crosby & Nichols,1849.

Hall, David, ed. *The Antinomian Controversy, 1636–1637: A Documentary History*. 2nd. ed. Durham: Duke UP, 1999.（アン・ハチンソンの審問の和訳は、荒木純子訳「ニュータウンでの法廷におけるアン・ハッチンソンの審問」『資料で読む・アメリカ文化史1――植民地時代』遠藤泰生編（東京：東京大学出版会、二〇〇五年、二〇八―二三二）を使用した。）

Hawthorne, Nathaniel. "Mrs. Hutchinson." 1830. *The Complete Works of Nathaniel Hawthorne*. Vol. 12. Boston. Houghton Mifflin, 1883. 217–26.

Morse, Jedidiah. *The True Reasons on Which the Election of a Hollis Professor of Divinity in Harvard College, Was Opposed at the Board of Overseers*. Charleston, 1805.

Reynolds, David S. *Beneath the American Renaissance: The Subversive Imagination in the Age of Emerson and Melville*. Cambridge: Harvard UP, 1988.

——. *Faith in Fiction: The Emergence of Religious Literature in America*. Cambridge: Harvard UP, 1981.

Schmidt, Gary D. *A Passionate Usefulness: The Life and Literary Labors of Hannah Adams*. Charlottesville: U of Virginia P, 2004.

Wright, Conrad, ed. *American Unitarianism, 1805–1865*. Boston: Massachusetts Historical Society, 1989.

——. *A Stream of Light: A Short History of American Unitarianism*. Boston: Unitarian Universalist Association, 1975.

マーガレット・H・ベイコン『フェミニズムの母たち——アメリカのクエーカー女性の物語』岩田澄江訳　東京：未来社、一九九三年（原書一九八六年）。

沈黙のスペクタクルとトランスする人種、階級、ジェンダー
——白い奴隷エレン・クラフト

中村　善雄

はじめに

「奴隷体験記」（Slave Narratives）の代表的作家と言えば、戯曲家、歴史家、奴隷解放の講演者でもあったウィリアム・ウェルズ・ブラウン（William Wells Brown, 1814–84）や、反奴隷制運動家であるフレデリック・ダグラス（Frederick Douglass, 1818–95）、あるいはハリエット・ジェイコブズ（Harriet Jacobs,1813–97）の名前が挙げられるであろう。ブラウンは一八五三年に『クローテル——大統領の娘』（*Clotel; or, The President's Daughter*）を、ダグラスは一八五四年に『数奇なる奴隷の半生——フレデリック・ダグラス自伝』（*Narrative of the Life of Frederick Douglass, an American Slave, Written by Himself*）を、ジェイコブズは一八六一年に『ある奴隷少女の人生に起こった出来事——自伝』（*Incidents in the Life of a Slave Girl, Written by Herself*）を各々出版している。一方、本稿で取り上げるウィリアム・クラフト（William Craft, 1824–1900）とエレン・クラフト（Ellen Craft, 1826–91）夫妻が一八六〇年に執筆した『自由を求めた千マイルの逃走——ウィリアムとエレン・クラフトの奴隷制からの脱出』（*Running a Thousand Miles for Freedom: Or, The Escape of William and Ellen Craft from Slavery*）［以下、『自由を求めた千マイルの逃走』と略す］は、従来の奴隷体験記のなかであまり省みられなかった。しかし歴史家カーター・

ゴドウィン・ウッドソン（Carter Godwin Woodson）が創刊した、学生／教師向けの雑誌『黒人歴史会報』（*Negro History Bulletin*）の第一号の巻頭に「ウィリアムとエレン・クラフトのスリリングな逃亡」（"The Thrilling Escape of William and Ellen Craft"）と題した記事が掲載されたように、クラフト夫妻は黒人差別の歴史のなかで重要な地位を占めている（McCaskill "The Profits" 76）。また、一九九〇年代以降、彼らの南部から北部への、特に妻エレンの大胆不敵な逃走劇とその文学的影響や反奴隷制に対する彼らの運動に注目が集まり、『自由を求めた千マイルの逃走』が再評価されている。そこで、まずはあまり語られていないエレン・クラフトの経歴に簡単に触れることは無意味ではないだろう。

『自由を求めた千マイルの逃走』はクラフト夫妻の南部から北部への逃走と、北部からイギリスへの逃亡までの状況を詳述した体験記であるが、エレンの出自はその冒頭で語られている。一八二六年ジョージア州のクリントンで、混血奴隷のマリア（Maria）と、マリアの所有者であり、大農園主たるジェイムズ・スミス少佐（Major James Smith）の子として（おそらくはスミスによるレイプの結果）、エレンは出生した。少なくとも四分の三以上白人の血が流れている混血児（quadroon）エレンは白人として通用するほど「色が白く」（Craft 2）、スミス家の他の異母姉妹とも似ていた。しかし、そのことは却って災いとなり、スミスの妻は夫の不貞の証拠を払拭するためにも、十一歳のエレンを娘のエライザ・クロムウェル・スミス（Eliza Cromwell Smith）に「結婚祝い」（Craft 2）として与えたのである。その結婚相手はジョージア州メイコンに住む医師のロバート・コリンズ（Dr. Robert Collins）であり、エレンはエライザに同伴し、かの地へ移住することを余儀なくされる。しかし、エレンが二十歳の時、所有者が異なるため一緒に住むことは許されなかったが、黒人奴隷ウィリアム・クラフトとの結婚が認められ、彼女の運命は大きく変わる。後述するように、エレンがウィリアムと共に、「クリスマス時の休暇」（Craft 31）を利用して、一八四八年に北部への大胆不敵な逃避行を成功させたからである。しかし北部での彼らの安楽も長くは続かなかった。一八五〇年九月十八日に第十三代大統領ミラード・フィルモア（Millard Fillmore,

1800–74）によって逃亡奴隷法が制定されると、エレンの所有者コリンズはさっそくクラフト夫妻を連れ戻すために逃亡先のボストンに二人の賞金稼ぎを送り込み、フィルモア大統領に対してはクラフト夫妻の奪回協力を求める書簡を書き、大統領が夫妻に南部へ帰るように勧告をする状況に至ったのである。ボストンにおける逃亡奴隷者達の「代表」（Craft 90）的存在で、「奴隷所有者たちの復讐の目立った対象」（Craft 91）であったクラフト夫妻は格好のターゲットであったので、反奴隷制論者の友人の助言に従い、一八三三年に奴隷制が廃止されたイギリスへの逃亡を決心する。メイン州のポートランドから陸路カナダ南東部の島ノバスコシアの港ハリファックスまで行き、キャンブリア号に乗船して、一八五〇年十二月にリヴァプールに到着し、『自由を求めた千マイルの逃走』の描写もその時点で終わる。以後、エレンは夫ウィリアムと五人の子供と共に、ロンドン郊外の中流階級居住区であるハマースミスを拠点に[1]、反奴隷制の活動をし、そのアイコン的存在となった。また文盲であったクラフト夫妻は、イングランド南東部サリーのオッカム学校に入学し、読み書きを学び、一八六〇年になって自らの体験を纏めた『自由を求めた千マイルの逃走』を出版する。一八六五年の合衆国憲法修正第十三条による奴隷制度の全面的廃止と一八六八年の第十四条による黒人の市民権の承認によって黒人を巡る状況が好転したため、クラフト夫妻は一八六八年に三人の子供と共にアメリカに帰還するが、結局十九年もの間、イギリスに滞在することとなったのである[2]。

このようにエレン・クラフトの生涯はアメリカの黒人奴隷を巡る状況の変化に翻弄されたのであるが、本稿ではエレンが反奴隷制運動のなかで、夫と共にいかなる行動をし、またいかなる役割を果したのか、英米に跨るトランスアトランティックな文脈の中で考察してみたい。

一　異装と演劇的逃亡

常山菜穂子は、「自伝作家をひとりの役者として、自伝作品をひとつの演劇として読み換える」(101)ことが出来ると述べている。この枠組に倣えば、エレン・クラフト自身が一八四八年に夫と行なった南部からの異装の逃亡劇は、まさに自らを演技者に仕立て、『自由を求めた千マイルの逃走』を一つの演劇的テクストとして読むことを可能にしている。

その自伝では二人の逃亡の様子が詳述されているが、逃亡劇という言葉が文字通り当てはまるほど、その脱出には巧妙な演出が施されている。まず、鉄道と蒸気船を使ってジョージア州から北部自由州へ逃亡するために、ほぼ白い肌を有したエレンは自らを「ミスター・ウィリアム・ジョンソン」(Mr. William Johnson)と称し(Craft 57)、南部の若き綿花栽培農園主に偽装した。一方、夫ウィリアムは農園主に仕える奴隷に扮し、作品内でも変装したエレンを一貫して「ご主人様」(Craft 42)と呼んでいる。エレン自身は、黒人に分類されながらも白人として通用する「パッシング」(Passing)の女性と言えるが、夫ウィリアムとの、南部白人女性とその奴隷という組み合わせは一般的ではなく、疑念を抱かせる危険性があったのである。そのためエレンは髪を短くし、ジャケットとズボンを身に着け、緑色の色眼鏡をかけ、白人男性を装った。彼女はまた自らの文盲を隠蔽するために、右手を三角巾で吊るしてそれを文字が書けない言い訳とした。さらに髭のない顎と顔形から女性だと見破られないように、湿布を白いハンカチで顎から顔を覆うように巻きつけ(Craft 34–35)、奴隷と共に治療のためにフィラデルフィアに向かう「炎症性のリューマチ」(Craft 59)を患った南部男性を装った。これらは事前に準備された異装であったが、逃避行の最初の列車内で、コリンズ氏の古い友人クレイ氏(Mr. Cray)と同席する不運に見舞われた時、エレンは咄嗟に「聾者」(Craft 44)を装っている。このようにエレンは幾重にもわたる変装を自らに施したのである。[3]

エレンの逃亡中の振る舞いも、当時の黒人奴隷達が北部へと逃亡した方法とは異なり、異質である。北部への黒人の奴隷逃亡方法としては、メタファーとしての「地下鉄道」が有名である。[4] 一八二〇年代に、南部の逃亡奴隷が自由州やカナダなどへ脱出するのを手助けする地下組織が誕生し、これが「地下鉄道」と呼ばれた。クラフト夫妻の逃避行も「地下鉄道」の援助を受けはしたが、その旅の過程では実際の鉄道が利用された。通常の北部への黒人逃亡が「地下鉄道」に象徴されるように、追跡者に発見されないよう、夜陰に隠れて隠密的に行動するのに対し、エレン夫妻の逃亡は日中の光の下で「(地上の)鉄道」を堂々と使って、実行された。加えて、南部富裕層の男性に扮したエレンは、他の南部出身の富裕層同様に列車のファーストクラスの席に身をゆだね、高級ホテルに宿泊し、彼らと同じダイニング・ルームにて食事をしたのである。蒸気船での朝食時には奴隷商人がエレンの面前で「どんなことがあっても、黒人を北部へはやらない」(Craft 47)と断言し、列車で同席となった老婦人は「黒人を自由にする人々には耐えられない。それは黒人に対して一番やってはいけないことだ」(Craft 64)とエレンに語るなど、列車／蒸気船やホテルは黒人差別や奴隷制といったイデオロギーが高密度に凝縮された閉鎖的空間と言える。そのなかでエレンは色眼鏡や包帯といったガジェットを使いながらも、自らの白い身体を〈隠す〉のでなく、〈見せる〉ことによって、逆に彼女自身のアイデンティティを隠蔽したのである。「隠すより現る」ではなく、「現るより隠す」の精神で、クラフト夫妻は逃亡を続け、ジョージアから、サウス・カロライナ、ノース・カロライナ、ヴァージニア、メリーランド州のボルティモアを経て、ハッピーエンディングの劇のごとく、クリスマスの二十五日早朝にフィラデルフィアに到着する。[5] またクラフト夫妻の逃避行はパロディ的小説にも重ね合わされ得る。夫妻はフィラデルフィアに到着した時の気分を、ジョン・バニヤン(John Bunyan, 1628–88)作『天路歴程』(*The Pilgrim's Progress*, 1678)の主人公クリスチャン(Christian)が最初に「天国の市」の十字架を眼にした時の心境に例えている(Craft 78–79)。ナサニエル・ホーソーン(Nathaniel Hawthorne, 1804–64)は『天路歴程』をパロディ化した短編「天国行き鉄道」("The Celestial Rail-Road", 1843)のなかで、「天国の市」へ到達できない鉄道／蒸気船を夢の形式で描いたが、自由を約束するフィラデルフィアへクラフト夫妻を運んだ列車は彼らにとって、まさしく現実の「天国行き鉄道」であったと言える。

このように、ウィリアムとエレンの逃亡は実際の演劇に勝るとも劣らない、三重の異装を施し、従来の黒人逃亡を、一つの劇的空間の中の旅へと書き換えている。要約すれば、彼女の逃亡劇は、隠喩たる「地下鉄道」による逃亡を、現実の「（地上の）鉄道」による旅行に、夜の「閉じられた」逃避行を昼の「開かれた」旅行に、「女性」の逃避行を「男性」の旅行に、「黒人」の逃避行を「白人」の旅行に、「下層階級」の逃避行を「上流階級」の旅行に結果的に変換しているのである。エレンは、自らの人種・階級・ジェンダーをトランスさせることで、人種のみならず、階級、ジェンダーの壁を「パッシング」していったのである。

二　沈黙のスペクタクルと異装による逃亡の系譜

エレン夫妻の前代見聞の逃亡が起こったのは一八四八年であるが、彼らが自らの奴隷体験記『自由を求めた千マイルの逃走』を出版したのは一八六〇年のことであった。しかし、「奴隷体験記」のアンソロジーを出版し、このジャンルをアメリカの自伝の重要なカテゴリーと位置づけた最初の文学批評家アーナ・ボンタム（Arna Bontemps）によると、クラフト夫妻の逃避行の話は、彼らが自らの物語を出版するまでの少なくとも一〇年間、奴隷解放論者や奴隷制度廃止の賛成派によって繰り返し語られた（269）。実際、クラフト夫妻の出版前後に、奴隷制廃止を訴える新聞『解放者』（*The Liberator*）の編集長であるウィリアム・ロイド・ギャリソン（William Lloyd Garrison, 1805–79）やウィリアム・ウェルズ・ブラウン、リディア・マライア・チャイルド（Lydia Maria Child, 1802–80）、南北戦争にて最初に黒人部隊を率いたトーマス・ウエントワース・ヒギンソン（Thomas Wentworth Higginson, 1823–1911）、「地下鉄道の父」と称されたウィリアム・スティル（William Still, 1821–1902）らが、夫妻の逃避行を語っている（McCaskill "Yours" 511–12）。

この異装の逃亡は、その後の、特に一八五〇年代から六〇年代の「奴隷体験記」型小説のプロット形成にも影響を与えている。[6] ブラウンの『クローテル―大統領の娘』では、三回の異性装のエピソードが盛り込まれており、一番目は主人公クローテルがジョンソン氏に、二番目にはイタリアかスペインの紳士に、三番目にはクローテルの娘と彼女の恋人のジョージ・グリーンが互いの服装とジェンダーを入れ替え、北部へと逃亡している（Berthold 19）。ブラウンは『クローテル』の結論の中で、この小説の創作にあたって、リディア・マライア・チャイルドの短編を参考にしたことを認める一方で、クラフト夫妻の名には言及していないが、ブラウンと夫妻の関係から言っても、クローテルの異性装の逃亡はエレン夫妻の逃亡に着想を得ている（Berthold 20）。「奴隷体験記」の形式をなぞった小説ハリエット・ビーチャー・ストウ（Harriet Beecher Stowe, 1811–96）の一八五一年出版の『アンクル・トムの小屋』（*Uncle Tom's Cabin*）では、ジョージ・ハリスが化粧と衣装によって、スペイン人に偽装し、彼の妻である混血児のイライザ・ハリスはカナダへの逃亡を容易にするため、髪を短くして自らは男装化し、逆に息子を女装させており、ここにもエレンの影響を見て取ることが出来る（Lee 160）。異装の逃亡のモチーフはアメリカの「奴隷体験記」だけでなく、ヴィクトリア朝文学にもみられる。エリザベス・ギャスケル（Elizabeth Gaskell, 1810–65）の一八六一年作の短編「灰色の女」（"The Grey Woman"）は、自分の夫が強盗殺人の首領であると知った主人公アンナが、召使いアマンテと逃亡する話であるが、アマンテはアンナの夫に扮するために男装をする。髪の長さを男性並みに短く切り、眉毛も短くし、口の中にコルク栓を入れて、声と容姿まで変えるが、この異装による逃避行もクラフト夫妻の「奴隷体験記」に負っていると指摘されている（Lee 83）。

エレンの逃亡劇はこのように英米に跨る小説のプロットにも利用されるほど衝撃的であった。反奴隷制の講演会においても彼女が注目の的となったことは当然であろう。ウィリアム・ロイド・ギャリソンやブラウンはニューイングランドの奴隷解放論者の集会でクラフト夫妻に南部からの逃避行に関する講演をするように依頼し、夫妻はフィラデルフィアからすぐに、解放／逃亡奴隷のコミュニティがあるボストンのビーコン・ヒルへと移動した。そしてボストンを拠点としてブラウンと共に数々の講演会を行なったが、エレン見たさに講演会は好評を博した。例えば『解放者』の一八四九年四月二十七日の記事の中では、マサチューセッツ州のニューズベリーポートの講演に八百から九百人の聴衆が押しかけたことが記されている。講演会の人気はクラフト夫妻の逃避行とは異なる意味で、劇的要素が盛り込まれていたことにも起因する。これには夫妻と共に講演会を行なったブラウン自身が劇作家でもあったという事実が影響している。彼はアフリカ系アメリカ人による初めての劇、『逃亡、あるいは自由への飛躍』(*The Escape; or A Leap for Freedom*, 1858) を書き、それを反奴隷制のメッセージとしてアメリカにて上演した。ブラウンはそれまでの奴隷制反対の講演会においても、劇作家的発想を発揮して、詩やパノラマや歌を挿入し、「見世物師のようだ」という異論もあったが、注目を集めるために講演会を一種の劇場空間に仕立てていた (Merrill 322)。講演会において、ブラウンはある意味舞台監督としての役目を担っていたのである。クラフト夫妻との講演会も例外ではない。彼らの講演会は、まずはブラウンの長い前置きから始まり、次にウィリアムによるクラフト夫妻の逃亡の物語、そしてブラウンの説得力のある演説、最後にエレンの紹介及び彼女の登場というパターンで進行した (Zackodnik 65)。多くの聴衆が、宣伝文句である「白い奴隷エレン・クラフト」見たさに入場していることを十分理解しているブラウンは、その効果を最大限に発揮するために、彼女の登場を講演の切り札として最後に回したのである。男女が混在する講演の場で女性が話すことには反発があり、エレン自身はほとんど語ることなく、「沈黙のスペクタクル」(Zackodnik 45) として立っているだけであったが、彼女の姿は奴隷制度の実態を示す何よりの視覚的証拠となった。沈黙を強いた理由はもう一つあり、沈黙によって喚起される受身的で従順な女性らしい女性が、白人と殆ど変わらぬ白い肌をもっていても、奴隷として扱われることの恐怖を、聴衆に力強く物語る効果があったのである。

クラフト夫妻とブラウンの講演会は、前述した逃亡奴隷法のために渡英した後にも行なわれている。リヴァプールに到着直後の一八五一年一月から五月まで、クラフト夫妻はブラウンと共に、イングランドの北西やスコットランドにおける数多くの奴隷制廃止の集会で講演し、一八五四年までにイギリスの奴隷制廃止グループの中心となった（Zackodnik 63）。また、クラフト夫妻の大胆な逃亡劇はアメリカ同様、イギリスのメディアでも広く取り上げられた。一八五一年四月十九日の『イラストレイティド・ロンドンニュース』（*The Illustrated London News*）には男装した「逃亡奴隷エレン・クラフト」の肖像版画（図1）が掲載されたが、それと同じ版画が講演会にて販売され、またイギリスの反奴隷制の出版物販売の宣伝ともなった（Zackodnik 52–3）。

一八五七年にはリーズ反奴隷制協会がストウ夫人の『アンクル・トムの小屋』の子供版と、男装したエレンの一シリングの肖像版画とを一緒に販売している（McCaskill "Introduction" xvii）。エレンの肖像画はストウ夫人の小説と共に、イギリスにおいて反奴隷を訴える大衆的なアイコンとして持て囃されたのである。彼女の肖像版画はまた奴隷制度の犠牲者の象徴であると同時に、奇抜な方法で危険を冒して、自由のために逃走したヒーロー像を表象し、聴衆の想像力のなかで犠牲者とヒーローという相反するイメージを喚起した（Zackodnik 71）。

図1 Ellen Craft. Image from "The Underground Railroad from Slavery to Freedom" By Wilbur Henry Siebert, Albert Bushnell Hart Edition. Published by Macmillan, 1898.

三　ロンドン万国博覧会における「白い沈黙」

エレン・クラフトは英米いずれにおいても反奴隷制の広告的シンボルとして位置づけられたが、一八五一年のロンドン万国博覧会でのエレンはその役割を如実に体現している。万国博覧会の歴史は、周知の通り、デヴォンシャー公爵（The Duke of Devonshire, 1790–1858）のために温室建設を担った庭師長ジョーゼフ・パクストン（Joseph Paxton, 1803–65）の設計によって、ハイド・パークで開催されたロンドン万博を始まりとする。それゆえ万博会場であるクリスタル・パレス（水晶宮）は、温室を原型とした鉄とガラスから構成された空間であり、その西側はイギリスとその植民地の製品、東側は外国製品が占め（Richards 71）、そのガラス箱の中身は異種混交の展示品――原料、機械類、製造品、彫刻や造形芸術――から構成され、万博会場は世界各国の物品を不連続に混在させた蒐集空間といえる（Williams 60）。また、クリスタル・パレスは展示品にガラスを通した光を浴びせ、照明との相乗効果によって、ひとつのスペクタクル空間と化した（Richards 54, 57）。それを安価な入場料が手助けとなって、上流階級から労働者階級に至るまであらゆる社会階層が目にしたのである。

ブラウンとクラフト夫妻は一八五一年の六月二十六日にこの異種混交の人々と展示品が集う水晶宮の中で奴隷制度反対を訴えるために、行進パレードをすることに決めたが、この計画の立案には合計十五回も万博を訪れたブラウンの巧妙な工夫が濃厚に反映されている。ブラウン自身もクリスタル・パレスのスペクタクル性に着目し、それを「何千人もの役者が各々の役割を演じる、一つの巨大な劇場」（Brown 225）と称した。「一つの強大な劇場」にて行われる、クラフト夫妻との行進にブラウンが劇的な演出を加えるのは、講演会の例から言っても、当然のことであろう。

実際にクラフト夫妻のパレードは最大限の効果を上げるために、次のような戦略が練られた。まずは決行日の設定である。パレード決行は土曜日と決められたが、それも計画の一つであった。クリスタル・パレスの来場者は曜日ごとに入場料が異なり、土曜日は入場料が跳ね上がり、上流階級が入場者の大半を占めたからである（ヒューズ 189）[7]。行進を土曜日に決行することで、上流の、社会的な影響力を有する観客にアメリカにおける黒人奴隷問題への興味を促す効果を狙ったのである。実際この日には、ヴィクトリア女王（Queen Victoria, 1819–1901）やアルバート公（Prince Albert, 1819–61）、あるいは反奴隷制論者のサザーランドの公爵夫人やウエリントンの公爵、ウィンチェスターやセント・アサフの主教らが集い、反奴隷制を訴えるのに絶好の機会だった。

その会場で、エレン・クラフトは国民改革協会（National Reform Association）執行委員会の最も有力なメンバーであるマクドネル氏（McDonnell）の腕に手をかけ、イギリスの有名な奴隷解放論者ジョージ・トンプソン（George Thompson, 1804–78）の娘アメリア（Amelia）はウィリアム・クラフトとブラウンと腕を組みながら練り歩いた（Merrill 326）。黒人女性と腕を組む白人男性という組み合わせのみならず、白人女性をエスコートする黒人男性という組み合わせは、人種混交と人種平等の表象であり、この光景を目撃した白人の万博入場者、特にアメリカの奴隷所有者に少なからぬ影響を与えるように意図されていた。この人種混交の歩みはクリスタル・パレスのアメリカの出展部門にて終えたが、最後に最も大きなインパクトを残すように企図されていた。

それはアメリカからの最大の出展物である、著名な彫刻家ハイラム・パワーズ（Hiram Powers, 1805–73）の傑作「ギリシャの女奴隷」（"Greek Slave"）と関係がある（図2）。一八四四年に制作されたこの彫像は合計六体作られ、一八四七年から四八年にアメリカの十二の都市を巡回し、多くの評判を呼んだ。この女奴隷の彫刻をパワーズは、ギリシャ独立戦争中にトルコ人に捕らえられ、奴隷市場にて裸身を曝さざるをえなくなったキリスト教徒と説明している（Challis 180）。それゆえ、その美術的価値が賞賛されると同時に多くの美術史家や批評家がパワーズのこの彫刻と奴隷制度を結びつけた。美術史家フリーマン・ヘンリー・モーリス・マレー（Freeman Henry Morris Murray）はこの彫像を「反奴隷制を訴えるアメリカで最初の大理石でできた記録」（3）と評している。批評家ジョイ・カッソン（Joy Kasson）は彫像を眼にする観客の多くが、「アメリカの奴隷市場を馬車で素通りし

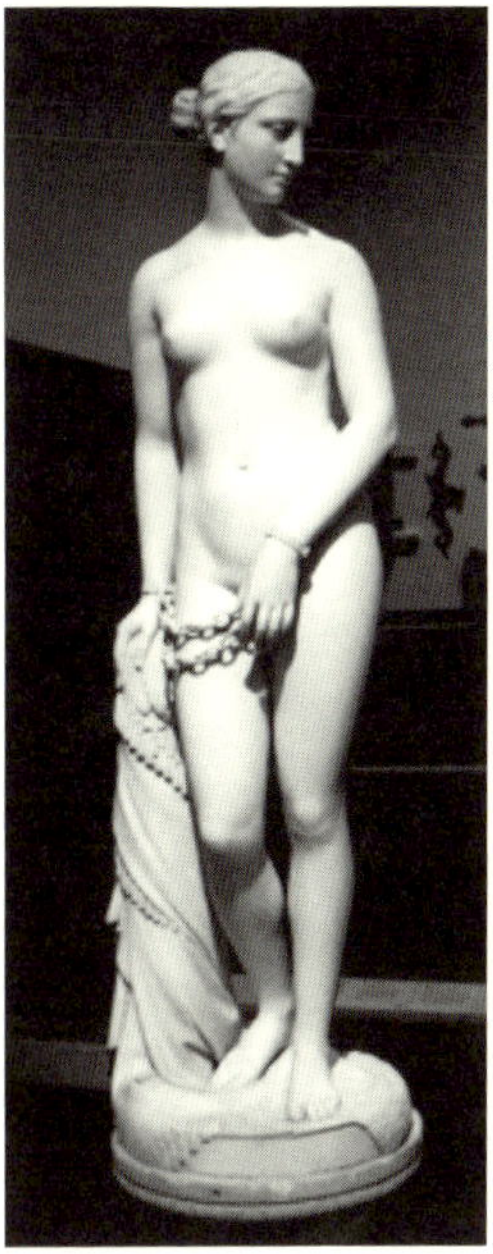

図 2 Hiram Powers, "The Greek Slave." 1851. Yale University Art Gallery.

図 3 John Tenniel, "The Virginian Slave: Intended as a Companion to Power's 'Greek Slave'" in *Punch*, 1851

ながら、この白い大理石の奴隷の運命に対して涙を流す皮肉」(177)に気付いていないと語っている。ワシントンの奴隷制反対を訴える機関紙『ナショナル・イアラ』(*Nathional Era*)は、一八四七年八月三十日に「パワーズの「ギリシャの女奴隷」の彫像」("Powers's Statue of The Greek Slave")と題した記事の中で、この大理石の彫像から、「アメリカ奴隷のおぞましき物語」を聞くことが出来ると記している。

このように幾人もの評論家やメディアがパワーズの彫像と奴隷問題を結びつけたが、イギリスの『パンチ』(*Punch*)誌の一枚の挿絵は風刺漫画雑誌らしく、両者の関係を最も明快にパロディ化した形で提示している。一八五一年五月一七日発行の『パンチ』誌に「パワーズの「ギリシャの女奴隷」の仲間として意図されたヴァージニア州の女奴隷」("The Virginian Slave: Intended as a Companion to Power's [sic] 'Greek Slave'")と題された挿絵が掲載された(図3)。作者はルイス・キャロル(Lewis Carroll, 1832–98)の『不思議の国のアリス』(*Alice's Adventures in Wonderland*, 1865)や『鏡の国のアリス』(*Through the Looking Glass*, 1871)の初版の挿絵画家として有名なジョン・テニエル(John Tenniel, 1820–1914)である。テニエルの女奴隷の挿絵はタイトル通りに、パワーズの「ギリシャの女奴隷」を下敷きに対照的に描かれたものである。パワーズの女奴隷が大理石の白い肌の持ち主であるのに対し、その女奴隷の肌は黒く、裸体に星条旗を纏い、鞭と鎖の装飾が施された台座にはアメリカのモットーたるラテン語で記された文字、「多数から一つへ」（"E Pluribus Unum"）が記されている。幾重にもアメリカ性を強調したテニエルの諷刺画は、ヴァージニア州で一七〇五年にアメリカ最初の奴隷法が確立した歴史的事実を示唆しながら、それ以来黒人女性が鎖で繋がれた状態であることを明確に物語っている。ブラウンはそのテニエルの挿絵を「ギリシャの女奴隷」の隣に置き、この二つの女奴隷像の関連を鮮明化し、反奴隷制を視覚的に訴えた。

エレン・クラフト自身も奴隷反対のアピールを更に強調するために、一役を担っている。まず、白い奴隷である「ギリシャの女奴隷」と同じく、「白い奴隷」（Zackodnik 62）と称されるエレンを彫像の横に立たせることで、観客が両者を否応なく重ね合わせるように目論まれた[8]。また逃亡時の男装ではなく、エレンが典型的なヴィクトリア朝ブルジョワ階級の女性の衣服を身に着けることで、ヴィクトリア朝女性とほぼ変らぬ白肌の女性でさえアメリカにて奴隷と見做されることへの恐怖と同情を、特に同じ衣服を纏った白人女性達に卑近な例として喚起したのである。さらに、エレンは終始沈黙であったが、そこにも一つの狙いがあった。それはエリザベス・バレット・ブラウニング（Elizabeth Barrett Browning, 1806–61）のソネットを介した、込み入った演出による。ブラウニングはパワーズと友人関係にあり、夫ロバート・ブラウニング（Robert Browning, 1812–89）と共に、一八四七年の五月にフィレンツェでパワーズに逢い、彼のスタジオで眼にした「ギリシャの女奴隷」を賞賛し、ソネット「ハイラム・パワーズの「ギリシャの女奴隷」」を書いている。ブラウニングはそのなかで女性と奴隷が共に「白い沈黙」（"white silence"）を強いられ、共に緊縛された状態であることと、この女奴隷とアメリカの奴隷との類似性について示唆している（Douglass-Chin 62–63）。ブラウンが演出した、白い肌をしたエレンの「沈黙」は、ブラウニングのソネットを介して、パワーズの女奴隷の彫像の「白い沈黙」と重ね合わされるように企図されているのである。同様に黒人奴隷でもあるエレンの沈黙は、物言わぬテニエルの女奴隷の「黒い沈黙」と結びつくことも計算に入れられている。エレンはこのようにパワーズの白い女奴隷とテニエルの黒い女奴隷を媒介し、白い奴隷が黒い奴隷に変換されうる可能性とその恐怖を〈沈黙〉のパフォーマンスによって、雄弁に〈語っている〉のである。

四　語り出すエレン・クラフト

以上のようにエレン・クラフトの反奴隷制に対する役割を考察すると、彼女が果たした二面性を見て取ることができる。まずエレン・クラフトを世に知らしめた三重の異装による逃避行は、ジェンダー・人種・階級が非本質主義的な社会的構築物であることを図らずも物語っている。ジュディス・バトラー（Judith Butler）はジェンダーやセクシュアリティの規範が行為遂行的に生産され、また様式化された身振りを行為遂行的に反復することで、身体がジェンダー化されていると論じている。逆に言えば、異なるジェンダーを意図的に模倣する「異装は、ジェンダーの偶発性だけでなく、ジェンダーそれ自体が模倣の構造をもつことを、明らかにするのである」（バトラー 242 強調原文）。それゆえ様式化された身振りの模倣の更新を故意に失敗するエレンの男装化は、男性性／女性性の支配的な言説に対するアンチテーゼとして機能すると共に、ジェンダー規範の偶発性並びにその虚構性を暴き出している。またエレンの南部の綿花栽培農園を営む白人への「人種」の偽装は、農園主に傅く黒人奴隷夫ウィリアムと共に、南部における奴隷制度下の白人と黒人の主従関係をなぞりながら、一方で自らが「差別される黒人」から「差別する白人」へと苦もなく転じることで、両者の人種差別的関係を根本から撹乱している。さらに、逃避行中、エレンが白人として「パッシング」したことは、「ワン・ドロップ・ルール」（One-drop Rule）を基盤とする白人的言説に対する挑戦と、その言説の無効化を促すものである。加えて、富裕階級の農園主として「パッシング」することで、階級そのものの意味に対しても疑義を喚起している。エレン・クラフトの異装の逃亡は、彼女が模倣し、（逃避行の）旅を共にした上流の南部白人男性自体を完全に出し抜くことで、彼らが拠り所とする人種、ジェンダー、階級を巡る支配的言説を能動的なパフォーマンスによってパロディ化させている。その意味においてエレンは脱構築を試みるフェミニスト的存在でもある。

一方、反奴隷制のアイコンとしてのエレンがもつ意味は、女性が一つのスペクタクルとして一方的に見られる客体であること、また女性が語る術をもたない、あるいは自己を語る言葉を獲得できないことを象徴的に物語っている。ブラウンが演出する講演会では「沈黙のスペクタクル」の役割を課され、彼女を反奴隷制のアイコンと決定づけた肖像版画では、象徴的に彼女をフレームの中に閉じ込め、一方的に凝視される立場へと追いやっている。ロンドン万博においては、芸術作品であるパワーズの「ギリシャの女奴隷」と重ね合わされ、エレンは多くの観衆の視線を一身に浴び、ひとつのスペクタクルとして「白い沈黙」を強いられるばかりである。彼女は、自らの逃避行を通してジェンダーをトランスする行為を示しながら、もう一方で伝統的／因習的なジェンダー・ロールを課せられたのである。

しかし、エレン・クラフトはただ沈黙に終始しただけではない。エレンがイギリスで自由に飽き、夫ウィリアムを捨て、ロンドンのあるアメリカ人紳士の庇護のもとにあるという「奇妙な」噂が流れた時、彼女は即座に沈黙を破り、噂を否定するため書簡を編集者に送っている。一八五二年十二月のロンドンの『アンチ・スレイヴァリー・アドボケート』（*Anti-Slavery Advocate*）紙にそれが掲載されている。

私は束縛へと後戻りするいかなるものに対しても一切の気持ちがない。（中略）実際、奴隷制から逃れて以来、私はあらゆる点で予想以上に多くのものを手にした。例え事態がその反対であったとしても、この点に関して私の気持ちは変わらない。というのもアメリカ大陸でいつも生きてきた／息をしてきた（breathed）ひどい男の奴隷でいるより、自由な女性としてイングランドで飢え死にした方がずっとましだからだ。
エレンのこの書簡は、単なる噂の払拭ではなく、奴隷制の根底からの否定や自由の比類なき尊重を明確に物語っている。また、彼女が沈黙を脱し、自ら語る力があることを証明している。しかも、アメリカ大陸で「息をしてきた」男という言辞は、イギリスの詩人ウィリアム・クーパー（William Cowper, 1731–1800）の一七八四年出版の長詩『仕事』（*The Task*）の第二部「時計」（"The Timepiece"）の中の詩句、「奴隷たちはイングランドでは息ができない（cannot breathe）」という文言を反転させたものである（McCaskill "A Stamp" 89）。クーパーは奴隷制が存在した当時のイギリスの状況を語ったが、エレンは十九世紀中葉においても「息をしてきた」白人と「息ができない」黒人奴隷が存在するアメリカの状況を、この詞を反覆的に適用することで表しており、彼女のリテラシーが文学的知識を織り込むことができるほどの水準にあったことを示している。

エレンのこのリテラシーは、『自由を求めた千マイルの逃走』における共著者としての彼女の存在にスポットライトを当てる一つの契機ともなっている。この自伝的作品は原則ウィリアムの視点から語られて、エレンは語られる対象であり、十九世紀の版ではウィリアムのみを作者とし、出版された。しかしながら、彼女が作品のプロット形成に果たした役割が評価され、一九九〇年代以降の復刻版ではエレンの名も共著者として併記されている。エレンの書き手としての役割には諸説あるが、その役割を積極的に評価する論者もおり、ダニーン・ウォードロップ（Daneen Wardrop）は作品内の人種とジェンダーの言説を形作る語りはエレンを共著者と見なすことによってのみ理解されうると指摘している（963）。チャールズ・ヘグラー（Charles Heglar）は、冒頭部において、「奴隷としての私たちの状況」（Craft 1）や「我々は奴隷として所有された」（Craft 1）と一人称複数形で記されていることから、自伝が二人の共同作業であることが示唆されていると主張している（Heglar 92）。また、作品の最初で語られるエレン自身の家族の詳細な歴史や、異装の逃避行中、列車やホテルでエレンと距離を置かざるを得ない間の旅のエピソードは彼女しか知りえない情報であり、そうした場面の叙述で、ウィリアムはエレンの口述筆記者と化していると論じている（Heglar 92–94）。十九世紀においては、出版を男性の仕事と見做す社会的風潮や、育児に勤しみ、か弱き女性のイメージを保持したほうが、反奴隷制論者の注目を引きつけるに好都合であった事情も手伝って、作者エレンの側面は軽視されてきた。しかし、エレン・クラフトの脱構築的なパフォーマンスが脚光を浴び、一九九〇代以降、彼女が奴隷体験記や反奴隷運動のなかで確たる役割を担っていることが明らかになるにつれて、「沈黙のスペクタクル」としてだけではなく、語る主体としてのエレンの相貌の解明がますます重要になってきている。

注

（1）特に、女性初の社会学者と言われるハリエット・マーティノー（Harriet Martineau, 1802–76）はクラフト夫妻の受け入れや教育に尽力し、クラフト夫妻がハマースミスのケンブリッジ・ロード十二番に居を定めることにも協力した。

（2）アメリカへの帰国後、クラフト夫妻は解放奴隷の教育と雇用のために農業学校を設立するも失敗に終わり、チャールストンの税関長を務めていたウィリアム・D・クラム（Dr. William D. Crum）と結婚した娘エレン（Ellen）と共に余生を送り、母エレンは一八九一年に、ウィリアムは一九〇〇年にその生涯を閉じることになる。

（3）逃亡奴隷が異性装を纏う例はエレン・クラフトに限ったことではない。「地下鉄道の父」であるウィリアム・スティルは何百人もの黒人奴隷の北部への逃亡を手助けしたが、その際女性が男装したり、男性が女装することがあったと述べている（Still 1）。実際にヴァージニア州のクラリッサ・デイヴィス（Clarissa Davis）はニューイングランド行きの船に男装して乗り込み、メアリー・ミルバーン（Mary Millburn）は蒸気船に男装して乗船し、十四歳の少女であったアン・マリア・ウィームス（Ann Maria Weems）も男装して、追っ手からの追及を逃れた（Still 60–61, 177–89, 558–59）。地下鉄道の「車掌」として三百人余りの奴隷を南部から逃亡させ、「黒人のモーセ」（Black Moses）と称された著名な奴隷解放運動家ハリエット・タブマン（Harriet Tubman, 1820–1913）も、北部の保安官による逮捕や奴隷として南部に連れ戻されることから逃れるために男性を装った（McCaskill "Yours" 510）。

（4）当時の黒人にとっては、鉄道は具体的な自由を獲得するための現実的な手段と同時に、精神的な逃避と救済の二重のイメージを付与されていた。黒人にとって、鉄道は過去・現在の日常的苦痛からの逃避と脱出のシンボルと化し、救済のイメージを帯びていたのである。鉄道をテーマにした黒人による宗教音楽には、「福音列車」と称する言葉があり、「天国行きの特別列車だけなんだ、この汽車は」、「この路線、この汽車だけが天国へ行き来している」といった歌詞が存在する（小野 19）。また、鉄道用語は逃亡行為の隠語として使用され、「車掌」（conductors）は「逃亡奴隷を誘導する人」を、「駅、停車駅」（stations）は「奴隷の隠れ家」、「駅長」（stationmasters）は「自分の家に奴隷をかくまう人」を意味する隠語であり、黒人奴隷の逃亡と鉄道は分かちがたく結びついている。

（5）フィラデルフィアは最も初期の女性共済会である一七九三年の聖トーマス女性共済会の中心であり、一八三〇年までには八〇もの相互慈善団体が出来、そのうち六〇以上の団体がアフリカ系アメリカ人女性によって設立された（Dunbar 60）。また、ボストン同様に、フィラデルフィアでは黒人女性の創作や政治的な執筆の手段を提供する機会を与えるアフリカ系アメリカ女性の文学的団体が設立された。一八三一年にはフィラデルフィアにて、「フィラデルフィア女性文学団体」（The Female Literary Association of Philadelphia）が生まれた（Zackodnik 52）。

（6）マーク・トウェイン（Mark Twain, 1835–1910）は他の作家以上に、異装を含む小説を執筆し、"A Medieval Romance"（1870）から始まり、"1,002d Arabian Night"（1883）や *Adventures of Huckleberry Finn*（1884）、*Pudd'nhead Wilson*（1894）、"Wapping Alice"（1898）、"How Nancy Jackson Married Kate Wilson"（1902）、"A Horse's Tale"（1907）といった長短編に異性装のエピソードを取り入れているが、これらにもクラフトの異装の影響を見て取ることが出来ると指摘されている（Skandera-Trombley 85）。

（7）月曜から木曜までの入場料が一シリングで、月曜日は労働者や商店主、火曜日は田舎からの見物人が多く、水曜日と木曜日は比較的客足が少なかった。金曜日の入場料は二シリング六ペンスであり、入場定期券を持つ者や余裕をもって展示品を眺めたい者が多かった。土曜日は入場料が十シリング六ペンスに跳ね上がり、上流階級が入場者の大半を占めた。（ヒューズ 189）

（8）十九世紀中庸に中産階級の間で流行した見世物として、芸術作品の活人画が挙げられる。活人画はパフォーマーが芸術作品内の人間に扮し、作品を再現するエンターテイメントであるが、最も人気のある題材の一つがパワーズの女奴隷像であった（Merrill 331–332）。

引用文献

Berthold, Michael. “Cross-Dressing and Forgetfulness of Self in William Wells Brown’s *Clotel*.” *College Literature*. 20.3 (1993): 19–29.

Bontemps, Arna, ed. *Great Slave Narratives*. Boston: Beacon, 1969.

Brown, William Wells. *Three Years in Europe: Or, Places I Have Seen and People I Have Met*. London: Charles Gilpin, 1852.

Challis, Debbie. “Modern to Ancient: Greece at the Great Exhibition and the Crystal Palace.” *Britain, the Empire, and the World at the Great Exhibition of 1851*. Ed. Jeffrey A. Auerbach and Peter H. Hoffenberg. Hampshire: Ashgate, 2008.

Craft, William and Ellen. *Running a Thousand Miles for Freedom: Or, The Escape of William and Ellen Craft from Slavery*. London: Cambridge UP, 2013.

Douglass-Chin, Richard J. *Preacher Woman Sings the Blues: The Autobiographies of Nineteenth-Century African American Evangelists*. Columbia: U of Missouri P, 2001.

Dunbar, Erica Armstrong. *A Fragile Freedom: African American Women and Emancipation in the Antebellum City*. New Haven: Yale UP, 2008.

Heglar, Charles J. *Rethinking the Slave Narrative: Slave Marriage and the Narratives of Henry Bibb and William and Ellen Craft*. Westport: Greenwood Press, 2001.

Kasson, Joy S. “Narratives of the Female Body: The Greek Slave.” *The Culture of Sentiment: Race, Gender, and Sentimentality in Nineteenth-Century America*. New York: Oxford UP, 1992.

Lee, Julia Sun-Joo. *The American Slave Narrative and the Victorian Novel*. New York: Oxford UP, 2010.

Merrill Lisa. “Exhibiting Race ‘under the World’s Huge Glass Case’: William and Ellen Craft and William Wells Brown at the Great Exhibition in Crystal Palace, London, 1851.” *Slavery & Abolition: A Journal of Slave and Post-Slave Studies*. 33.2 (2012): 321–336.

McCaskill, Barbara. “Introduction: William and Ellen Craft in Transatlantic Literature and Life.” *Running a Thousand Miles for Freedom: The Escape of William and Ellen Craft from Slavery, by William Craft and Ellen Craft*. Athens: U of Georgia P, 1999.

——. “The Profits and the Perils of Partnership in the “Thrilling” Saga of William and Ellen Craft.” *MELUS* 38.1 (2013): 76–97.

———. "A Stamp on the Envelope Upside Down Means Love; or, Literature and Literacy in the Multicultural Classroom." *Multicultural Literature and Literacies: Making Space for Difference*. Ed. Suzanne M. Miller and Barbara McCaskill. New York: SUNY Press, 1993.

———. "'Yours Very Truly': Ellen Craft—The Fugitive as Text and Artifact." *African American Review* 28.4 (1994): 509–529.

Murray, Freeman Henry Morris. *Emancipation and the Freed in American Sculpture: A Study in Interpretation*. Charleston: Nabu Press, 2010.

Nelson, Charmaine A. *The Color of Stone: Sculpting the Black Female Subject in Nineteenth-Century America*. Minneapolis, MN; U of Minnesota P, 2007.

Richards, Thomas. *The Commodity Culture of Victorian England: Advertising and Spectacle, 1851–1914*. Stanford: Stanford UP, 1990.

Skandera-Trombley, Laura. "Mark Twain's Cross-Dressing Oeuvre." *College Literature* 24.2 (1997): 82–96.

Still, William. *The Underground Railroad*. New York: Arno Press, 1968.

Wardrop, Daneen. "Ellen Craft and the Case of Salomé Muller in *Running a Thousand Miles for Freedom*." *Women's Studies* 33.7 (2004): 961–984.

Williams, Rosalind H. *Dream Worlds: Mass Consumption in Late Nineteenth-Century France*. Berkeley: U of California P, 1982.

Zackodnik, Teresa. *Press, Platform, Pulpit: Black Feminist Publics in the Era of Reform*. Knoxville: U of Tennessee P, 2011.

小野清之『アメリカ鉄道物語——アメリカ文学再読の旅』研究社、一九九九年。

常山菜穂子『アメリカン・シェイクスピア——初期アメリカ演劇の文化史』国書刊行会、二〇〇三年。

バトラー、ジュディス『ジェンダー・トラブル——フェミニズムとアイデンティティの攪乱』青土社、一九九九年。

ヒューズ、クリスティン『十九世紀イギリスの日常生活』植松靖夫訳、松柏社、一九九九年。

女奴隷とトランスアトランティック・アボリショニズム

――ハリエット・ジェイコブズの『自伝』[1]と手紙に見る戦略

辻　祥子

はじめに

ハリエット・ジェイコブズ（Harriet A Jacobs 1813–97）と言えば、ノースカロライナ生まれの元奴隷で、逃亡後に自らの壮絶な体験を綴り、『ある奴隷少女の人生に起こった出来事――自伝』（*Incidents in the Life of a Slave Girl, Written by Herself*）（以下、『自伝』とする）と題する手記を南北戦争の直前の一八六一年に出版したことで有名である。ジェイコブズの『自伝』は、そのあまりに特異な内容から、長い間実話としての信憑性そのものが疑われていた（小林 22–33）。その一部を見ておくと、幼少期の彼女は奴隷にしては「めったにないほど恵まれて」おり、「最初のやさしい女主人」から読み書きを習っている（Jacobs 4,7）。しかしその女主人の死後は、他の多くの女奴隷が味わうのと同じ受難が待ち構えていた。新しく彼女の主人[2]になったノーコム（Norcom）医師――『自伝』ではフリント（Flint）医師――からの性的虐待である。彼女は何とかそれを回避しようと、自分が思いを寄せる白人弁護士ソーヤー（Sawyer）氏――『自伝』ではサンズ（Sands）氏――に接近し、彼との間にジョゼフ（Joseph）とルイーズ（Louise）という二人の子どもをもうけている。さらにジェイコブズは、自分が幼い子ども二人を残したまま逃亡したふりをすれば、主人は困って彼らを弁護士に売り、最終的に自分も子どもも自由になれるのではないか、と思いつく。そこで一八三五年の夏、自由黒人である祖母の家の屋根裏のわずかな隙間に身を隠し、六年と十一ヶ月の間（小林 431）、期が熟すのを待つのだった。その後ジェイコブズは紆余曲折の末、北部に逃れ、子どもたちとも再会している。そして一八五二年、ようやく当時の雇い主の妻のはからいで奴隷の身分から解放され自由になるのである。（*Family Papers* li–lvi）

ジェイコブズのこの『自伝』は、一九八〇年代後半から顕著になる多文化主義批評の流れの中で、ようやく脚光を浴び始め、一九九六年に初の批評集が出ている（Zafar 1–10）。現在は、奴隷制や父権制を元奴隷かつ女性の立場から批判した初めての語りとして評価され、アンテベラム期の主要文学作品の一つに数えられている。当時、男性の元奴隷による体験記は数多く存在したが、女性の奴隷で読み書きができた人はほとんど皆無であったことから、女性による体験記として出版されたものは唯一、この『自伝』だけということになる。しかしながらジェイコブズがこの作品の読者として、大西洋の向こう側にいるイギリス人を強く意識し、イギリスでもタイトルを一部変更して出版していたこと、さらに自伝執筆後も、独自の方法でイギリス人にメッセージを送り、アメリカの奴隷救済のための援助を求めていたことにはあまり関心が向けられていない。こうした活躍は、イェン・ファーガン・イェリン（Yean Fagan Yellin）がジェイコブズや彼女の周辺の活動家たちによる膨大な量の手紙や新聞記事、演説原稿などをまとめ、詳細な解説をつけて二〇〇八年に出版した『ハリエット・ジェイコブズ・ファミリー・ペーパーズ』（*The Harriet Jacobs Family Papers*　以下 *Family Papers* と略）を通して窺い知ることができるが、それ以降、この資料をもとにした本格的な議論は起きていないように思われる。

そこでまず、ジェイコブズの活動とイギリスとの接点を、合計三回にわたる渡英経験を中心に、かいつまんで紹介しておく。その背景として、トランスアトランティック・アボリショニズムと呼ばれる動きに注目したい。一八三三年に本国の植民地（西インド諸島）で奴隷制廃止を達成したイギリスのアボリショニストたちは、次のターゲットとしてアメリカの奴隷解放を目指し、大西洋の向こう側から影響を与えていく。一八三九年に外国の奴隷制廃止運動に協力する目的で三つの協会が新たに作られるが、そのうち一八四〇年代から一八五〇年代にかけて一番長く活動を続けることになるのがイギリス及び海外反奴隷制協会（the British and Foreign Anti-Slavery Society　通称ＢＦＡＳＳ）である。この団体は寄付金を募ってアメリカの同志に送ったり、一八五〇年の逃亡奴隷法によってアメリカ国内に安住の地を失った奴隷たちを受け入れたりした（Midgley 121–53）。一方アメリカで主に奴隷解放運動を行っていたのは、ウイリアム・ロイド・ギャリソン（William Lloyd Garrison, 1805–79）率いるアメリカ及び海外反奴隷制協会（the American and Foreign Anti-Slavery Society）である。彼らはイギリスで逃亡奴隷の受け入れが本格的に始まる以前の一八四〇年代から、モーゼス・グランディ（Moses Grandy 1786–?）、モーゼス・ローパー（Moses Roper, 1815–91）、フレデリック・ダグラス（Frederick Douglass, 1818–95）といった奴隷出身のアボリショニストたちを送り込んだ。彼らはイギリスに滞在しながら、手記を出版し、全国各地を講演しながら啓蒙活動を行っている（McEntee 124）。つまり、ジェイコブズが奴隷解放運動に本格的に関与する以前から、英米のアボリショニストたちの相互交流は活発化していたのである。

ジェイコブズが初めてイギリスに渡るのは一八四五年のことである。彼女はその三年前、北部への脱出に成功し、ニューヨークで逃亡生活を送りながら、編集者であり詩人のナサニエル・パーカー・ウィリス（Nathaniel parker Willis, 1806–67）の妻にメイド兼子守として雇われていたことがあった。やがて妻を亡くしたウィリスが、イギリスにいる妻の親戚を訪問する際、まだ幼い娘の世話役が必要だとして、当時逃亡先をニューヨークからボストンに移していたジェイコブズに同行を求めたのであった。ジェイコブズは奴隷ハンターも人種差別主義者もいないイギリスで一年半ほど過ごすうちに、真の解放感と「精神的再生」（Yellin 163）を味わい、自らが神の恩寵を受けていることを実感したという（McEntee 132）。しかし、同じ時期にイギリスに滞在していたフレデリック・ダグラスが、現地の支援者の経済的援助により自由黒人の身分を購入できたのに対し、彼女は依然として逃亡奴隷のまま帰国しなければならならなかった（Yellin163）。こういった体験が、彼女の自由への渇望を強めたことは確かであろう。

そう判断できる帰国後のジェイコブズの変化がいくつかある。再びボストンに舞い戻った彼女は、当初奴隷制廃止運動に加わることに慎重な姿勢を見せるものの、一八四七年の八月、つまり帰国して半年もたたないうちに、アボリショニストによって開かれたイギリス領西インド諸島の奴隷解放を祝う記念行事に、娘とともに参加している（Yellin 163）。また同じ年に、当時奴隷制廃止運動をはじめ、あらゆる改革運動の一大拠点であったニューヨーク州ロチャスター[3]へ転居し、すでにアボリショニストになっていた実の弟ジョン・S・ジェイコブズ（John S. Jacobs, 1815–75）の活動グループに加わっている（*Family Papers* 147）。彼女はジョンが経営する反奴隷制運動関係の専門書店を手伝うが、同じ建物内では、一足先に帰国したフレデリック・ダグラスが、機関紙『ノース・スター』（*the North Star*）を発行し、独自の活動に本腰をいれていた（小林 452）。ダグラスがイギリス滞在中交流を深めたイギリス人アボリショニストの姉妹、ジュリア・グリフィスとエライザ・グリフィス（Julia and Eliza Griffiths）も、イギリスからロチェスターに駆けつけて彼を援助し、またロチェスターに創設された西ニューヨーク反奴隷制協会（the Western New York Anti-Slavery Society）の勢力拡大に協力していた（Barns 66–67）。ジェイコブズは、このようなトランスアトランティック・アボリショニズムを担う重要なメンバーと出会い、刺激を受けているのである（Yellin 164）。さらに、前述の西ニューヨーク反奴隷制協会の創設者の一人であり、イギリスでダグラスが築いた人脈を通して、反奴隷制運動のネットワークを拡張しようとしていたエイミー・カービー・ポスト（Amy Kirby Post, 1802–89）（Hewitt 269）ともジェイコブズは友人になる（*Family Papers* 146）。フェミニストでもあるポストは当時、逃亡奴隷の母親が自分の体験を公に語ることを勧めており、読み書きができるジェイコブズには、自伝の執筆を強く促したのであった（*Family Papers* 189–91, McEntee130）。

ジェイコブズは一八五七年、ほぼ完成していた『自伝』のイギリスでの出版を打診するため、アボリショニストのつてを頼って再び渡英する。彼女自身、奴隷の身分から解放されて五年がたっていた。ジェイコブズはその後、無事出版された『自伝』を通して、奴隷制が女性をいかに苦しめ、社会全体を堕落させるかを、大西洋を隔てたイギリスの読者にも訴えている。さらに南北戦争の最中や戦後の混乱期に、南部から北部に避難してくる解放奴隷たちの悲惨な状況を、友人宛ての個人書簡の形で伝えるのだが、それは結果的にアメリカだけでなくイギリスの機関紙に掲載されることで、より多くの義援金を集めることになった。彼女のイギリスへの関心はその後も続く。一年後の一八六四年八月に、ジェイコブズはイギリスの西インド諸島における奴隷解放三十周年を記念する行事をバージニア州アレクサンドリアで企画し、イギリスの成功例を引き合いにだしながら、アメリカで解放されたばかりの元奴隷に対するさらなる援助をよびかけるスピーチを行う。さらに一八六八年、ジェイコブズは三度目の渡英によって、解放奴隷のための避難所の建設資金を集めている。本稿では、このようなトランスアトランティック・アボリショニズムにおけるジェイコブズの貢献に注目し、彼女のイギリスとのつながりを大切にした巧妙な戦略を『自伝』や手紙から明らかにしたい。

一　ジェイコブズの『自伝』――イギリス出版までの戦略

ジェイコブズの『自伝』の語りは、当時の中心的読者である白人中産階級の女性の心を動かし、奴隷制反対運動支持を取り付けることが大きな目的であった。しかし、当時奴隷主による性的虐待は、アボリショニストの間でさえ話題にすることが避けられており、それを語りの中心に据えること自体、これまでに例を見ない冒険であった（McEntee 130）。さらにジェイコブズが白人の愛人を作り、二人の婚外子をもうけていたことを告白することも勇気のいることであった。そこで彼女は自分の本名を隠してリンダ・ブレント（Linda Brent）という偽名を使い、[4]道徳的に問題のある場面の描写を極力避けている。また、性的に堕落した女性には厳しい罰が下るという当時流行のセンチメンタル・ノヴェルのパターンを使い、彼女の奔放な行動を知った祖母が彼女を厳しく叱責する場面を入れることで、保守的な道徳観を持つ読者の反発を避けようとしている（McEntee 130, Mills 259）。一方でジェイコブズは、主人に当然のように貞節を奪われる黒人奴隷の女性は「品行方正になる機会がない」（98）という。白人女性とはそもそも同じ次元にいないし、同じ道徳規範で裁かれるのは理不尽だと訴えているのだ。

ここで注目すべきなのは、ジェイコブズがこの『自伝』をアメリカよりも先にイギリスで出版すべく画策していたことである。すでに先ほど紹介したローパー、ダグラスに加えて、ケンタッキー州出身の元逃亡奴隷ウィリアム・ウェルズ・ブラウン（William Wells Brown, 1814–84）やジョージア州出身の元逃亡奴隷ジョン・ブラウン（John Brown, 1810–76）がイギリスで手記を発表していた経緯から、彼女は自分にもできるのではないかと、期待していたようである（*Family Papers* 189, 248）。当時アメリカの作家で、イギリスという大舞台を意識しない者はいなかったといっても過言ではないが、逃亡奴隷記の書き手は、より政治的な意図から、すなわち、さきほど紹介したトランスアトランティック・アボリショニズムの高まりを受けて、イギリス進出を狙っていたといえる。

さらにジェイコブズは、すでに触れたように、イギリス滞在において、初めて社会から皮膚の色でなく人格で評価され、自分が罪人でなく、神に祝福された人間だと実感できたという。『自伝』においても彼女はその経験を紹介し、礼節において、アメリカよりイギリスのほうが上であることを暗示している（McEntee 132）。このため、まずはイギリスでの出版を望んだと考えてもおかしくない。[5]

しかしジェイコブズの場合、事は単純ではなかった。一八五七年、手記をほぼ完成させていた彼女は、知り合いの黒人アボリショニスト、ウィリアム・C・ネル（William C. Nell, 1816–74）を通して、ボストン女性反奴隷制協会のリーダーでイギリスに人脈のあるコーネリア・グリネル・ウィリス（Cornelia Grinnell Willis, 1825–1904）とマライア・ウェストン・チャップマン（Maria Weston Chapman, 1806–85）に会い、イングランド、スコットランド、アイルランドにいる著名なアボリショニストに宛てた紹介状を書いてもらっている（Yellin 166）。その紹介状を携えて、ジェイコブズは一八五八年再び渡英し、そこでロンドン奴隷解放委員会のメンバーなどから暖かい歓迎を受けるのだが、結局のところ肝心の出版計画そのものは支援を得られなかった。『自伝』の中の性にまつわるスキャンダルが、ヴィクトリア朝の道徳規範に抵触していたため、関係者が二の足を踏んだのが原因と考えられている（*Family Papers* 247）。ジェイコブズはイギリス人の一人から、まずはアメリカでの出版の実績を作ることが必要だと助言されている（Yellin 167）。

それゆえジェイコブズは帰国後、出版に向けて精力的に動きはじめる。再びネルの紹介で、当時奴隷解放運動家としても作家としても地位を確立していたリディア・マライア・チャイルド（Lydia Maria Child 1802–80）に編集を依頼するのだ。チャイルドは編集者として絶妙な助言を行う。もともとジェイコブズは、語りの最後に、奴隷反乱を指導することで奴隷制の枠組みに揺さぶりをかけていた急進派のアボリショニスト、ジョン・ブラウン（John Brown 1800–59）の逸話を入れていた。チャイルドはそれを割愛して、ジェイコブズの語りが、女性の貞淑や家庭性を重視する祖母の逸話に始まり、祖母の死の場面で幕を閉じるよう構成することを提案し、作品を英米の白人女性の道徳観にさらに沿うようにもっていく（*Family Papers* 279, Mills 264–65）[6]。

また特筆すべきは先ほど紹介したジェイコブズの弟ジョンの貢献である。イギリスのアボリショニストとも親交のあった彼は、姉の『自伝』の出版から一週間経った一八六一年二月七日、「本当の奴隷制の物語」（"A True Tale of Slavery"）と題する短い手記をロンドンの出版社から出している（*Family Papers* 248）。彼はその中で、姉と愛人との関係にあえて言及せず、「彼女は二人の子どもの母親になった」とだけ記している（*Family Papers* 302）。この手記は読者の関心をスキャンダルから逸らし、肝心の奴隷制度の残虐さと近い将来訪れる国家分裂の危機（実際この二か月後に南北戦争が勃発する）の方に向けようとしている（*Family Papers* 291）。これは、イギリスでの出版を控えるジェイコブズの『自伝』が余計な反発を買わないための予防線のような役割を果たしているといえよう[7]。

保守的な読者を意識したチャイルドの巧みな編集、アメリカでの実績、そして弟による手記の出版が功を奏して、ジェイコブズはイギリスでも自伝を出版する。今度はロンドン解放委員会（London Emancipation Committee）のメンバーで、弟ジョンの友人でもあったフレデリック・ウィリアム・チェッソン（Frederic William Chesson 1833–88）が編集・出版を引き受け、さらにイギリスの主要新聞の中で広く注目されるよう広報活動を買って出てくれたのだった。また、フィラデルフィアの女性反奴隷制協会（Female Anti-Slavery Society）のメンバーも売り込みの協力を行った（*Family Papers* 292）。ここで、アメリカ版より長くされたタイトルに注目したい。『さらに深い過ち――ある奴隷少女の人生に起こった出来事――自伝』（*The Deeper Wrong: Or, Incidents in the Life of a Slave Girl: Written by Herself*）とあるが、ジェイコブズのスキャンダルよりも奴隷制度に「さらに深い過ち」があることをタイトルは暗示しているようである。ジェイコブズの『自伝』はイギリスの主要新聞から一流の文学作品の扱いを受けた。結果的にアメリカ以上にその真価が認められたといってよい（*Family Papers* 292）。またロンドンの週刊新聞『モーニング・スター・アンド・ダイヤル』（*Morning Star and Dial*）の五月の書評では、「隷属を強いられもっとも深く暗い影を背負った女性が自身の苦汁に満ちた体験を語った初の体験談」（*Family Papers* 237）と称されている。

二　『自伝』の読者

このようにジェイコブズの『自伝』は無事出版され、一定の評価を得たわけだが、語り手の彼女は、自分の告白が読者の反発を買うのではないかという不安（McEntee 130）をたえず抱えながら、「読者よ」と何度も呼びかけ、信頼関係を築こうとしている。先述したジョン・ブラウンやダグラスに加えて、同時代に手記を発表した他の元逃亡奴隷たちも、読者に語りかけることはあるが、ジェイコブズの場合、その頻度がきわめて高いといえる。(8) そこで彼女が呼びかける読者とはだれなのか、さらに詳しい分析をしてみたい。これまで見たようにイギリスでの出版を切望していた彼女は、イギリス人も読者として想定していたと考えられる。ところがそれを指摘した先行研究は見当たらない。語り手と読者との関係を論じた初期の批評家としてサンドラ・ガニング（Sandra Gunning）が、そして最近ではジョン・カレン・グルーサー（John Cullen Gruesser）がいるが、両者とも『自伝』の読者はアメリカの北部人であるとして、それ以外の可能性を疑わない。グルーサーは南部でジェイコブズが受けた奴隷主による虐待や愛人との関係などセンセーショナルな内容が続く第二十九章までと、北部に移ってからの生活やその後の渡英体験が記された残りの第三十章から最終章の第四十一章までを分け、前段では北部の読者相手に南部人批判を行い、後段では読者を含む北部人全体を批判していると分析する（Gruesser 107–14）。たしかに、批判の対象は途中で変わる。しかしジェイコブズが北部の読者と親密な関係を結ぼうとしていたのは最初の十章ほどであり、それ以降は距離を置く。一方で彼女はイギリス人読者とは安定的な関係を保とうとしていたのではないか。この点に関して以下に考察を試みる。

苦難のエピソードが始まる第三章から第十章まで、どの章にもジェイコブズが読者に直接呼びかけ、語りかける場面がある。その場面はそれ以降急になくなり、第二十九章に一度、あとは第三十四章に二度、第四十一章（最終章）に一度見られる。このことから、とくに最初の段階で読者との関係を確かなものにしたいという彼女の希望が読み取れる。さらにここで問題になるのが、彼女が規定する「読者」のアイデンティティが途中から曖昧になることである。序章ではたしかに彼女の願いが、「まだ奴隷の状態にあって、私の体験した苦難を今なお味わっている二百万人の南部女性の境遇に対して、北部の女性の鋭敏な意識を目覚めさせること」（2）であると言っている。さらに第五章に注目したい。

奴隷制の生み出す堕落、不正、悪徳の数々は私が語り尽くせないほどあり、読者の皆さんの理解を超えている。もしあなた方が、この非道な束縛に苦しむ何百万もの無力な人々の真実を半分でも信じたなら、北部のあなた方は、奴隷制のくびきをきつくする手助けなどしなかったはずである。南部では、訓練された猟犬や最下層の白人たちが、奴隷の主人たちのために行う卑劣で残酷な仕事を、あなた方が、あなた方自身の土地で、奴隷の主人たちのために行うなんてことは、確実に拒否したはずである。(34)(傍点筆者)

ここで呼び掛けられている読者は確かに一八五〇年の逃亡奴隷法を容認し、南部から逃げてきた奴隷の捕獲に協力的な北部白人である。また同じ章の最後の一節にも注目したい。同じ父親から生まれた姉妹でも、白人と黒人奴隷では境遇が全く違うことに言及したあと、ジェイコブズは次のように続ける。

こういった事柄を目にしながら、北部の自由な男と女である読者の皆さん方は、なぜ沈黙を守っておいでなのですか。なぜ、あなた方は、正義を主張するとき口ごもったりするのですか。(36)

ここでも、「北部の自由な読者」と特定している。しかし、第十章までの読者への呼び掛けのうち、「北部人」と特定できるのは、序章とこの第五章だけである。

第三章では、「ああ、幸せで自由な身の女性読者の皆さん、あなた方の正月と、かわいそうな奴隷女の正月とを比べてみてください!」(18)と呼びかけ、同性間の共感を求めている。第十章で純潔を失った自分の身の上を語るとき、「それにしても幸せな女性の皆さん、あなた方は子ども時代から純潔を守られ、愛情の対象を自由に選び、法律で家庭を保護されてきたのです。どうか、このみじめで孤独な奴隷の少女をあまり厳しく判断しないでください」(69)という。今度は女性に限定しているが、北部の女性とは言ってない。それ以外は単に「読者のみなさん」あるいは「あなた」「あなた方」と呼び掛けながら、南部の事情を説明するのだが、とくに北部人と特定はできない。

第六章になると、第五章と同じく奴隷制を手助けする北部人を批判しながら、どこかそっけない。

> 読者の皆さん、私は南部の家庭の想像図を書いているのではありません。私は偽りのない事実をあなた方に語っているのです。それなのに、奴隷制という野獣の手から、その犠牲者たちが逃げてきても、北部の人間は血に飢えた猟犬の役割を果たし、哀れな逃亡者を「死者の骨やあらゆる汚れで満ちている」檻の中へと狩りたて、追い返すことに同意しています。それだけではありません。彼らは自分たちの娘を、喜んで奴隷所有者たちと結婚させています、いえ、むしろ、それを誇りさえするのです。(44)

ここですでにジェイコブズは、北部人の読者と距離を取っているようにも思われる。グルーサーのいうように北部批判が本格化する第三十章を待つまでもない。もしジェイコブズがまだ北部の読者を引き付けた語り方を望んでいるなら、批判するときも第五章のように「北部の読者のみなさん」と特定し、「あなた方の中に奴隷制に加担する者がいる」などと非難できたのではないか。それをせずに、あえて事実だけを客観的に述べている。

ジェイコブズと北部の白人との距離が決定的になるのは、『自伝』の最終章の最後のくだりである。ジェイコブズは再び、こう呼びかける。

> 読者のみなさん、私の話は結婚という通常の形で終わるのではなしに、自由とともに終わります。私と子どもたちはいま自由です！　私たちは**北部の白人**と同じ程度に、奴隷所有者の支配から自由です。私の考えでは、**北部の白人**並みというのは大したことを言ったことになりませんが、私の境遇に照らせば、巨大な進歩を達成したことになります。(259)(傍点筆者)

ここでジェイコブズは、北部人読者との一体感を完全に消している。となると、最後までジェイコブズが「読者のみなさん」と語りかけ、共感を求めるのは、イギリス人ではないのか。

実際、ジェイコブズがイギリス人読者を意識しているとわかる部分がある。たとえば彼女は以前から「イギリス人のほうがアメリカ人より黒人に対する偏見が少ないと聞いていた」(215)のだが、実際にイギリスに行って、それを実感したという。そしてジェイコブズの見た人の多くが「最下層に属していたにも関わらず、彼らの小さく粗末な家を訪問して感じたのは、彼らの中のもっとも貧しく無知な人の状況でさえ、アメリカでもっともよい待遇を受けている(the most pampered)奴隷の状況より、はるかにましだということだ」(236)という。さらに、その直後に次のような断りをいれていることに注目したい。

> 貧しい人々がヨーロッパで抑圧されていることを否定しない。私はイギリス貴族出身のマレー嬢が合衆国[に旅し、そこ]の奴隷の状態をバラ色に描いて見せたのと同様に、ヨーロッパの貧しい人々の状態をバラ色に描くつもりはない。(236)

おそらく、ジェイコブズは、ここでイギリスを持ち上げて一部の読者の反発を招かないよう配慮しているのだろう。自分は決してイギリスを含むヨーロッパの階級社会を美化し容認するわけではないことを断っている。一方で、ジェイコブズはマレー嬢が広める誤解に満ちたアメリカ奴隷のイメージを否定することを忘れていない。彼女は次のように続ける。

> マレー嬢が私のような経験を少しでもしていれば、真実を知る者の目で自分のその本と向き合うことができただろう。彼女がもしその肩書を捨て、上流階級を訪問する代わりに、貧しい家庭教師としてルイジアナや

アラバマの農園で暮らしていたら、彼女が見たり聞いたりした事柄はまったく別の物語となったことだろう。(236)

ところで、マレー嬢ときいて一八五六年に旅行記『アメリカ合衆国、キューバ、そしてカナダからの手紙』(*Letters from the United States, Cuba and Canada*)を出したアメリア・マティルダ・マレー(Amelia Matilda Murray, 1795–1884)のことだとぴんと来るのは、イギリス人読者であろう。ジェイコブズはイギリス人読者に、その旅行記の中の奴隷にかんする「バラ色」の描写を真に受けないでほしいとあらためて訴えているのである。

三　手紙による戦略

このように道徳規範の逸脱という罪を犯し孤独なジェイコブズが、『自伝』をとおしてアメリカ人だけでなく、海を隔てたイギリス人のことも意識して「読者の皆さん」と呼び掛け、必死に彼らの心をつなぎとめようとしていたことがわかる。さらに南北戦争の最中及び戦後のジェイコブズは、今度は知人に宛てた手紙を雑誌に公開するという手段で、多くの読者を勝ち取り、奴隷の惨状を訴えるメッセージを送っている。実は奴隷の身分から解放された直後の一八五三年にジェイコブズはこの手段を用いたことがあるのだが(*Family Papers* 196–202)、その時の手紙はあくまで匿名であった。『自伝』で手ごたえを感じたあとの彼女は、手紙の中で『自伝』の作者として実名も公表し、内容に、より説得力を持たせている。その考察に入る前に、彼女が『自伝』の中で見せた手紙へのこだわりについて述べておきたい。

手紙は、場合によって人に真実を伝えることも、人を欺くこともできる。たとえば、ジェイコブズは、第三十四章で自分の主人――『自伝』の中ではフリント氏――の狡猾さを証明する手紙について「私はその手紙を残しておいたので、ここにその写しを付しておこう」(219) という。この同じせりふを彼女は他のところでも何度か使っている。また手紙がないときも、そのことをいちいち断っている。たとえば第三十二章で、北部に渡った彼女が主人に自分を売る最低の値段を示してほしいという手紙を送ると、彼はそれに素直には応じられない旨の返事をよこす。この場合、彼の冷酷でかたくなな態度を証明するものとして彼女は実際の手紙を引用したかったようだ。ところがそれを友人に貸したあと、その友人が紛失してしまったという。「そうでなければ、読者の皆さんにその写しをお見せできただろう」(214) と残念がっている。このように彼女は手紙を、真実を伝える有力な手段とみなしている。一方それとは逆に手紙を、人を欺く小道具としても利用している。彼女は南部に潜伏中、人に頼んでわざわざ北部から祖母宛ての便りを投函してもらい、奴隷主に自分が北部にいると信じ込ませたこともあった。たしかに、この行為によって手紙の信憑性を彼女自身が傷つけたという事実は否めない。しかし当時、手紙が真実を告げるものであることは、あれほど疑い深い奴隷主さえ信じていた大前提であり、それを逆手にとって利用することが、窮地に追い込まれたジェイコブズに残された唯一の道であったともいえるだろう。

自伝執筆後のジェイコブズは、手紙の真実を告げる力のほうを信じて、それを奴隷解放運動の中に本格的に生かしていく (*Family Papers* 292)。戦中から戦後にかけて、ワシントンDCや北軍が占領しているバージニア州のアレキサンドリア、ジョージア州のサヴァンナなどの都市に、南部から逃げてきた「コントラバンド (contraband)」と呼ばれる元奴隷たちが続々と集まっていた。ジェイコブズは娘ルイーズとともに、この避難民を救済する事業に参加するが、その際、避難民の惨状を支援団体への公式報告に書くだけでなく、英米のアボリショニストたちが読む新聞記事の中に手紙の形にして伝えている (*Family Papers* 397–99)。とくにイギリス人読者との接点に注目し、具体例を見ておく。一八六三年、ジェイコブズは彼女と同様、ノースカロライナの元奴隷でありながら、のちに奴隷解放運動に関わり、ロンドンのイーストエンドに活動の拠点を移していたジョン・セラ・マーティン牧師 (John Sella Martin, 1832–76) に手紙を書き送った (Yellin 168)。手紙にはジェイコブズが滞在していたアレクサンドリアの厳しい状況が綴られてあり、その内容はマーティンが創設に関わったイギリス解放民援助協会（English Freedmen's Aid Society）（*Family Papers* 395）の機関誌にそのまま掲載される。これは当時の編集長が機転をきかせて決断したことだった。さらにそれには次のような前置きがある。

次のジェイコブズ夫人――『さらに深い過ち』（"Deeper Wrong"）の作者――から、セラ・マーティン牧師への手紙は今受け取ったばかりのものです。これを公開することに関して、彼女はそれがどれほど役に立つかを知ったら、私たちを責めないでしょう。（*Family Papers* 477）

つまり編集長は、手紙が『自伝』の作者の手によるものであることをあえて強調することで、読者の関心を引き付け、なおかつここでの公開は自分の独断であることも断っているのである。

しかしながら一方で、ジェイコブズ自身、いずれ公開されることを前提にこの「私信」を書いていたと思われるふしがある。つまりジェイコブズは、マーティンに宛てた手紙を使って、イギリスの反奴隷制運動家たちを啓発しようとしているのである。その手法と内容を見ていきたい。

まずジェイコブズは「あなた（マーティン）がイギリスにいる反奴隷制運動の友人たちを前に私のことをとても好意的に紹介してくれていることに心から感謝します」（*Family Papers* 477）と礼を言って、すでにイギリスにいる彼の友人たちの存在を意識している。さらに、すぐに本題に入らず、あたかも『自伝』の続編を書くかのように、以下のように続けるのだ。

私には幼少時の記憶、すなわち奴隷が受けなければならない残酷な不当行為の記憶があり、そのために、これまで自分の周りの人たちにしっかりと目を向けることができずにいました。私がしてきたこと、していいことは何であれ、私が私の人種、すなわち苦しみ続ける哀れな神の子に果たすべき、キリスト教徒としての義務です。これらの感謝に満ちた人々が私の周りに集まったとき、悲しそうな、そして惨めな様子の者もいれば、輝くような幸せな表情をし、自由の恵みによってずっと改善された状況にいる者もいましたが、私の心の中では、最後の鎖が解かれ（the last chain is to be broken）、糾弾されていた汚点が拭い去られようとしていること（the accused blot wiped out）を感じずにはいられませんでした。このことは、私の仕事の負担を軽くし、いかなる犠牲が払われたとしても、その苦しみは忘れられます。（*Family Papers* 477–78）

ここは、まるで讃美歌「アメージング・グレース」（"Amazing Grace"）の始まりの一節「アメージング・グレース！　私のような罪深き、そして悲惨な境遇の者（wretch）を救ってくださった。私はかつて道に迷ったが、今は神に見出されている。かつて見えなかったが、今は神の恵みを見出すことができる」（ニュートン 31）を思い出させるくだりである。彼女は改めて自分自身が奴隷制の犠牲者であることを読者に想起させる。そして今の彼女は、哀れな同胞を救うというキリスト教徒としての義務に目覚めており、それを果たすことで神に赦され、奴隷制によってつけられた「汚点」、すなわち性道徳から逸脱するという過去の罪も「拭い去られようとしている」ことを強調している。彼女のこの罪を容認することが、ヴィクトリア朝のイギリス人にとってアメリカ人以上に難しいことは、彼女の自伝の出版を最初、イギリスで行おうとして失敗したことで証明済みであった。だからこそ、ジェイコブズはイギリス人の「友人たち」の反発を買わないように細心の注意を払っているのである。

その上で、彼女は解放奴隷たちを迎え入れるべき土地が、自由とは程遠い、死の荒野である現実を伝えている。それは海を隔てたイギリスの読者たちにも衝撃を与える現地レポートになっている。

あなたがここ（アレクサンドリア）にいて下さったらと何度も願ってきました。土地は広いのに、それを耕す人はほとんどいません。私たちは試練の季節を経験しました。この冬に経験した悲惨さを再び経験することがありませんように。私がボストンにある私たちの小さな協会——ボストン避難民援助協会（the Fugitives' Aid Society of Boston）に手紙を書いたとき、天然痘は猛威をふるい、ばたばたと人が亡くなっていました。十月二十日から翌年の三月四日まで、政府によって八百人の避難民（refugees）がこの町に埋葬されました。その脇にはリストには載っていない、しかし確かに避難民であった者たちの私設の墓もありました。当局は、この地に何人の元奴隷（ex-slaves）が埋められているか実際に分かっていません。

（*Family Papers* 478）

こうした惨状にも関わらず、アメリカ政府は十分な機能をはたしていないし、南部の白人も協力的でないことをジェイコブズはこのあと述べている。そして次のくだりで、北部の慈善団体や活動家たちは黒人の支援に協力的であり、黒人自身も自立しようとしていることを強調する。

彼らがいままで得てきた慰問品の大半は、ニューヨークにある正統派フレンズ協会に負っていたのです。この協会の人たちはこの哀れな打ち捨てられた人種に対して友人であることを示してきたのです。

兵士を救えと説教壇や集会から多くの雄弁なアピールがなされるのを聞きます。彼らに対する我々の義務は、ほかのどんな義務よりも優先されるべきだというのです。私は、それが正しいと思います。神よ、感謝します。私は、黒人も階級をなくすのに貢献しつつあり、やがて、彼も、人として認められるだろうとわかって、誇らしい気持ちです。（*Family Papers* 478）

このように、アメリカ人も精いっぱいの努力をしていることを強調した上で、あらためてイギリスに目を向けている。

私は、海を越えた友人が私たちのことを同情をもって覚えていてくれることを知って感謝しています。イギリスは黒人でも自由を誇れる場所です。イギリスの友人は彼らが宣言した原理［一八三三年英国奴隷解放法］に忠実であると、私たちは今なお信じています。（*Family Papers* 478）

つまり、マーティンの背後にいる大勢の「イギリスの友人」に支援を求めているのである。このあとジェイコブズは、自ら体力や視力の低下といった健康上の不安を抱えつつ、これまで自分が奴隷救済のために何を行ってきたかを紹介している。

私たちの学校について、一言言わないといけません。私たちは百二十五校の学校を作りましたが、まだ給料を払える先生はいません。子どもたちは傷が回復しつつある兵士によって教えられてきました。兵士たちは、軍に呼び戻されるまで、親切にもボランティアで先生役を買って出てくれているのです。（中略）私は、子どもも大人も両方混じった、大人数の裁縫の授業を持っています。私は、貧しい人たちが結婚式を挙げられるように力を尽くしてきました。そしてついにその目標を達成しました。最初の結婚式は、学校の校舎で行いました。建物は祝福する人々でぎっしり埋まり、建物の垂木は折れてしまいました。一瞬、興奮が高まりました。哀れな人々は、南軍兵が攻めてきたと思ったのです。（*Family Papers* 478）

ジェイコブズはこの手紙の冒頭で、奴隷制が自分の過去につけた汚点は、自分が「キリスト教徒の義務」を果たすことで拭い去れると言っていたが、彼女が実際にどのような善行を積み、道徳的向上に努めてきたかを、ここで改めて示した形になっている。つまり、今の自分なら、イギリス人の読者からも赦しや理解が得られる、そして彼らに同胞を救うための協力を求める資格があるといった確信に近い思いが、この手紙から伝わってくるのである。

実際、この手紙が書かれた当時、具体的には一八六三年から一八六五年までの間に、四十から五十の援助団体がイギリス中に結成された。当時外国からの寄付は、全体の五分の一を占め、その大半がイギリスからであったという。イギリスからの寄付金は、イギリス解放民援助協会の全国委員会の結成によって、一か所に集められ、適時アメリカに送られていた（*Family Papers* 724）。ジェイコブズがイギリスに強い関心を寄せていたのもうなずける。

ジェイコブズはさらに一八六四年八月一日、アレキサンドリアにおいて初めて、イギリス領西インド諸島における奴隷解放の祝賀会を企画した。こうした祝賀会はニューイングランド、ニューヨーク、オハイオなどで盛んに行われており、すでに述べたようにジェイコブズも参加するだけなら一八四七年に経験している。注目すべきは、ジェイコブズがそこで自らスピーチをしたという事実である。チャイルドは、奴隷解放運動に触れた一八三七年の手紙で「私が男だったら、（公の場で）講演できるのに」（Karcher216）と悔しさをにじませているのだが、結局最後まで表舞台に立つことはなかった。ところが元女奴隷のジェイコブズは、奴隷解放宣言が出てまだ間もない時期に、特別な一日かぎりの機会とはいえ、自分の言葉で聴衆に語るのである。彼女は、その晴れの舞台に、奴隷制廃止をかけた戦争で勇敢に戦い、傷ついた兵士たちが収容されている病院をあえて選んでいる。そしてまず、「信愛なるアングロ（Anglo）よ」（*Family Papers* 577–78）と呼びかける。この「アングロ」は、アングロサクソン系のアメリカ人とイギリス人の両方を同時に意味する便利な表現である。そのあとに、「われわれは、われわれの勇敢な兵士たちに代わって、あなた方に呼びかけるのを光栄に思います。兵士たちは、非常に適切な方法で、西インド諸島の奴隷解放の記念日、すなわち、すべての有色アメリカ人（every colored American）が大いなる関心を寄せている日を祝ったのです」と始める。また病院の名がルヴェルチュール病院であったことも象徴的である。もちろん、トゥサン・ルヴェルチュール（Toussaint L'Ouverture, 1743–1803）といえば、奴隷の解放を世界で初めて実現したハイチ革命のリーダーである。そして、彼女は演説の半ばでイギリスの成功例を引き合いにだし、次のように言う。

> イギリスの奴隷から、手枷が取れて（the shackels fell）、足枷も壊されて（his fetters were broken）以来、今日で三十一年になります。イギリスの富は、奴隷解放の法令のために代償を払いました。（中略）アメリカの富は、アメリカの奴隷制度が跡形もなく破壊され（crushed）、その不当な汚点が、国家の飾り楯から拭い去られる（its foul stain wiped）までは、自由、平等、正義をわれわれの人種に保障してくれません。
>
> （*Family Papers* 578）

ここで思い出したいのが、先に紹介したジェイコブズの私信である。自分が奴隷制からも罪からも解放されたときの状態を表すのに、「最後の鎖が解かれ（the last chain is to be broken）」、「糾弾されていた汚点が拭い去られようとしている（the accused blot wiped out）」（*Family Papers* 478）という表現を使っていたが、このスピーチで似たような表現を繰り返しているのが興味深い。すなわちジェイコブズは、イギリスのように奴隷制を廃止することで、個人につけられた汚点だけでなく、アメリカ社会全体につけられた汚点をなくすよう、呼びかけているのである。

一八六八年、ジェイコブズは三度目の渡英を果たす。ジョージア州サヴァンナにあるアフリカ系アメリカ人コミュニテイの資金を増やして、孤児や高齢者のためのホームを建設すべく、募金の協力を要請するためである。ジェイコブズの友人で前述のチェッソン率いるイギリスのアボリショニスト・サークルは、南北戦争勃発後も活動しており、ジェイコブズはそのメンバーと協力し、著名な人道主義者たちと連絡を取り、そのうちの何人かに彼女のプロジェクトのスポンサーになってもらうよう約束を取り付けるのだった。さらに『アンチ・スレイヴァリー・レポーター』（*Anti-Slavery Reporter*）というイギリス及び海外反奴隷制協会の機関紙の編集者にジェイコブズの嘆願状を紹介してもらうことで、いっきに支持者を増やそうとしている。その内容は、すでにみたような七年前の『自伝』や五年前に友人マーティンに宛てて書かれた私信と比べても、さらなる発展がみられる。まず、編者が次のような紹介を載せている。

ここで、次のような嘆願状を掲載することは喜ばしいことです。その嘆願状の書き手は、有名な奴隷制の犠牲者、リンダ・ブレンド、今は本名を名乗ってハリエット・ジェイコブズさんです。彼女の「リンダ」という名の語りはだれもが読むべきです。彼女の嘆願状が寛大な反応を得ることを祈っています。（*Family Papers* 722）

この紹介文から、彼女の名前をめぐって、イギリス社会にも変化が起きていることがわかる。さきほど見た、マーティンに宛てた手紙を掲載した記事では、彼女は「ジェイコブズ夫人」、あるいは「『より深い過ち』の作者」として紹介され、手紙の最後の署名には、「ハリエット・アン・ジェイコブズ」と本名を名乗っているのだが、ここでは、スキャンダルに満ちた話の主人公リンダ・ブレントという偽名をあえて出してきて、それを彼女の本名と改めて結びつけているのである。七年という歳月によって、イギリス社会の中にも、ジェイコブズを彼女の過去を含めて受け入れる空気ができあがっていたと思われる。（Yellin 169–70）

さらに、ジェイコブズの嘆願書から、彼女自身の変化がわかる。嘆願書の最後にされた署名には「リンダ・ジェイコブズ」とある。つまり、彼女自身、いったんは切り離さざるを得なかった自分の過去と現在を再びつなぎ合わせ、生きていく決意ができたということだろう。また内容的にも、七年前、奴隷制の被害者としてひたすら読者に同情と理解を乞うていたジェイコブズからは想像もできない、奴隷解放運動家としての主体的な姿が見てとれる。具体的に紹介すると、まず彼女は孤児院の必要性を訴える。

私のイギリス訪問の目的は、ジョージア州サヴァンナにおいて、困窮した高齢者の解放民のためのホームと並んで孤児院を建てる計画があり、その資金援助を呼びかけることにあります。南部の諸州には多くの孤児がいます。一部の州には、北部の同胞の慈善によって孤児院が建てられましたが、他の州において、解放民局が一定の年齢までの孤児を見習いとして働かせること以外は、何も援助がなされていません。見習いといって、元の所有者のところに送られるといったケースも珍しくありません。奴隷制の精神はまだ完全に取り除かれていないので、多くの場合、子どもは残酷に扱われます。この貧困階級の子どもたちに何かしてあげたいという私たちの願いによって、彼らにはある種ホームの役割を果たす避難所が与えられ、彼らに役に立つ教育が施され、見習いに出されているときは、監督が付きました。私は、奴隷制のもたらす堕落を知っています。奴隷制は破滅をもたらします。だからこそ、神の慈悲によって奴隷制から解放されたばかりの若者には、もっとも健全で有益な影響が与えられなくてはいけないのです。(*Family Papers* 722–73)

このように、ジェイコブズは今まで追い目に感じていた「堕落した」自分の過去を逆手にとって、他のだれよりも説得力をもって、孤児の救済を訴えるのである。さらに、彼女は高齢者の解放民の窮状をこう語る。

高齢の解放民は(中略)肉体的にも衰弱し、経済的にも困窮し、家もなく、糧や住まいを人々の慈善に頼るしかないのです。彼らの多くはそれを得られず、苦しんで死んでいきます。自由は、かけがえのない恩恵ですが、その価値は、ある程度の生活の快適さをともなって初めて高まるのです。(中略)死期が近い彼らの足元をいくばくかの平和と光が差すとしたら、それは人々の優しさとキリスト教徒の愛に他なりません。（*Family Papers* 723）

ジェイコブズは安らぎの生活を奪われた経験から、今度は、同じような境遇の人を救おうとしている。まさに奪われた者から、与える者へと変貌しているのである。彼女は最後に、イギリスの友人に対してようやく本題の寄付を呼びかける。

奴隷解放以来、英国の友人たちが寄せてくださる関心と援助に深く感じ入っています。アメリカ奴隷制の崩壊と人権の拡張を嬉しく思っていますが、さらにみなさんが今度の構想にかんする私の努力を応援してくだされば、有難いです。切羽つまった瀬戸際の状況では、わずかな寄付もおおいに助かります。（*Family Papers* 723）

すでに、イギリスからは八万ポンドが集まっていたが、ジェイコブズは手紙の力を最大限に利用し真実を伝え、さらなる寄付金を募ったのである。ジェイコブズが考えたようなホームは黒人女性たちの手によって南部中（ルイジアナ、アラバマ、アーカンソー、サウスカロライナ、テネシーなど）に作られつつあった（*Family Papers* 723）。また、ジェイコブズがアメリカに帰ってしばらくすると、グレート・ブリテンおよびアイルランド解放民援助協会（the National Freedmen's Aid Union of Great Britain and Ireland）は、協会が所有する百ポンドを寄付し、ジェイコブズの慈善事業、とくにジョージア州サヴァンナの施設建設のために使うことを決定していた。しかしながら、不幸なことにジェイコブズの構想は人種差別主義集団ＫＫＫが放火や暴力を繰り返し、治安が悪化したことから頓挫してしまう（*Family Papers* 674）。さらに、イギリスの反奴隷制運動も終了し、ジェイコブズとイギリスの接点もなくなる。ジェイコブズの表舞台の活動は、英米双方の政変によって幕を閉じることを余儀なくされるのである。

むすび

南北戦争以前、ジェイコブズに限らず多くの女性作家が手紙を表現手段にした。理由として大井浩二は、ポール・ローター（Paul Lauter）の次のような引用を紹介している。「出版を目的として書くということは、多くの方面でやはり女性にとってふさわしくないとみなされる活動であったが、それが公的な活動であったからにほかならない。だが、手紙を書くことは、しばしば女性同士の場合には、私的なコミュニケーションの性質を持っていた。ある意味で書簡体は公的であると同時に私的である可能性を提供していた」（221）というのである。これはジェイコブズの手紙にも当てはまる。奴隷制廃止運動という公的なものを、センチメンタル・ノヴェル風の自伝で英米の女性読者に広げようとしたジェイコブズが、今度は手紙という一見私的なツールを使い、読者に女の領域から出ていないと安心させながら、しかし実際は解放奴隷の救済に向けての寄付や協力の要請という極めて公的、政治的な内容を盛り込んでいるのである。しかも、性道徳に関して保守的なイギリス人読者に、彼女は注意深く接近し、ついには彼らを強力な味方にし、支援を取り付けていくのである。そこにジェイコブズのしたたかな自己表現と社会参加の戦略がうかがえるのではないだろうか[9]。

＊注

＊本研究は、科学研究費補助金（23520339）による研究成果である。

（1）『自伝』の翻訳には、『ハリエット・ジェイコブズ自伝』（小林憲二訳、明石書店、二〇〇一年）を参考にした。

（2）正確には主人の代理である。ジェイコブズには奴隷主の両親がいたが、彼女は母親の奴隷主であるマーガレット・ホーニブロウ（Margaret Horniblow）に所有され、マーガレットの死とともに、姪のメアリー・マチルダ・ノーコム（Mary Matilda Norcom）に譲渡される。ところが、メアリーが当時まだ三歳であったため、その父親のジェームズ・ノーコムが主人代理としてジェイコブズを支配していたのだった。（*Family Papers* li–lv）

（3）ロチェスターはオンタリオ湖畔に栄える町で、ラルフ・ウォルドー・エマソン（Ralph Waldo Emerson）が「新しさ」（the newness）と呼ぶものの中心地であった。アボリショニストをはじめ、フェミニスト、スピリチュアリスト、禁酒運動家、菜食主義者などが活動する拠点であった。（*Family Papers* 147）

（4）ジェイコブズは『自伝』の最初に置かれた「著者の序文」の中で、「自分が場所の名前を伏せ、人々には偽名を使ったのは、自分のために秘密を保持しておきたかったからではなく、同じ経路をたどって逃げようとする他の人々にとって、そのほうが親切で思いやりがあると考えたからです」（Jacobs 1）と告白している。たしかに逃亡を果たした者には守秘義務があり、それを守らなかったヘンリー・ブラウン（Henry Brown 1816–1889）など一部の逃亡奴隷をフレデリック・ダグラスは厳しく批判している（Grover 206）。しかし、そのダグラスでさえ自らの本名は自伝のタイトルに堂々と出している。したがって、ジェイコブズが、自分の名前まで偽名を使ったのは、女性特有の事情があると考えられる。

（5）またイギリスは、アメリカと違い、著作権法が整備され、作家の権利が保護されていた（Phegley 154–55）。こうしたこともイギリスでの出版を優先させた理由の一つかもしれない（*Family Papers* 189）。

（6）チャイルドは、さらに、エイジェントとして出版社を探し、アボリショニストの同志と交渉して、出版の支援の約束もとり付けた。あと一歩というところで出版社が倒産するというアクシデントにも見舞われるが、最後はジェイコブズが自ら印刷用の鉛板を買ってきて本を完成させ、出版にこぎつけたという（*Family Papers* 247）。

（7）ハリエット・ジェイコブズの『自伝』とジョン・ジェイコブズの手記の違いについて分析したものとして、ジャクリーン・ゴールズビー（Jacqueline Goldsby）の論文がある。

（8）ユーヴァル・テイラー（Yuval Taylor）が編者となっているアンソロジー、『奴隷に生まれて』（*I was Born a Slave*）には、ジェイコブズを含む十名の元奴隷の手記が収められている。彼女以外はすべて男性で、彼らの手記にも読者を意識した文はいくつか散見できるが数は多くない。例えば、「この点に関して読者は私のことを怠惰だと思うかもしれない」(64)、「読者は序文で次のことがわかるだろう」(95)、「読者のみなさん、あなたはその時の私の精神状態を想像することができるかもしれない」(131) などである。

(9)『自伝』の出版をサポートしたチャイルドは、この手紙による戦略でもジェイコブズに協力している。チャイルドは一八六六年四月五日付のニューヨークのアボリショニストの機関紙『インデペンデント』(*The Independent*) に、自分が編集長セオドア・ティルトン (Theodore Tilton, 1835–1907) に宛てた手紙を公表し、その中で、奴隷解放後の政府の失策を批判するジェイコブズの手紙を引用して紹介している (*Family Papers* 663–64)。つまり、過激な内容も二重の手紙に包むことで、読者に抵抗感を抱かせることなく伝えられるというわけである。

引用文献

Barnes, L. Diane. *Frederic Douglass: Reformer and Statesman*. Oxford: Routledge, 2012.

Fryer, Peter. *Staying Power: The History of Black People in Britain*. New York: Pluto Press, 2010.

Garfield, Deborah M., and Rafia Zafar, eds. *Harriet Jacobs and Incidents in the Life of a Slave Girl: New Critical Essays*. New York: Cambridge UP, 1996.

Goldsby, Jacqueline. "'I disguised my hand': Writing Versions of the Truth in Harriet Jacob's *Incidents in the Life of a Slave Girl* and John Jacob's 'A True Tale of Slavery.'" Garfield and Zafar 11–43.

Grover, Kathryn. *The Fugitive's Gibraltar: Escaping Slaves and Abolitionism in New Bedford, Massachusetts*. Amherst: U of Massachusetts P, 2001.

Gruesser, John Cullen. "'A Visit to England' and the Shift in Purpose and Tone in *Incidents in the Life of a Slave Girl*." *Confluence: Postcolonialism, African American Literary Studies and the Black Atlantic*. Athens: U of Georgia P, 2005. 107–114.

Gunning, Sandra. "Reading and Redemption in *Incidents in the Life of a Slave Girl*." Garfield and Zafar 131–55.

Hewitt, Nancy. A. "'Seeking a Larger Liberty': Remapping First Wave Feminism." Ed. Kathryn Kish Sklar and James Brewer Stewart. *Women's Rights and Transatlantic Antislavery in the Era of Emancipation*. New Haven: Yale UP, 2007. 266–78.

Jacobs, Harriet. *Incidents in the Life of a Slave Girl: Written by Herself.* 1861. Cambridge: The Belknap Press of Harvard UP, 2009.

——. *The Harriet Jacobs Family Papers*. Ed. Yellin, Yean Fagan, Joseph M. Thomas, and Kate Culkin. Chapel Hill: U of North Carolina P, 2008.

Karcher, Carolyn L.*The First Woman in the Republic: A Cultural Biography of Lydia Maria Child*. Durham: Duke UP, 1994.

McEntee, Grace. "Freedom and Grace." Ed. Beth L. Lueck, Brigitte Bailey, and Lucinda L. Damon-Bach. *Transatlantic Women: Nineteenth-Century American Women Writers and Great Britain*. Durham: U of New Hampshire P, 2012.

Midgley, Clare. *Women Against Slavery: The British Campaigns 1780–1870*. New York: Routledge, 1992.

Mills, Bruce. "Lydia Maria Child and the Endings to Harriet Jacobs's *Incidents in the Life of a Slave Girl*." *American Literature*, 64. 2 (Jun. 1992): 255–72.

Phegley, Jennifer. "Slavery, Sensation, and Transatlantic Publishing Rights in Mary Elizabeth Braddon's *The Octroon*." *Transatlantic Sensations*. Ed. Jennifer Phegley, John Cyril Barton, and Kristin N. Huston. Burlington: Ashgate Publishing Company, 2012.

Stange, Douglas Charles. *British Unitarians Against Slavery 1833–65*. London and Toronto: Associated UP, 1984.

Taylor, Yuval, ed. *I was Born a Slave: An Anthology of Classic Slave Narratives*. Volume 2. 1849–1866. Chicago: Lawrence Hill Books, 1999.

Yellin, Yean Fagan. "Incidents Abroad: Harriet Jacobs and the Transatlantic Movement." Ed. Kathryn Kish Sklar and James Brewer Stewart. *Women's Rights and Transatlantic Antislavery in the Era of Emancipation*. New Haven: Yale UP, 2007.

Zafar, Rafia. "Introduction: Over-exposed, Under-exposed: Harriet Jacobs and *Incidents in the Life of a Slave Girl*." Garfield and Zafar 1–10.

大井浩二『手紙のなかのアメリカ——新しい共和国の神話とイデオロギー』英宝社、一九九六年。

小林憲二「ハリエット・ジェイコブズ復権——序にかえて」『ハリエット・ジェイコブズ自伝』小林憲二訳、明石書店、二〇〇一年、一五—七六。

——「年代誌」『ハリエット・ジェイコブズ自伝』小林憲二訳、明石書店、二〇〇一年、四四七—五八。

ニュートン、ジョン『「アメージング・グレース」物語』中澤幸夫翻訳、彩流社、二〇〇六年。

無名戦士に愛と敬意を

——ルイザ・M・オルコットの『病院のスケッチ』における原ヨーロッパ体験としての看護実践

本岡　亜沙子

はじめに

ルイザ・メイ・オルコット（Louisa May Alcott, 1832–88）は、従軍看護師の体験記『病院のスケッチ』（*Hospital Sketches*）を一八六三年に出版する。それを読んだ読者の一人から、彼女は娘のヨーロッパ療養旅行の付添看護人にならないかと依頼を受けた。それまで原稿料を全額生活費に充ててきた新米作家のオルコットにとって、この渡欧話は願ってもないチャンスだった。この誘いに応じた彼女は、一八六五年七月から一年間、イギリス、ベルギー、ドイツ、スイスを歴訪する。しかし念願のヨーロッパ旅行にもかかわらず、雇われ看護人である彼女は、付添人が療養を受ける温泉地を離れることすらままならず、自身の見聞を広められずにいたようだ。さらに『若草物語』（*Little Women, or; Meg, Jo, Beth, and Amy*, 1868–69）[1]の商業的成功によって実現した二度目にして生涯最後にもなる欧州旅行（一八七〇年四月―七一年六月）でも同じことが言える。美術教師を務めてきた妹アビー・メイ・オルコット（Abby May Alcott, 1840–79）を旅行に招待し、彼女を本場ヨーロッパの美術教室に通わせる一方（Shealy liv）、南北戦争で発症した持病を抱えるオルコット自身は、もっぱら温泉地での治療に励んでいたからだ。

やはり彼女には、当時の人気作家マーク・トウェイン（Mark Twain, 1835–1910）のように、欧州旅行記でひと儲けする気などさらさらなかったようだ。

しかしオルコットはヨーロッパに無関心なわけではなかった。事実彼女は、ヨハン・ヴォルフガング・フォン・ゲーテ（Johann Wolfgang von Goethe, 1749–1832）やチャールズ・ディケンズ（Charles Dickens, 1812–70）の作品を幼少期より愛読してきた。彼らの著作に触発されたのか、第一作『相続』（*The Inheritance*, 1997）[2]以降、オルコットはしばしば作品の舞台を異国情緒あふれるヨーロッパに置いている。彼女の著作リストには、決して売れる作品にはなり得なかったものの、「ライン川を上って」（"Up the Rhine", 1867）や「ペンションでの生活」（"Life in a Pension", 1867）などヨーロッパ旅行記も数編並ぶ。さらにオルコットは、教育哲学者の父親ブロンソン・オルコット（Bronson Alcott, 1799–1888）がヨーロッパで出会い、アメリカに連れ帰ってきたイギリスの超絶主義者チャールズ・レイン（Charles Lane, 1800–70）と寝食を共にしたこともある。これらの伝記的事実からも、オルコットは間違いなくヨーロッパの存在を身近に感じられる環境にいた。

しかしながら本論考で明らかにするように、ヨーロッパがオルコットの創作や生き方にとって決定的な意味を持つのは、彼女に初渡欧のきっかけを作ることにもなる、アメリカでの看護体験であった。それは、フローレンス・ナイチンゲール（Florence Nightingale, 1820–1910）の看護法との出会いであり、彼女の手法をアメリカにおいて応用した、通称「アメリカのフローレンス・ナイチンゲール」（Brown 322）、ドロシア・リンド・ディックス（Dorothea Lynde Dix, 1802–87）の許での看護体験であった。いわばオルコットは、渡欧前からヨーロッパ流の看護に触れ、それを実践する環境にいたのである。そこで本稿では、第一に、アメリカに看護改革をもたらしたナイチンゲールと、アメリカのナイチンゲールと呼ばれたディックスの看護論を考察したい。第二に、それらと比較対照するかたちで、オルコットの看護体験記『病院のスケッチ』を、彼女のアメリカにおける原ヨーロッパ体験として読み解いていきたい。そして第三に、作家オルコットにおける看護体験の意義を検討したい。

一 「家庭の天使」としての看護師

『病院のスケッチ』は、一八六三年五月から六月にかけてボストンの週刊新聞『コモンウェルス』紙（*The Commonwealth*）で好評を得た連載記事四本に、同年八月、二章分をつけ加えて単行本化したものである。オルコットの視点に近い女性主人公、トリビュレーション・ペリウィンクル（Tribulation Periwinkle）によって語られる同書は全六章構成で、第一章から順に、従軍看護師としての採用決定、ワシントン市への出征、新米看護師の奮闘生活、ゴシック風の夜勤体験、チフス性肺炎発症後の入院生活、そして従軍看護体験の回想という内容になっている。

この看護録で非常に興味深い点は、ペリウィンクルの勤務先に「我らがフローレンス・ナイチンゲール」(69)と称えられる「D・D」(69)――ドロシア・ディックスと思しき看護師――が登場することだ。そこで本節では、三者の影響関係を考察するために、イギリスとアメリカの看護師を代表するナイチンゲールとディックスの看護観について論考する。

近代看護教育の祖ナイチンゲールが名声を世にとどろかせたのは、彼女をクリミア戦争（1853–56）の野戦病院に駆り立てたその慈善精神のみならず、彼女の家柄のよさによるところが大きい。と言っても娘を最下層の仕事とみなされる看護職に就かせたくない両親の猛反対に遭うなど、高貴な身分に生まれた彼女ならではの苦労もあった。しかしいざその仕事に就くと、ナイチンゲールは上流階級出身の強み、すなわち幅広い人脈や豊富な資金力、これまでにヨーロッパ中の福祉施設を視察してきた経験、そして政治的な手腕を大いに発揮する。たとえばクリミア戦争勃発時、彼女は旧知の戦時大臣シドニー・ハーバート（Sidney Herbert, 1810–61）の推薦を受けて従軍看護師派遣団に参加している。また野戦病院の死亡率の異常な高さが不衛生な院内環境によることを突き止めた時、彼女はヴィクトリア女王（Queen Victoria, 1819–1901）に謁見し、陸軍の衛生状況を調査し、改善策を検討する勅撰委員会設立の委任を得ている。その委員会には、先に触れたハーバートや、幼少期より数学好きな彼女を魅了してきた疫学・応用統計学者のウィリアム・ファー（William Farr, 1807–83）、衛生学者や建築関係者など、多分野にわたる専門家が召集された。一八五七年に完成した千ページにおよぶ調査報告書で、その観察眼や問題解決能力を買われたナイチンゲールは、兵舎や病院の建築設計から看護師の看護技術向上まで、院内環境の整備全般にわたって采配を揮うことになる。

ナイチンゲールの影響力は職業看護師の間や政界に留まらない。事実、出版から約一か月で一万五千部を売り上げた（Skretkowicz 16）著書『看護覚え書――看護であること、看護でないこと』（*Notes on Nursing: What It Is, and What It Is Not*, 1860）[3]で彼女は、職業看護師のみならずイギリスの女性全員に向けて理想的看護のあり方を説いている。[4]ナイチンゲールは、「女性は誰もが看護者である」（49）ということを「家庭の主婦たち」（66）に意識づけた上で、「文明国である英国」（66）で乳幼児の死亡率が高止まりしている深刻な状況を伝える。明らかに彼女は、「家庭衛生」（67）の重要性を読者一人ひとりに訴えながら、文明国家である英国国民としてのナショナリズムを喚起している。このように看護術の手引きを通じて国民の健康増進を訴えるナイチンゲールは、国民一人ひとりに配慮する視点と、統計学的に集団を俯瞰する視点の双方を駆使するのに非常に長けた人物であった。

他方、中流階級出身のドロシア・リンド・ディックスは、一八四〇年代以降、アメリカの知的障碍者施設改革[5]を進めるなかで人脈を作っていった。その結果、一八五四年九月から丸二年間、ヨーロッパの刑務所や障碍者施設などを視察する機会を得た彼女は、渡欧中にナイチンゲールの活躍を知る。時の人から直接指導を受けようと、彼女はコンスタンチノープル近郊にあるスクタリの野戦病院に足を運ぶ（Colman 110）。折悪しくディックスは、その頃別の戦地に勤務していたナイチンゲールとすれ違いになったが、そののち彼女と文通を始める。時を経て、南北戦争の火ぶたが切られた一八六一年に、アメリカの軍医総監から要請を受けたディックスは、北軍看護師部隊を立ち上げた。また、陸軍長官から従軍看護師の最高責任者に任命された彼女は、ナイチンゲールの助言を適宜受けながら、ワシントン市内の野戦病院建設に乗り出した。北軍看護師部隊編成の権限を得たディックスはのちに、アメリカのナイチンゲールの異名を取る。

女性看護者一人ひとりの成長をとおして国家全体の発展を促すナイチンゲールの思想は、こうしてディックスに継承される。この師弟関係の興味深い点は、前者が後者より十八歳も年下なことだけではない。それはディックスがナイチンゲールの看護法をアメリカ女性運動につなげた点にこそある。これは女性看護師養成に心血を注いできたナイチンゲールでさえなし得なかったことだ。イギリス出身のエリザベス・ブラックウェル（Elizabeth Blackwell, 1821–1910）がアメリカ初の女性医師になることへ抵抗感をあらわにしたように（Brakeman and Gall 201）、ナイチンゲールは女性が「家庭の天使」から遠ざかることや、まして男女がそれぞれの領分を侵すことに否定的であったからだ。彼女の力点は、家庭という領域における女性の家事育児の能力向上にあったのである。

一方、「家庭の天使」の社会進出に意欲を燃やすディックスは、女性看護職の地位向上と組織変革に奔走した。南北戦争以前のアメリカ医学界は極端に男性中心的であったためである。看護はあくまで慈善活動、もしくは売春や飲酒など軽犯罪を犯した女性服役囚が刑務期間中に行う無給仕事であり、専門職として女性看護師が抜擢されることなど皆無に等しかった（Kelly 3）。女性看護師の起用に消極的な姿勢を崩すべく、ディックスはその仕事を女性の社会進出の機会とそれに付随する経済的自立を保証するものに変えようとした[6]。その改革は有力候補の絞り込みから始められた。ディックスは応募段階から身元保証の推薦状二通の提出を応募者に求め、頭脳明晰、十人並みの器量で、三十五歳以上[7]五十歳以下の、持病のない健康な女性を公募したのだ（Colman 112–13）。

なぜディックスは公募に年齢制限を設けたのか[8]。それは彼女が病院内ロマンスを敬遠していたからであった。野戦病院内に張り巡らされた「家族関係のレトリック」（95）を分析した歴史学者ジェイン・E・シュルツ（Jane E. Shultz）によれば、南北戦争中の野戦病院はある種、男女の出会いの場となっていた。事実、ディックスの管轄外の病院では、カトリックの修道女でさえ、清貧、貞潔、服従の三つの誓いを破り、野戦病院内で知り合った兵士と恋愛結婚する者が多かった(94)。[9] 恋愛沙汰が増えると、看護師の特定患者に対するえこひいきが生まれ、院内の風紀も乱れる。そこでディックスは、既婚者や結婚適齢期を過ぎた三十五歳以上の女性のみを公募した。さらに彼女の直属の野戦病院では、ロマンティックな雰囲気を断ち切るか、それを「母性の仮面」(95)で覆い隠すため、看護師と患者がそれぞれ「お母さん」、「ぼうや」と呼び合う習慣までもが設けられていた。「母」は単なる呼びかけの言葉に留まらず、マザー・ビッカーダイク(Mother Bickerdyke、本名メアリー・アン・ビッカーダイク[Mary Ann Bickerdyke])のように、愛称として定着した事例も多い(Siber 202–03)。

院内ロマンスを回避するディックスの方針を裏づけるのが、ある志願者が彼女に宛てた一通の手紙だ。そこには「あなたの配布文を一つ手にしているのですが、私は審査基準すべてに適うと思います。私は見た目も十分地味ですし、そこそこの年齢です。戦地に参加した近親はいません、恋人もしかりです。夫がいたことも一度もありませんし、いまは探してもいません。私を採用してもらえますか?」(Holland 19)と書かれている。外見や年齢など、ディックスの募集要件に当てはまると自己申告した後、腰かけ仕事をするつもりのない彼女は、自分がいかに恋愛に興味がないかを滔々と書き連ねている。この手紙が明らかにするように、ディックスは兵士の妻や恋人になることではなく「職業としての母性」(Richard 19)、すなわち、患者にとっての疑似的「母」になることを「家庭の天使」に要求していた。国のために戦う兵士／息子たちを再び戦場へ戻す「母」たちの職務は、「息子たち」を将来の共和国市民に育成する「共和国の母」[10]のイデオロギーと共犯関係を結ぶものと言えるだろう。

以上、ナイチンゲールとディックスの看護論はともに、国家を背景とした看護師の人材育成を目指している点で、ナショナリズムに淵源を持つ。ナイチンゲールは「家庭の天使」に、家庭内でもできる国家貢献の方法を提示し、ディックスは「家庭の天使」を社会に引き出し、女性の天職としての看護をするよう誘っていたのだ。それではナイチンゲールの著作を読み、ディックスの勤務先の被雇用者となったオルコットはどのような看護観を抱いていたのだろうか。

二　戦場としての病院

主人公に成長の糧として苦難を与える教養小説（Bildungsroman）は小説の一定型であるが、『病院のスケッチ』の新米看護師ペリウィンクルもその名前トリビュレーションからして受難を宿命づけられている。時は一八六三年、ナイチンゲールの『看護覚え書』出版から約二年が経過した頃、ワシントン市内には病院が多数新設された。その一つアーモリー病院（Armory Hospital）には、ナイチンゲールの理想とする看護必須五条件「新鮮な空気、陽光、暖かさ、清潔さ、静けさ」（Nightingale 3）が見事に反映されている。そこは「清潔で、暖房のきいた、換気の良い病院」（Alcott 63）[11]で、その内部も「秩序と方針と良識と寛容が君臨し統治している」（64）ので世間の評判が良い。ペリウィンクルも例に漏れず、近代的なこの病院への勤務を希望していた。

他方、アーモリー病院に応募者が殺到し、定員に達したため、ペリウィンクルが不本意ながらも勤務することになったハーリー・バーリー病院（Hurly-Burly House）は、前近代的で院内環境が整っていない。そこは、「無秩序と不快、管理の悪さ、目を引く指導者の不在」（64）など問題が山積みの場所である。先に触れたように、アメリカ版ナイチンゲールのD・Dが統率していても、ナイチンゲールの精神はこの病院には宿っていない。そこは刑務所さながらの粗悪な食事しか出さず（63）、強烈な悪臭が漂っている患者泣かせの場所だ（29）。ペリウィンクルは室内換気を提案するものの、室温低下が患者の体調悪化を招くと信じ込む上司に相手にされない。白衣の天使ナイチンゲールになぞらえられた「慰めの天使たち（ministering angels）」（42）には羽が無い。羽が無ければ天窓一つ開けられず、病原菌の温床に軟禁された患者を救い出せないと、ペリウィンクルは皮肉交じりに嘆く。

劣悪な労働環境はペリウィンクルの多忙な闘いに拍車をかける。業務中に飲酒喫煙する医師や薬剤師、政府の経費削減策として雇われた「半病人の介添人（half-sick attendant）」（64）など、ハーリー・バーリー病院のスタッフは総じて質が悪い。どっと押し寄せてくる傷病兵の世話は、頭数の少ない職業看護師たちで抱え込むしかない。

激務に疲労困憊し、矢継ぎ早に退職する看護師のフォローに入る現役看護師たちも、担当患者数の激増によるさらなる過労でまたたく間に体調を壊す。患者のベッドを行き来する彼女たちは、前線と野戦病院を往復する「みじめな顔つきの馬（sorry looking horses）」（69）の似姿となる。

こうしてハーリー・バーリー病院は戦場と化す。事実、ホテルを改修したこの病院では、旧「舞踏室（the ball-room）」（27）が傷病兵を収容する病室（*a ball-room*）（30）（強調原文）に、パーティーが傷病兵の一団（party）に、ドレスが包帯（dress）に変わる。皮肉にもダンスパーティーのような喧騒がこの部屋を支配している。しかしそこで踊っているのは「馬」である。すなわち先に述べた疲労困憊した馬たちには、休養するための「馬の病院（*horsepital*）」（69）（強調原文）は用意されていない。人間でない馬は使い捨てられる存在なのだ。

袋小路に追いつめられたのはペリウィンクルの宿命なのだろう。彼女が病院内で全うしたのは、同時代の人々を戦地に送り込んだ自己犠牲の精神であったからだ。そもそも国民（nation）とは、ベネディクト・アンダーソン（Benedict Anderson）の言葉を借りると、人々の意識に上る「想像の政治的共同体（imagined political communities）」（13）にほかならない。封建主義や帝国主義の支配から抜け出し、出版資本主義が勃興することで、それまで希薄だった国境の意識が人々の中に芽生え、次第に国民国家（nation-state）という擬制（フィクション）もしくは幻想が作り出される。これを生み出すナショナリズムの「深い同士愛」（26）は想像上の境界線を巡る戦争を誘発し、その渦中の人を殺める破壊力をも生み出す。このような帝国主義の終焉からナショナリズムの台頭を決定づけたものの一つにクリミア戦争がある。聖地管理権を理由に南下政策を強行する帝政ロシアに孤城落日のオスマン帝国が応戦したこの戦争は、イギリスとフランスの参戦も相まって、ロシアの攻撃をヨーロッパの玄関口で阻止したい人々のナショナリズムを強烈にあおった。後にヨーロッパの守護神となるナイチンゲールも例に漏れない。彼女を同胞の援護に駆り立てたのは、ロンドン『タイムズ』（*The Times*）紙の特派員ウィリアム・ハワード・ラッセル（William Howard Russell, 1802–90）が同紙一八五四年十月十二日号に掲載した世界初の戦地報道であった。前線で負傷した兵士の多さや、非衛生的で物資も食材も人材も足りない野戦病院の惨状をその記事をとおして知ったナイチンゲールは、従軍看護師派遣団を直ちに結成し、時の戦時大臣の任命を受け戦地に赴いた。

ナショナリズムの情緒的絆は不可視で「収縮自在」(Anderson 66) なため、物理的な限界を超えて遍在する。「独立宣言から一世紀も後［に起こった］分離戦争」(66)(強調原文)、すなわち南北戦争が好例だとアンダーソンは言う。たしかにこの戦争は、州の結束力を高め、一つの強力な政府を作りたい北部ナショナリズム(共和制)と、各州の独立性を保つ国家像を理想化した南部側のナショナリズム(連邦制)との思想戦争であった。理想的国家像をめぐるこの戦いに二百四十六万人が動員され、そのうち六十二万人が落命したわけだ。人々が「国民的想像力(*national* imaginings)」(9)(強調原文)を掻き立てられるのは戦中戦後を問わない。なかでも「無名戦士の墓(tombs of Unknown Soldiers)」(9) は人々の愛国心をもっとも煽る。そこは身元不明なため敵兵であったかもしれない元兵士を、自国に殉死した英雄的愛国者だと信じ、参拝する人の集まる場所であるからだ。想像上の情緒的絆を生み出す無名戦士の墓は、こうしてナショナリズムを呼び込む装置となる。

ペリウィンクルもナショナリズムの情緒的な絆に衝き動かされた一人だ。名誉や金銭的成功などの私利私欲より、「同胞の援護(helping my neighbors)」(Alcott 53) を優先した北軍兵士と同じく、彼女も自己実現より国家に奉仕することを選んだ。戦時下において、夫の庇護を当てにして悠々自適の生活を送る専業主婦や「永遠に名を残す(immortalize)」(7) ことに余念がない女優や女流作家に意義を認めないペリウィンクルは、「家庭の天使」ではなく、社会に出て「慰めの天使」になることを選択する。身元保証用の推薦書を提出し、従軍看護師の採用通知を得たペリウィンクルは開口一番、「わたし、入隊することになったのよ！／名簿に名前が載ってる！(I've enlisted!)」(8) と、採用された喜びを噛み締めながら、北軍の一員になる覚悟を固めているのだ。

以上のように、戦場になり果てた勤務先の病院において、ペリウィンクルは翼のない天使、あるいは兵士として傷病兵の看護に当たっていた。それは、ナイチンゲールやディックスと同様、ナショナリズムを背景にした看護であった。

三　固有名を取り戻すこと

ハーリー・バーリー病院は「すべてが緊急事態で混乱状態」(29) にある。人手が足りず、繁多な業務に忙殺される看護師たちには、院内環境を改善することはもちろん、担当患者へ個別対応する余力さえない。しかし図らずも袋小路からの突破口がペリウィンクルに開かれる。彼女は、不衛生な院内環境と激務から腸チフス性肺炎を発症し、勤務時間を大幅に減らされる。患者となり、院内外を散歩する時間的余裕を得た彼女は、他の病院を比較材料に、自らの勤務先を客観的に見直すようになる。「病院に看護師として適応するには、その患者になることが一番だ」(75) と述懐しているように、彼女は看者側に立って初めて、院内施設や食事に関する患者側のニーズと、それを顧みず院内規則を強要する病院側の潜在的暴力性に気づく。ペリウィンクルは病院から粗略に扱われる元軍曹の「Bベビー」(85) や「我らが勇敢なる子どもたち」(29) 一人ひとりに向き合うようになる。彼女は患者の「母」になり代わって傷病兵の「身体を洗い、包帯を巻き、食べ物を与え、身体を暖め、看護する」(27) のだ。

混沌状態の病院に秩序を打ち立てようとするペリウィンクルの闘いは、同じく病床に伏している傷病兵たちの惨状に触発されたものだ。

それは寂しい報復 (requital) に思われた。(中略) というのも、最期を看取る身内も友人もなく、心のこもったさようならの言葉もない。(中略) 天国で名簿が読み上げられた時には、彼のような無名の兵士たち (nameless men) の方が、名ばかりの功労のためにりっぱな記念碑を建てられた者たちより高い位に置かれて

いるだろう。（36–37）

同胞のために身命を賭して闘ってきた兵士たちは、負傷した途端に存在理由を失う。彼らの最期を看取るのは、家族でも友人でもなく、看護師だ。臨終に居合わせる看護師ペリウィンクルは、彼らを無名戦士のまま終わらせないよう、彼らのそばに寄り添い、最期の闘いを見守り続ける。

傷病兵を看護し戦地に送り出すことが従軍看護師にとって最大の職務であるなら、兵士を看取る行為そのものは国家貢献とは相容れない。死にゆく兵士を世話したところで、彼らが国家に役立つ存在に再生するとは考えにくいからだ。今後彼らが国益に寄与するならば、それは解剖（87）か統計上の貢献に限定されよう。南北戦争期の統計とナショナリズムの共犯関係を追究した歴史学者ドルー・ギルピン・ファウスト（Drew Gilpin Faust）によれば、行方不明者情報を家族へ提供する全米キリスト教委員会（United States Christian Commission）や米国衛生委員会（United States Sanitary Commission）の活躍が南北戦争以降目立ったという（107–11）。彼女たちの活動はおびただしい数に上る生死不明の北軍兵士を同胞に意識させ、彼らの愛国心を鼓吹するのに一役買ったようだ。だとすれば、ペリウィンクルの受け持つ臨終間近の兵士たちも同様に、死後、統計上の数字に還元されることで北部ナショナリズムに資すると言えよう。

ここで注目すべきは、『病院のスケッチ』のエピグラフに引用されたセイリー・ギャンプ（Sairy Gamp）の言葉「病院のスケッチ——それは、特に名前は出していないので、批判を受けることはないでしょう（Hospital Sketches: Which, naming no names, no offence could be took）」である。このエピグラフは、一義的には病院の実情を暴露するルポルタージュを想起させ、かつあらかじめ当事者からの批判を牽制する作者オルコットの布石と読めるだろう。しかしながらここには不審な点がある。このセイリー・ギャンプとは一体何者なのか。その解決の糸口となるのが、オルコットが野戦病院に赴く際、ナイチンゲールの『看護覚え書』とともに持参したディケンズの『マーティン・チャズルウィット』(*Martin Chuzzlewit*, 1843–44) である (Stern 112–17)。さらに注目に値するのが『病院のスケッチ』に登場する「不滅のセイリーとベッツィー (the immortal Sairy and Betsey)」(41) という二人組の名前だ。以上の点からして、このエピグラフのセイリー・ギャンプとは、『マーティン・チャズルウィット』に登場する女性看護師サラ・ギャンプ (Sarah Gamp) と同じ人物を指すと考えてよさそうだ。[12]

しかし、『マーティン・チャズルウィット』で "naming no names" という言葉を口にしたのはサラではない。この言葉は、同書第四章で、「名前は出さないので (naming no names)、身に覚えのある方以外はどなたも気分は害されないでしょうが」(Dickens 55)[13] と、チャズルウィット家の身内同士が匿名性を保ちながらも陰口をたたく場面に登場する。[14]

『マーティン・チャズルウィット』のサラ・ギャンプは、産婆であり、看護師であり、「故人への愛と敬意」(Dickens 276) を逆手に取りカネを巻き上げる葬儀屋と結託した「死者に関する名もなき業務の執行人」(265) でもある。葬儀屋は産婆以上に儲かる (276) と断言する根っからの商売人サラにとって、死者は金のなる木だ。死者が増えれば増えるほど甘い汁を吸える彼女にとって、死者の名前に価値はない。事実、業務委託後も故人の名前を覚えていない彼女は、「殿方がお亡くなりになったんですね！　ああ！　ご愁傷さまなこと。」(269　強調原文) とその事実を遺族に知られないよう、「殿方」というあいまいな言葉でお茶を濁している。白々しく遺族を悼みながら、彼女が葬儀を厳粛に執り行う気すらないことは、その家で寝ずの番をするはずが飲み食いに明け暮れ満足感に浸っている様子からも明らかだ。

『マーティン・チャズルウィット』の物語の上ではまったく関係のないセリフと登場人物、すなわち特定の名前を隠そうとする「名前は出さないので」という言葉と、死者の固有性を無視する不遜なサラ・ギャンプの名前とを『病院のスケッチ』エピグラフにおいて結びつけたオルコットの意図は定かではない。もっともその組み合わせが生む化学反応は、ハーリー・バーリー病院の内情の暴露を読者に予感させるに十分だろう。それだけではない。第二節で明らかにしてきたように、この物語は「特に名前を出すことなく」、人間を十把一絡げに扱う人間の匿名化をこそ暴露しているからだ。サラ・ギャンプが扱う死者ほど極端ではないにせよ、まるで戦場のような病院の中の兵士たちは匿名性を帯びている。オルコットのエピグラフは、看護現場の実情の暴露を予告するだけではなく、戦争の本質を人間の固有性の消去へと観念連合させるものなのである。

しかし物語はエピグラフを裏切る。ペリウィンクルが傷病兵への個別対応を始めるからだ。それを可能にしたのは、彼女の「母」としての役割意識であり、苦痛に耐え、時に目から大粒の涙を流す患者を抱きしめ、「一緒に耐えましょう、ジョン」(51)と声をかける、傷病兵との連帯感であった。ペリウィンクルは、「母親や妻、妹の代理（中略）そして他人ではない一人の友」(52)として、患者の多様なニーズに応じようとする。

> わたしは患者たちを自分で名づけた「任務の部屋」、「楽しみの部屋」、「悲しみの部屋」に分けて、それぞれ違ったやり方で看護に当たった。第一の部屋には、巻き包帯や膏薬やピンを入れた包帯トレイを抱えていき、第二の部屋には、本や花やゲームやうわさ話を運び、第三の部屋には、ティーポットや子守歌や慰めや、そしてときには経帷子を携えていった。(42)

状況に応じて、妹に、友に、「母」に役割を変えるペリウィンクルは、ナイチンゲールやディックスが求めた「母」的看護師以上の存在となる。彼女は通常業務に加え、患者の手紙の代筆、名前の記録、遺品整理、「母」代わりのキスなど、業務外と思しき患者対応をしていく。

患者に個別対応するペリウィンクル流の看護はしょせん自己満足に過ぎないのかもしれない。患者の名前を呼び、彼らを看取る行為は業務外の仕事であるからだ。極論を言えば、無駄を省き、救済可能な患者をのみ世話することが、看護師にとって最大の使命であり、国家への献身なのだろう。しかしもはやペリウィンクルは合理性や効率性を追求してはいない。彼女は救済可能な患者の面倒をみる傍ら、死期が迫った傷病兵の最期の闘いに付き添い、彼らの名前を呼び続けるのだ。それは、名前を失い「馬」になり果てたペリウィンクルが、名前のあるひとりの人間に戻るために必要な行為でもあった。「名前を出さないこと（naming no names）」から無名の者に名前を付けること（naming the no-names）への転換、すなわち固有名の秘匿の限界を乗り越え、固有名の開示を進めることで、彼女は人間としての固有性を取り戻そうとした。

国家よりも個人を優先するペリウィンクルの行為は、彼女が従軍看護師であることからして本末転倒なものと言えよう。それは国家というフィクションを肥大化させた彼女の先達ナイチンゲールやディックスのものと比較するとより明らかとなる。すなわち、クリミア戦争でヨーロッパの守護神となった前者は、国民全体の健康促進を訴え国力増強を図っていた。後者は「家庭の天使」に看護職を斡旋しながら女性運動を進めた。国家貢献という大義名分を掲げる彼女たちは常に、国力増強に不可欠な看護師の養成や傷病兵の看護という重責を担っていた。その後継者になるはずのペリウィンクルはしかし、ナショナリズムを背景にした集団意識の不自然さに気づく。傷病兵となった彼女は、集団の成員がその固有性を消去されることへ強烈な危機感を募らせたからである。結果としてペリウィンクルは死期の迫った傷病兵の救済に乗り出す。彼女にとってより重要なものは、国家ではなく顔の見える個人であり、愛と敬意をもってより実体のある触れ合いを後者と一つ一つ積み重ねていくことだったのである。

以上のように、戦場と化した病院で看護に追われるうちに傷病兵の一員となったペリウィンクルは、《声》を失った患者の苦境を追体験する。彼女は、患者に寄り添うことで自分の役割意識を取り戻し、兵士の名前を取り戻すことで自分の名前を再獲得する。このようにペリウィンクルは、看護に母性を持ちこむナイチンゲールやディックスの精神を受け継ぎながらも、国家貢献の一環としてのナショナリスティックな前者の看護活動とも、女性運動の一環として、看護師の地位向上を目指す後者の活動とも距離を置いている。社会的成功を棒に振った代わりに、ペリウィンクルはもっぱら、国益だけを志向するナショナリズムの合理的な考えからこぼれ落ちた人たちを救う人道主義を遂行したのだ。

四　大西洋を架橋する看護／介護／子育て（nursing）

ペリウィンクルの看護の精神にみられる自己実現と利他主義の相克、すなわち自分自身の社会的な成功と自己犠牲を伴う他者の看護との間の葛藤は、オルコットの実人生にも見いだせる。彼女は二十六歳の時、「物書きか女優で身を立てられなければ看護師になろう」（Myerson and Shealy, *Journals* 94）としていた。ディックス好みの地味な見た目をしたオルコットは女優の夢を諦め、さらに看護師の方も断念した。生涯独身であった彼女は、ナイチンゲール流の「家庭の天使」としての国家貢献はもちろん、ディックスの推奨する職業看護師としての社会的自立も勤続三か月で持病を患ったため実現しなかったからだ。必然的に執筆活動に専念することになった彼女は、『病院のスケッチ』出版の際、出版社と興味深い取り決めを交わしている。それは本書の専属契約を結ぶ代わりに、販売一冊当たり五セントを戦争孤児救済の寄付金に充てるというものであった（Alcott 5）。つまり『病院のスケッチ』は、国家では救い出せない者を救うペリウィンクル、延いてはオルコットの意志を表明する作品として出版されたのである。

この孤児救済活動をオルコットは私生活でも続けている。彼女は四十四歳の時、「家庭の天使（an angel, in the house）にはなれないけれど、大黒柱にはなれる」（Myerson and Shealy, *Journals* 201）と自己評価を下していた。家庭的ではないという自嘲めいた発言は、「家庭の天使」に対する彼女の憧れの裏返しと言えよう。彼女が「家庭の天使」に無関心でも無関係でもないことは、妹メイとの境遇の差を嘆く一八七八年四月の日記からも明らかだ。ヨーロッパで長期にわたり美術の修業を積む人脈と資金力、そして運に恵まれていた妹は、ヨーロッパ出身のパトロンと恋愛結婚し、子どもを授かった。他方、かつて彼女を欧州旅行に招待した姉オルコットはアメリカに戻り、両親の看護／介護の傍ら、執筆活動に明け暮れている。「一度しかない人生を、メイは存分に謳歌している。（中略）私は寂しくて悲しくて、身体の具合も悪いのに」（209）と彼女は溜息をつく。妹への少なからぬ嫉妬心をばねに作家として独り立ちした後も、看護／介護から逃れられないオルコットは、家族の世話に自らを捧げる「家庭の天使」さながらである。

ところがヨーロッパから遠ざかったかにみえたオルコットに、ヨーロッパから思いがけない依頼が届く。その依頼とは、ヨーロッパで夭折した妹メイたっての希望で、姪ルイーズ・マリー・ニーリッカー（Louise Marie Nieriker, 1879–1975）――愛称ルル――を扶養してほしいというものであった。オルコットは、四十七歳にして、ヨーロッパから来た生後十か月の孤児を世話し始める。人生初の育児と執筆活動を両立させようと、彼女は子守り（nurse）を雇う。しかし子育てに強い主義を持つ彼女の眼鏡に適う人物はいない。結果として「母親代わりのおばちゃま（"Mother Auntie"）」（287）は、作家兼両親の介護人（nurse）兼子守り（nurse）となった。ヨーロッパから届いたルルという「非常に貴重な遺産」（219）は、オルコットに生きる意味を与えてくれた。そして「広い海に隔てられ、会ったこともない二つの家族を、ルル（中略）が結びつける絆になっている」（228）とオルコット自身が述懐しているように、ルルの子育てが再びヨーロッパとアメリカをつないだ。

おわりに

オルコットにとって看護体験とは、ヨーロッパとの邂逅であり、欧米の相克との出会いであり、彼女の自己形成の歩みそのものであった。「家庭の天使」としての看護師を育成したいナイチンゲールでも、「家庭の天使」の社会的自立を支援するディックスでもない自分を、さらには国家では救えない者を救う自分の立ち位置を彼女は看護体験の中で見つけた。自己実現と利他主義の相克ならびに後者の優先がオルコット文学の魅力ならば、彼女の看護実践をまとめた『病院のスケッチ』とは、他者を看護することが結果的に自分のケアにつながる、作家の生き方そのものとも言えよう。本作品はその意味で、原ヨーロッパ体験としての看護を通じてオルコットの人生観の形成過程をつづった記録集だったのである。

注

＊ 本研究は、科学研究費補助金（23720160）による研究成果である。

（1）オルコット作品の邦題については『ルイザ・メイ・オルコット事典』（*The Louisa May Alcott Encyclopedia*）の表記に従った。

（2）『相続』は一八四九年、オルコットが十七歳の時に執筆した第一作である。その手書き未発表原稿は、一九八八年、ジョエル・マイヤーソン（Joel Myerson）とダニエル・シーリー（Daniel Shealy）によってハーヴァード大学ホートン図書館で発見され、一九九七年に出版された（Myerson and Shealy, "Afterword" 179–81; Eiselein and Phillips 148–49）。

（3）『看護覚え書』の訳は薄井担子他訳を参照した。

（4）『看護覚え書』は一八六〇年にアメリカに輸入される。出版社間の版権獲得競争や批評家の反響についてはD'Antonio 5–6を参照。

（5）近年「害」という漢字が負の印象を与えるとし、「障害」を「障碍」や「障がい」に置き換えて使用する動向がある。本稿では否定的な印象を和らげるため「碍」という漢字を用いる。

（6）ディックスの尽力もあり、次第に女性看護師も給料をもらえる立場となる。しかし男性看護師の月給が二十・五ドルであったのに対し、女性看護師のそれは十二ドルと、その給料には明らかな男女格差があった（Lesniak 38）。

（7）歴史学者J・デイヴィッド・ハッカー（J. David Hacker）他によれば、一八六〇年の白人女性の平均初婚年齢は二十二・八歳で、三十歳までに八十七・四％の女性が少なくとも一回は結婚していた（320–21）。また白人／非白人の区別はなされていないが、経済史や統計学を専門にするジェニー・ボーン・ウォール（Jenny Bourne Wahl）が集計したデータ二種によれば、一八六〇年代の女性は初出産を二十三・七歳から二十五・三歳までに、最終出産を三十三・五歳から三十四・四歳までに迎えていた（400–03）。とすればディックスが看護師の公募要件に定めた三十五歳という下限年齢は、彼女たちが出産適齢期を終える年齢に当たる。

（8）ディックスは当初、看護師の公募年齢を三十五歳以上に設定していた。しかしゲティスバーグの戦い（Battle of Gettysburg）で負傷兵が続出し、看護師不足が深刻となったため、彼女はその年齢制限を緩和もしくは撤廃して看護師を大幅増員せざるを得なくなった（Gollaher 410–11）。

（9）「悪魔のディックス（Dragon Dix）」（Colman 113）と呼ばれるほど高圧的なディックスとは異なり、「慈善の姉妹（Sisters of Charity）」は、患者にはむろん医療関係者にも低姿勢であった。必然的に、男性優位の医学界では後者の方が重宝がられた。ディックスと、彼女が敵対視するアイルランド系看護師、そして後者を優遇するアメリカ医学界の傾向については Brown 304 や Gollaher 413–16 を参照。

（10）「共和国の母」の言説については、たとえば Cruea 189; 野々村 一〇三―〇四、Siber 4–5; Richard 18 を参照。

（11）『病院のスケッチ』の訳については、谷口由美子訳を参照した。

（12）オルコットは『病院のスケッチ』執筆時、幼少期より愛読してきたディケンズ作品をさらに集中的に読みあさっていた（Myerson and Shealy, *Journals* 420）。

（13）『マーティン・チャルズウィット』の訳については田辺洋子訳を参照した。

（14）匿名性を保つための "naming no names" は、『デイヴィッド・コパーフィールド』（*David Copperfield*, 1850）や『大いなる遺産』（*Great Expectations*, 1861）にも登場する。

引用文献

Alcott, Louisa May. *Hospital Sketches*. 1863. Ed. Bessie Z. Jones. Cambridge: Belknap-Harvard UP, 1960.（ルイザ・メイ・オルコット『病院のスケッチ』谷口由美子訳、篠崎書林、一九八五年）

Anderson, Benedict. *Imagined Communities: Reflections on the Origin and Spread of Nationalism*. 2nd ed. New York: Verso, 2006.（ベネディクト・アンダーソン『定本　想像の共同体――ナショナリズムの起源と流行』白石隆、白石さや訳、書籍工房早山、

二〇一一年）

Brakeman, Lynne, and Susan B. Gall. *Chronology of Women Worldwide: People, Places and Events That Shaped Women's History*. Detroit: Gale Research, 1997.

Brown, Thomas J. *Dorothea Dix: New England Reformer*. Harvard Historical Studies. Cambridge: Harvard UP, 1998.

Colman, Penny. *Breaking the Chains: The Crusade of Dorothea Lynde Dix*. New York: ASJA, 2007.

Cruea, Susan M. "Changing Ideals of Womanhood during the Nineteenth-Century Woman Movement." *American Transcendental Quarterly* 19 (2005): 187–204.

D'Antonio, Patricia. *American Nursing: A History of Knowledge, Authority, and the Meaning of Work*. Baltimore: John Hopkins UP, 2010.

Dickens, Charles. *Martin Chuzzlewit*. 1843–44. Oxford: Oxford UP, 2009.（チャールズ・ディケンズ『新訳マーティン・チャズルウィット』田辺洋子訳、全二巻、あぽろん社、二〇〇五年）

Eiselein, Gregory, and Anne K. Phillips, eds. *The Louisa May Alcott Encyclopedia*. Westport: Greenwood, 2001.（グレゴリー・アイスレイン、アン・K・フィリップス共編『ルイザ・メイ・オルコット事典』篠目清美訳、雄松堂書店、二〇〇八年）

Faust, Drew Gilpin. *The Republic of Suffering: Death and the American Civil War*. New York: Alfred, 2008.（ドルー・ギルピン・ファウスト『戦死とアメリカ――南北戦争六二万人の死の意味』黒沢眞里子訳、彩流社、二〇一〇年）

Gollaher, David L. *Voice for the Mad: The Life of Dorothea Dix*. New York: Free, 1995.

Hacker, J. David, Libra Hilde, and James Holland Jones. "The Effect of the Civil War on Southern Marriage Patterns." *The Journal of Southern History* 76 (2010): 39–70.

Holland, Mary Gardner, comp. *Our Army Nurses: Interesting Sketches, Addresses, and Photographs of Nearly One Hundred of the Noble Women Who Served in Hospitals and on Battlefields during Our Civil War*. Boston: B. Wilkins, 1895.

Jones, A. H, ed. *Images of Nurses: Perspectives from History, Art, and Literature*. Philadelphia: U of Pennsylvania P, 1988.（アン・ハドソン・ジョーンズ編著『看護師はどう見られてきたか――歴史、芸術、文学におけるイメージ』中島憲子監訳、時空出版、一九九七年）

Jones, Bessie Z. Introduction. Alcott i–xliv.

Kelly, Karen. "Women's Leadership in the Development of Nursing." *Gender and Women's Leadership: A Reference Handbook*. Ed.

Karen O'Connor. Thousand Oakes: SAGE, 2010. 712–20.

LaPlante, Eve. *Marmee and Louisa: The Untold Story of Louisa May Alcott and Her Mother*. New York: Free, 2012.

Lesniak, Rhonda Goodman. "Expanding the Role of Women as Nurses during the American Civil War." *Advances in Nursing Science* 32 (2009): 33–42.

Myerson, Joel, and Daniel Shealy. Afterword. *The Inheritance*. By Louisa May Alcott. New York: Dutton, 1997. 179–88.

——, eds. *The Journals of Louisa May Alcott*. Athens: U of Georgia P, 1997.（ジョーエル・マイヤースン、ダニエル・シーリー共編『ルイーザ・メイ・オールコットの日記——もうひとつの若草物語』宮木洋子訳、西村書店、二〇〇八年）

Nightingale, Florence. *Florence Nightingale's Notes on Nursing: What It Is and What It Is Not and Notes on Nursing for the Labouring Classes: Commemorative Edition with Commentary*. Ed. Victor Skretkowicz. New York: Springer, 2010.（フローレンス・ナイチンゲール『看護覚え書——看護であること、看護でないこと』改訂第七版、薄井担子他訳、現代社、二〇一一年）

Richard, Patricia L. *Busy Hands: Images of the Family in the Northern Civil War Effort*. New York: Fordham UP, 2003.

Schultz, Jane E. *Women at the Front: Hospital Workers in Civil War America*. Chapel Hill: U of North Carolina P, 2004.

Shealy, Daniel, ed. *Little Women Abroad: The Alcott Sisters' Letters from Europe, 1870–1871*. Athens: U of Georgia P, 2008.

Siber, Nina. *Daughters of the Union: Northern Women Fight the Civil War*. Cambridge: Harvard UP, 2005.

Skretkowicz, Victor. "Introduction to This Edition." Nightingale 1–40.

Stern, Madeleine B. *Louisa May Alcott: A Biography*. New York: Random, 1996.

Wahl, Jenny Bourne. "New Results on the Decline in Household Fertility in the United States from 1750 to 1900." *Long-Term Factors in American Economic Growth*. Ed. Stanley L. Engerman, and Robert E. Gallman. Chicago: U of Chicago P, 1986. 391–437.

野々村淑子「アメリカにおける近代的『母』の『成立』とパラドックス——『愛』・『自己統治』・『女』——」『九州大学大学院教育学研究紀要』第四号、二〇〇一年、一〇三—一二四。

第二部　中米・アフリカ・東洋

楽園の光と影
――ソファイア・ピーボディの「キューバ日誌」を読む

城戸　光世

はじめに

ソファイア・アミーリア・ピーボディ（Sophia Amelia Peabody, 1809–71）は、作家ナサニエル・ホーソーン（Nathaniel Hawthorne, 1804–1864）と結婚した約十年後、リヴァプール領事となった夫と三人の子どもたちとともに大西洋を渡り、十九世紀半ばのイギリスやヨーロッパに滞在した。彼女はこの時の夫ナサニエルのヨーロッパ滞在記を、夫の死後に編集して出版しただけではなく、自身が書き留めた旅の記録もまた、アメリカの文芸雑誌に寄稿し、その後一冊の旅行記としてまとめている。[1] さらに彼女は、夫の死の四年後に、遺された子どもたちとともに再びイギリスに赴き、一八七一年に亡くなるとそのままロンドンの墓地に埋葬された。このようにその人生の晩年に外国で過ごすことを選択し、客死したソファイアであったが、ホーソーンと知り合う以前にも海を渡って旅をし、異国の風土や人々を直接その目で観察する機会があった。長く紛失したと思われていた彼女のこの旅の記録、いわゆる「キューバ日誌」（"The Cuba Journal" 以下 CJ と略）は、一八三〇年代にソファイアが姉メアリーとともに、カリブ海に位置するキューバに滞在した際に、母親に宛てて書いた六十通以上もの手紙が、彼女のスケッチやメアリーの手紙などと一緒にまとめられたものである。最初の手紙は一八三三年十二月、キューバへ向かう船上で書かれ、最後の手紙は、一八三五年春に滞在していたキューバのプランテーションから送られた。

「キューバ日誌」と呼ばれるようになるこのソファイアの一連の手紙は、当時家族や友人の間で広く回覧されたものの、一度も出版されることのないまま、二十世紀半ばにニューヨーク公立図書館のバーグ・コレクションが入手するまで、一般の目に触れることはなかった。最初にこの「キューバ日誌」が公開されたのは、一九五四年の同図書館の所蔵品展示「ナサニエル・ホーソーン――充実の歳月、一八〇四年―一八五三年」においてであった（Badaracco iv）。それから二十年以上が経った一九七八年、クレア・バダラッコ（Clair Badaracco）が原稿状態であったこの「日誌」の第一巻を編集し、序文をつけて博士論文として提出し、さらに一九八一年、「キューバ日誌、一八三三年―一八三五年」として全ての手紙をまとめたことによって、ようやくその全容が明らかになった。しかしアメリカン・ルネサンスを代表する作家ホーソーンの妻としてもっぱら言及されてきたソファイア・ピーボディ・ホーソーンが、作家としても注目を浴びるようになり、その創作者としての一面が研究の対象にされるようになるのは、二十一世紀に入ってからである。パトリシア・ヴァレンティ（Patricia Valenti）によるソファイアの伝記が二〇〇四年に出版され、二〇〇六年には、メーガン・マーシャル（Megan Marshall）によるピーボディ三姉妹の半生記や、三姉妹の幅広い影響関係や作品などを取り上げた初めての論集[2]が刊行された。

三姉妹の中でもソファイアは、夫との関係から、主にホーソーン研究の中でその影響や夫の遺作に対する編集姿勢などが論じられることが多かったが、彼女が唯一生前に出版した著書、先述のヨーロッパ滞在記『イギリス及びイタリア覚書』（*Notes in England and Italy*, 1871）と未刊の「キューバ日誌」は、彼女の作家としての側面に光を与えるものとして、近年徐々に研究が進んでいる。本論では主に、ソファイアがホーソーンと結婚する以前、二十代で滞在したキューバから家族に宛てて書いたこの「キューバ日誌」を取り上げ、その旅行記としての特質を、当時の旅行文学の流行や、彼女が旅した十九世紀前半のキューバの状況などと照らし合わせながら明らかにしたい。

一　治療としての旅と病人による旅行記

ソファイアが幼少の頃から持病の頭痛に悩まされていたことは、家族や伝記作家らによってこれまでもしばしば言及されてきた。ソファイアの頭痛は彼女が十歳のとき、ピーボディ家に最後に生まれた末娘キャサリンが生後二か月足らずで亡くなり、悲しむ母親を支えていた一八一九年頃に始まったという（Marshall 95）。その頭痛は、歯医者であった父親が、娘の生えかけた歯の痛みによる癇癪に対し、当時用いられていた薬のなかでもっとも強力な水銀入りの薬を大量に投与したことが一因であったといわれる（Marshall 73–74）。さらにその頭痛の治療には、当時母親が使用していた阿片が用いられたが、少量とはいえ阿片には中毒性があり、ソファイアは二十代後半になる頃にはほとんど毎日のように阿片を服用しており、それがまた頭痛を引き起こしていた可能性も高い（Marshall 95–96）。

ソファイアの慢性的な病には様々な医師が診断に呼ばれたが、なかでも当時ユニテリアン牧師として著名であったウィリアム・エラリー・チャニング（William Ellery Channing, 1791–1892）の弟であるウォルター・チャニング（Walter Channing, 1786–1876）医師の影響はもっとも大きく、彼はソファイアの治療をやめた後も、ピーボディ家との交流を長く続けたほどであった。チャニング医師は、死の危険はないが「病的に鋭い」神経が原因で寝たきりとなる女性患者を多く観察し、のちにその症例を「ベッド症」と名付けたが（Marshall 194）、彼は女性たちに多いそのような慢性の病の根源に、患者たち自身の内面への没頭があると考えた。それゆえ彼はソファイアに対しても、その病への処方として、十九世紀後半にシャーロット・ギルマン（Charlotte Gilman, 1860–1935）に用いられたような安静療法や、投薬や食餌療法よりも、「毎日の規則正しい身体的及び精神的活動を行うこと」（Valenti 22）、とくに戸外での運動を勧め、さらには「楽しく安全に行えるなら広くて健康的な大気のある海外に住む」（Valenti 22）ことが望ましいと勧めたのであった。

もともと病の回復を目指してより空気の良い場所へと移動するという医療目的の旅行は、ギリシャ・ローマの時代からあったという。ヨーロッパでは中世以来、比較的裕福な患者が空気の清浄な街や村に旅し、そこで一般の旅館や宿泊所などに滞在し療養をするのが転地療法の通例であった。十八世紀に入っても、身体内部に病理的兆候を探す代わりに、外的特質や周囲の環境といった外部にもっぱら病の原因が求められた（Dolan 144）。十八世紀のイギリスでは、若い貴族の子弟による大陸へのグランドツアーが流行したが、療養を行う経済的な余裕のある患者たちもまた、ヨーロッパ大陸の風光明媚な観光地や療養地へと押しかけ、そのような療養地について書かれた旅行記が出版されていった。

病人が療養目的でより暖かい土地を目指し、その異国への旅や滞在を記録するという、この病人による旅行文学の例は、街道や旅籠といった旅のインフラが整備され始める十八世紀より数多く登場するようになる。たとえばローレンス・スターン（Laurence Sterne, 1713–68）の大陸への結核療養の旅に基づいた未完の旅行記『センチメンタル・ジャーニー』（*Sentimental Journey*, 1768）や、ヘンリー・フィールディング（Henry Fielding, 1707–54）が転地療養のためにポルトガルを訪れた際の『リスボン渡航記』（*Journal of a Voyage to Lisbon, Travel Narrative*, 1755）などもその一例である。十九世紀に入ると、ヘンリー・マシューズ（Henry Matthews, 1789–1828）の『病弱者の日記』（*The Diary of an Invalid*, 1820）がベストセラーとなる。当時は、移動が心と体の「平衡感覚」を回復させ、不安（dis-ease）に襲われる病人に精神的安定を与えると信じられており、またより暖かく安定した気候の土地への旅と観光という気晴らしが病の回復に望ましいと考えられていた。そのためマシューズは、旅する病人としてヨーロッパ大陸へと赴き、その際に記録した日記を帰国直後に出版したのである（Frawley 113）。

マシューズのこの病人による旅日記に倣ったのが、ピーボディ姉妹も当時その著作を読んでいたアンナ・ジェイムソン（Anna Jameson, 1794–1860）の『倦怠者の日記』（*The Diary of an Ennuyee*）であった。この本は匿名で一八二六年ロンドンにおいて出版され、「ある貴婦人の日記」（A Lady's Diary）と呼ばれた。作品の冒頭は、「初めて大陸に旅する若い女性が、『日記』を書かない訳があるでしょうか」(1)という問いかけで始まる。この作品は初めてヨーロッパを旅する若い病弱なイギリス人女性の実際の旅の記録として広く読まれた。マーシャルによれば、その最初のアメリカ版は、ピーボディ姉妹がキューバへ旅する一年前の一八三三年に出版され、ボストンの知識階級に熱狂的に受け入れられたという(Marshall 280)。

このようにヨーロッパや世界を旅するイギリス人作家の旅行記がよく読まれていた一方、健康回復のために大西洋を越えてヨーロッパへ出かけるアメリカ人による旅行記の例も当時多数存在した。たとえばソファイアに海外旅行を勧めたチャニング医師の兄ウィリアム・エラリー・チャニング牧師もまた、健康不良に悩んでいた一八二〇年代、イギリスやヨーロッパ大陸に赴いた際に旅日記をつけており、またラルフ・ウォルドー・エマソン(**Ralph Waldo Emerson, 1803–82**)も、最初の妻エレンが亡くなり、聖職を辞した一八三二年、しばらく静養して心身の健康を取り戻すために、イギリスやヨーロッパ大陸を訪れ、後年その旅を振り返った『英国の印象』(*English Traits*, 1856)を著している。

二　キューバへの旅

ソファイア自身もまた、当初はヨーロッパへ、とくに、療養地としても、また画家の美術修行の場としても、最良だと考えられたイタリアへの旅を、チャニング医師やオールストン(Washington Allston, 1779–1843)ら先輩画家たちから勧められていた。しかし父親の歯科医としての収入が不安定で、教師をしていたピーボディ家の上の娘たちに家計を依存していたピーボディ家には、末娘をヨーロッパに療養旅行させるだけの経済的余裕はなかった。代わりに候補に挙がったのが、〈アメリカの地中海〉とも呼ばれるカリブ海に浮かぶ島、キューバへの旅である。

十九世紀初頭、ラテンアメリカ大陸諸国が次々と独立する中、宗主国スペインはわずかに残るアメリカ植民地キューバの支配を強め、南米大陸の王党派の多くがキューバに渡っていた。黒人奴隷の反乱から革命を経た近隣のイスパニョーラ島で一八二一年ハイチ共和国が独立すると、いまだヨーロッパの一植民地として比較的安定していたキューバにおけるプランテーション経営が拡大し、十九世紀中葉までにはキューバは中米における砂糖やコーヒー豆生産の拠点となる。しかし一方で当時のキューバはまだ、豊かな自然と温暖な気候というコロンブス時代からの楽園的イメージも保持し続けており、ボストンから健康改善を求める多くの巡礼者たちを惹きつけていた。十九世紀には療養を求めるアメリカ人によるキューバ旅行記がいくつも出版されるが、ピーボディ家の知人であったエイビエル・アボット（Abiel Abbot, 1770–1828）牧師もまた、ソファイアたち以前にそのような航海を行い、そのキューバ旅行記『キューバ内陸からの手紙』（*Letters Written in the Interior of Cuba*）が、彼の死後一八二九年に刊行された。自身を「さすらいの病人（wandering invalid）」（Abbot 246）と呼ぶアボット牧師は、当時六十近い年齢であったが、健康状態が悪化したことで、一八二七年から一八二八年にかけてサウスカロライナのチャールストンに滞在し、そこからキューバへと赴いたが、その帰路で病にかかり亡くなった。彼のキューバ旅行記は、ソファイアの『キューバ日誌』同様、彼がキューバにいた間に書かれた六十余通の手紙から成っているが、キューバの観光地の観察から歴史逸話の記述、政治評まで、様々な話題が取り上げられ、報告書のように理路整然とそれらが記録されている。

気候の厳しいニューイングランドに住むアメリカ人たちにとって、療養地としてこのように非常に人気のあったキューバであるが、ソファイアが最初に健康改善のためにキューバに行くという案を、当時夫がハバナの税関に勤めていた友人ドーカス・クリーヴランド（Dorcas Cleveland）に打ち明け、キューバでの滞在先になってもらえないか頼もうとした際、次のように警告され反対されたという。

あなたの嗅覚は常に気分が悪くなるほどの刺激を受けることになります。干し肉や生煮えの塩魚や干し魚の卵から漂う熱い蒸気、脂で揚げたというより焦がしたニンニクや古い煙草の臭いが、けっして乾燥することのない通りの汚物やぬるぬるとした泥と混じっているのです。そのような汚物や泥が、毎日家々から出る残飯やゴミとともに堆積されています。（中略）それに黒人白人問わず男性たちの人の波が、どの扉からも柱や角からもおびただしく現れて、この街の悪臭が続く原因となっています。（Ronda 103）

さらにクリーヴランド夫人は、ハバナでの病人生活は厳しいものとなるとソファイアに忠告し、白人女性は通りを自由に行き来することが許されないし、北では出会わないような不愉快さや邪悪さが女性の生活に起こるのだと語った（Badaracco xxxiv）。悪臭と騒音と危険に満ちた港町ハバナの代わりに、クリーヴランド夫人がニューイングランド出まれの病弱な女性の療養地として勧めたのが、ハバナから内陸に四十五マイル離れた、ラ・レコンペンサと呼ばれるモレル家の砂糖農園であった。一八三三年の九月、このモレル家のプランテーションでソファイアが療養する代わりに、メアリーが一家の子どもたちの家庭教師をするという取り決めを行うのに成功したのは、二人の姉エリザベスであった。

ソファイアはセイラムの家を離れてすぐ健康を取り戻していった。母親に宛てて洋上で書いた十二月二十日付の最初の手紙で、彼女は次のようにこの船旅の様子を書き始める。

そろそろ自身の手でちょっとしたものを、私の健康と健全さを示す最良の証拠として書き始める頃ですね。とても天気の良い日で、天国のような青さと白さで、大気は天使の翼がはばたいているかのようです。今朝、［バローズ］氏と船横から身を乗り出して立っていたら、彼が突然ネズミイルカだと告げました！　それで私たちはみんな、船首に進みました。これらたくさんの不格好な生き物が、突進し、飛び込む［……］舳先の泡で戯れている間、私は船首の上に座っていました。イルカたちは青と金の美しい色をしています。船長が銛を持って、一頭捕まえようと第一斜檣に進んだのですが、彼らは船長が捕まえるには素早く賢すぎました。それに船長の縄も固すぎて、銛も経年のために少し状態が悪くなっていたのです。船長が白い服を着て掲げた槍を持って立っている姿は、倒れた竜を見下ろす大天使ミカエルほどには崇高ではありませんでしたが、かなりピクチャレスクな見もの（picturesque object）でした。（CJ 3）

この冒頭の数行からも、多くの批評家が指摘するソファイアの文章の、やや大仰なレトリックや、自然美に接した昂揚感、芸術家らしい豊かな色彩感覚、そして楽天的な性質が垣間見られる。彼女はさらに、「水夫たちを見ているのはとても面白いですよ。特に一人、素晴らしい外見の人物を見るのは。彼は力と優美さを併せ持っていて、繊細な目鼻立ちと大きな青い目をしています。彼はきわめてうっとりさせるようなやり方で目を伏せるのです」（CJ 4）とも伝える。ニューイングランドの若い女性旅行者としては、このように船長や水夫たちを無遠慮に眺め観察する大胆な視線は、淑女の規範から外れた非因習的なものであり、その率直で自由な視線や行動は、まさに彼女自身自らを例えたように、「高みに座る大西洋の女王」（CJ 3）のように思われる。ソファイアのこの〈帝国的なまなざし〉は、階級や人種、さらにはジェンダーに深く関わるものであるが、のちに見ていくように、ときにその境界を自在に超えるものともなる。病弱な若いニューイングランド女性として、本来なら受動的で保護の対象となるはずのソファイアであったが、その社会的慣習や通念に縛られない自由で正直な感情の吐露や観察姿勢は、彼女のこのキューバ日誌全体に通底するものとなる。

三　キューバの自然を描くネイチャーライティングとして

姉妹が一八三三年から一八三五年春にかけて滞在したキューバのこのプランテーション、ラ・レコンペンサ（報酬の意）は、黒人奴隷による労働に依拠した大きな砂糖農園であった。その所有者である主人ロバート・モレル（Robert Morrell）はスイス系アメリカ人医師で、サント・ドミンゴ生まれの妻ローレット（Laurette）と娘一人と幼い息子二人の五人家族であった。ソファイアは、男の子たちに絵を教えたり、歴史や文学などの本を読んであげたりと、彼らの教育に関与はするものの、家庭教師として雇われたメアリーと異なり、一日のほとんどを自由に行動する。ソファイアのキューバ滞在での日課は、手紙というより自身の日々の活動や周囲の観察を記録する詳細な日誌を書くことと、乗馬や散歩といった戸外での運動であった。彼女にとってそれは、チャニング医師が勧めた「毎日の規則正しい身体的及び精神的な活動」であり、彼女は毎日忠実にそれに従うことになる。

十七世紀イギリス医学を代表する臨床医トーマス・シデナム（Thomas Sydenham, 1624–89）は、清浄な戸外の空気の中で乗馬することが肺結核の最高の治療法と考えたが、そのような乗馬療法は十八世紀、十九世紀に至ってもよく用いられた。結核ではなかったものの、ソファイアもまたこのような乗馬療法を勧められていた。必然的に、彼女が馬やときに徒歩や馬車などで日々出かけて観察したキューバの異国情緒あふれる自然の描写やその印象が、キューバ日誌記述の大きな一部となる。当時は穏やかで暖かな気候が病を癒すと考えられていたため、彼女の記述にも、そのようなキューバの気候のお蔭で心身の健康が徐々に回復しつつあることを強調する文章も散見される。たとえばキューバ滞在後約半年が経った初夏には、ソファイアは次のようにキューバの風景について語り、その説明し難さを嘆くのであるが、それでも絵画ではなく、言葉を用いてその美しさを表現しようと試みる。

> 私たち［ピーボディ姉妹とモレル家の次男カリート］は、エメラルドで華やかに飾られたような竹並みが作る素晴らしく優美なアーチの下を馬車に乗って走りました。七、八十フィートの高さの長い羽根の房が、列

になって頭上のアーチの中でその垂れ下がった頂をつき合わせている様を想像してみてください。そうすれば、その様がかすかに伝わるかもしれません。でも描写は不可能です。クリーヴランド夫人は、友人たちにこの国のどんなものも説明しようとしても無駄だったと言っていました。それほど土地もその大きさも人々も、アメリカ、とくにニューイングランドのそれとは、まったく異なるのです。夕日がとても輝いていました。太陽のすぐ前に、瑠璃の巨大な岩のような群青色の鋭角の雲がありました。一方では、広い台座から紫色と薔薇色のかたまりが柔らかな夢のように浮かんでいて、太陽と斜めに並んでいます。まるであらゆる源から尊大な美しさを見せながら退却していくかのようでした。もう片方では、その誇らしげに退却するかたまりに会うためだけに、光り輝くようなサフラン色と金色の強大なアーチが、青く広がる山々から流れてきて、広大な円を描きだしています。それらが取り囲む空間を、どんな言葉が描きだせるでしょう！　まるで天国の扉のようでした。（CJ 162–63）

このようにキューバという異国の豊かな自然と広大な風景を描写する彼女は、「目の前の光景が、毎日のように自分の趣味（taste）を良くしてくれる」（CJ 552）と語り、「いかに美しく自然が魂（soul）を教育してくれることか」（CJ 622）と述懐する。

ローレンス・ビュエル（Lawrence Buell）はかつて、超絶主義の核には、高次の〈理性（Reason）〉という概念があると指摘した。経験的な推測の能力に加え、人が持つこのより高次の精神機能、すなわち〈理性〉の力が、直観的に真実を人に知覚させると超絶主義者たちは考えたが、そのような精神的機能を認識した人々は、それを〈霊（Spirit）〉、〈精神（Mind）〉、〈魂（Soul）〉といった違った名前でも呼んでいたという（Buell 5）。実際ソファイアの文章では、〈霊〉や〈魂〉という語彙が、自然の中でより高次の真実を直感的に認識させてくれるものとして使用されることが多い。さらに、エマソンの『自然論』（*Nature*, 1836）出版以前に書かれたこの「キューバ日誌」執筆時点でも、ソファイアはそのようなカント的〈理性〉の概念になじみがなかったわけではなかった。当時ボストンの先進的な人々の間で人気があったというフランス唯心論哲学のヴィクトル・クザン（Victor Cousin, 1792–1867）の「直観的理性」（CJ 240）にも言及しており、ソファイアは自然のなかで直観によって真実を、あるいは超越的な存在を、深く認識できると考えていた。

このようなキューバ日誌に見られるソファイアの超絶主義的感性については、多くの批評家が一致して認めている。ホーソーン家の評伝を著したT・ウォルター・ハーバート（T. Walter Herbert）は、この日誌が当時出版されていたらソファイアは超絶主義の先駆者の一人と見なされていただろうと推測し（51）、パメラ・リー（Pamela Lee）は、ソファイアの日誌には、「初期の超絶主義、すなわち、自然の諸力（神）が人を変容させ普遍的な調和へと導き、詩人や芸術家が自然のビジョンの解釈者として行動するのだという信念」（167）が多く見られると指摘している。また別の批評家は、「彼女の記述は〈超絶主義〉的精神がその特徴であって、そのような精神で彼女はキューバにおける日々の体験の活気を描いているのだ」（Forza 89）とも評している。

しかし実際には、先述のように彼女のキューバ日誌は未出版であったため、これまで彼女が超絶主義者の一員として数えられることはなかった。たとえばペリー・ミラー（Perry Miller）編集の一九五〇年刊行のアンソロジー『超絶主義者たち』（*The Transcendentalists*）でも、またジョエル・マイヤーソン（Joel Myerson）が二〇〇〇年に編んだアンソロジー『超絶主義』（*Transcendentalism: A Reader*）においても、姉エリザベスの著作や、姉妹の友人であったソファイア・リプリー（Sophia Ripley, 1803–61）ら親しい女性たちの文章は抜粋されていても、ソファイアの文章がこのような超絶主義者たちのアンソロジーに載せられたことは一度もない。ソファイア自身、姉エリザベスにこの日誌の出版を提案されたときにきっぱりと断っており、ホーソーンと結婚後も自身が作家になるという考えを持つことはなかった。[3] そのため家族や作家であった夫自身も認めていた彼女の優れた文才は、晩年に自身の旅行記を上梓するまで、もっぱら家族や友人たちといった狭い範囲の人々にのみ、手紙や日誌を通して知られていたのである。

しかしマイヤーソンがいうように、超絶主義者たちにとっては、日誌や手紙そのものが重要な表現手段であった。マイヤーソンは、「彼らは私的な書きものを大いに利用しており、超絶主義文学の最良のものの多くが、この時代の日誌や手紙に見出せる」(xxx)と述べ、次のように続ける。「だが『私的』というのはおそらく不適切な言い方だろう。彼らが自身のために書いたものの多くは、他人が見るだろうという認識のもとに書かれた。手紙はしまいこまれる代わりに共有され、書き手の物理的および感情的な旅を追体験する手段となった。同様に日誌も回覧され、そこに含まれる人生の記録は、友人たちに会話を補完するものとして提供されたのである」(xxx)。実際ソファイアの「キューバ日誌」、すなわちキューバから家族に宛てた手紙は、家族ばかりか友人知人たちにも広く回覧され、ボストンの姉エリザベスによって朗読会さえ開かれたほどであった。ソファイアはそのように自分の心の内を公にされたことで姉を責めたが、以降も同じだけ親密な調子で自然体の文章を書き続ける。母親に宛てたある手紙では、「何度も何度も私がここの夜明けや薄明のすばらしさを延々と語るのを聴くのは、母さんにはおそろしく退屈に違いありませんね。でも私にとっては、いつも次に来るものが、まるで世界に対して目が開かれたばかりであるかのように新鮮なのです。毎回、このようなものは以前にはなかったというように見ています」(CJ 171)と語り、最後までくり返しキューバの自然の豊かさと美しさを言語によって描き出そうと試みながら、自然のなかで自身が体験した昂揚感や超越的存在への信仰をその一連の手紙で伝えていったのである。

四　キューバの社交生活を描く風俗小説として

ソファイアの伝記作者であるヴァレンティは、そのような「彼女の自然との一体感は、新しい人々や新しい文化に対する受け入れやすさを意味すると同時に、彼女が自分の周りに何の境界も築かない女性であることを示している」(66) と評した。実際、ソファイアは故郷のニューイングランドとはまったく風土の異なる新しい土地にすばやくなじみ、ときに家郷への恋しさを吐露することはあっても、その滞在を楽しみ、この異国で出会った人々に対しても、人種や国籍を超えた共感を育てていく。

ロドリゴ・ラソ(Rodorigo Lazo)やダニエラ・キアニ・フォルサ(Daniela Ciani Forza)は、それぞれの「キューバ日誌」批評において、どちらもこのソファイアのキューバ滞在記録が、典型的な旅行記ジャンルのコンベンションから外れているという点で一致している。キューバに関する旅行ガイドや旅行記は当時数多く出版されていたが、ソファイアの「キューバ日誌」がこれらキューバ旅行記と異なる理由の一つとして、ラソは、十九世紀当時の「キューバガイド本」(181) が、旅についての実際的な情報と政治的な観察を合わせた旅行記であるのに対し、ソファイアの場合は、「キューバについての情報を集める代わりに、その手紙の多くは、自身と自然のなかでの瞑想に焦点を置いている」(185) と指摘する。さらにラソは、メアリー・ルイーズ・プラット(Mary Louise Pratt)が十九世紀のヨーロッパ人によるラテンアメリカについての記述に関して、その地域の資本主義的開発を求める英雄的で目標志向の男性に対し、女性の「領域の主張は、私的な空間、個人的で部屋サイズの帝国」(Pratt 160)にあると論じたことを受けて、ソファイアの「キューバ日誌」もまたその議論が当てはまると述べる (185)。

実際ソファイアのキューバからの手紙の多くが、その土地の自然や風景描写、そして彼女自身の印象を記録したものである。しかしソファイアはキューバ滞在中、自身の内面や「私的な空間」にだけ関心を向けていた訳ではない。ちょうどピーボディ姉妹がキューバにやってくる直前の一八三三年秋に、本国スペインでは、フェルディナンド七世が死去し、まだ三歳であったイザベル女王が即位して摂政時代が始まっていた。しかしそれを不服とするフェルディナンド王の弟カルロスが、追放されていたポルトガルから戻り、彼を支持する貴族や教会らカルロス派とともにその後七年間にわたる内乱を引き起こす。ルイス・A・ペレス・ジュニア(Louis A. Pérez, Jr.)によれば、実際一八三〇年代のキューバは様々な変革の時であり、スペインではイザベル女王の摂政時代に議会主導のリベラルな改革が次々進んだ。ソファイアは本国スペインの状況が植民地の経済や人々にどのような影響を与えるかを周囲の人々から聞き、たとえば次のように伝える。「モレル医師は、カタロニアはスペインのなかでももっとも思慮深く効率的な州だけれども、思い切った態度を取り、女王摂政を認める前にコルテス［議会］を招集することを主張したそうです。彼が言うには、コルテスが招集されれば、奴隷貿易は植民地で廃止されるだろうとのことです。」（CJ 132）また別のときには、「［モレル］医師は、スペインの問題は終結するとも言っていました。ドン・ミゲルはロンドンで、ドン・カルロスはローマにいて、そして幼いイザベル女王は穏やかに即位されたとも。そして立派なコルテスが招集されるのだそうです。昨晩私は、コルテスの議題に関する女王の摂政への言葉を読みました。彼女はそこで表明された要望を、かなりしぶしぶながら承認したそうです」（CJ 219）と報告する。これらキューバや本国スペインの政情への言及は、政治的状況が植民地の人々に与える影響に対してソファイアが完全に無関心だったわけではないことを示している。

またソファイアは療養中の身としては驚くほど、この土地の自然だけでなく現地の人々とも積極的に交流し、彼らとの交流や人物評を記し、植民地キューバのプランテーションでの生活がどのようなものかを詳しく本国に伝えている。彼女は、「スペイン語ははっきりゆっくりと話されると、とても美しい言葉で、堂々とした調子はすべてそれだけの正当性を持っています」（CJ 27）と述べ、現地の人々と意思疎通を図るために、スペイン語を熱心に勉強していることもくり返し母親に伝えた。さらにソファイアは、モレル夫妻や娘のルイーサが英語よりフランス語をよく話していたため、フランス語の会話にも慣れていった。そのような彼女の熱心な外国語学習は、異なる文化の垣根を越え、相手の文化にすすんで入っていこうという意欲の表れでもあった。

モレル家の農園の近隣には、ソファイアも客人として一時滞在したフェローズ家や、植民地キューバ人のド・ラヤス家などが所有する他のプランテーションがあり、イースターやクリスマスなどにはパーティや食事会なども開かれ、ラ・レコンペンサにも日々誰か客人が訪れるほど、スペイン人やキューバ人らとの親しい交流があった。ピクチャレスクな小旅行が頻繁に描かれるジェイン・オースティン（Jane Austin, 1775–1817）の小説のように、ソファイアも近隣のプランテーションのフランスやスペイン生まれの所有者たちの邸宅を訪れ、その建物や庭園などの様子を詳細に伝えている。そのためパメラ・リーは、「多くの点で、『キューバ日誌』は旅行記というよりは十八世紀の風俗小説（novel of manners）のように読める」（172）と指摘する。ソファイアは彼らの人となりを観察し、たとえば次のように語る。

四月一日。みんな去ってしまいました。そして大勢が集まる代わりに、六人の騎士たちだけがいました。ドン・アンドレスとドン・ラファエルのラヤス兄弟（前者はドン・フェルナンド、マニュエル、アンドレスの父親です）と、マニュエルとアンドレス（フェルナンドは来ませんでした）、それに弁護士のドン・シントラさんです。私の好奇心は、老ドン・アンドレスに大いに刺激されました。なぜならM［モレル］夫人が彼の比類ない才能と手腕について、それに彼の特異で立派な外見について、色々と話してくれたからです。まさに、真のカスティーリャ人、高貴だけれども理念をもたない、洗練された享楽主義者として人が想像するような人物です。私は失望しませんでした。彼は見事な頭の形をしており、非常に知的で、その物腰は完璧に磨き上げられた優雅なものでした。（中略）彼の兄弟のドン・ラファエルの方は——なんてことでしょう、彼のことを人と呼ばなければならないなんて！　なぜなら彼はまさに、豚（hog）が持つ抽象的な概念が擬人化したような人物なのです。豚、ぶ・た、豚と、頭の先から足の先まで、彼の体中に書かれているようでした。彼のせいで夕食の席での私の幸せは完全に壊されてしまいました。（CJ 71–72）

これほど痛烈な皮肉は他の箇所にはそう見られないとはいえ、このように人を称賛するときにも辛辣に批判するときにも率直で、大胆な表現があったこともまた、ソファイアが出版を躊躇った理由なのかもしれない。同じ

「キューバ日誌」に収められているメアリーの手紙の冷静で抑制のきいた表現と比べると、ソファイアの率直さと天真爛漫さはとりわけ際立っていよう。たとえばメアリーは、同じラヤス家について、次のように述べる。

私たちの近所は、ちょうど今ラヤス氏と彼の息子たちの到着でにぎわっています。（中略）この若者たちはとても教養があり、紳士的で、父親はとても立派な人物です。まだ父親の方には会っていませんが、彼が町に戻るまでには会えるでしょう。ドン・ペピヨはとても元気な若者で、少しもスペイン人のようには見えません。彼はとってもおしゃべりですが、私には彼の話すことがぜんぶは理解できないのです。ドン・アンドレスは優しく穏やかな若者で、フランス語を話すため、私は時々彼のもてなし役をつとめています。モレル夫人はスペイン人との社交はまったくうんざりだというので、私たちはみんな何かをしなくてはならないのです（CJ 195）

メアリーはこの「キューバ日誌」にわずかに収められている他の手紙でも、「モレル夫人にとってはこれらスペイン人に話しかけるのは言葉にならないほど退屈なのです。なぜなら文学的な教養がないからです」（CJ 184）と伝えており、スペイン人に対する夫人の偏見を伝えているが、メアリー自身も当初は、「私もスペイン人が嫌いです」（CJ 184）と述べるなど、彼らとの付き合いへの躊躇をのぞかせていた。

フィリップ・ウェイン・パウエルは『憎悪の樹』のなかで、アメリカ人、あるいは北部ヨーロッパ人が抱く「イギリス産および他のいくつかのヨーロッパ産の種子と株から発した、先祖伝来のイスパノフォビア［スペイン嫌い］に深く根をもつ文化的偏見」(5) について説明している。ソファイアもそのような先入観を完全に免れているとは言えないまでも、できるだけ偏見の曇りなく彼らを理解しようと試み、ときに惜しみなくその性質を称賛する。彼女はまた、「スペイン人の、少なくともラヤス家や私たちが会った他の人たちの性質の一部にあるまさにこの騎士道の精神と本質が、彼らの立ち居振る舞いに真の礼儀正しさや洗練さを与えています。私は本国のどんな紳士たちにも、マニュエルやフェルナンドに覚えるような親近感を覚えたことはありません。でもここの紳士淑女たちとの交際には入り込めない境界線があります」（CJ 321）と述べることもあった。越えられない部分があると認めつつも、彼女はこのキューバ滞在の後半、異文化の様々な人々に対して屈託なく接し、その開放的態度の理由を次のように示した。「私たちがこの世にともにいる時間がこれだけ短いというのに、人との付き合いに遠慮や冷淡さを持ち込むのは、なんと大きな損失でしょう。思うにそれは、魂の生における完全な空虚です。」（CJ 636）

五　奴隷制の目撃記録として

エリザベス・ボールズ（Elizabeth A. Bohls）も指摘するように、旅は見慣れない文化への開かれた態度や精神を伴うというよりは、むしろそのようなケースの方が珍しく、たいていの旅行者は新しい体験を安心できる既存の体系になんとか同化させようとする。たとえば十八世紀の女性旅行者たちにとっては、そのための装置の一つが、見慣れない風景に対する描写や風景を観察する際に用いられる「ピクチャレスク」や「サブライム」の美学であった（Bohls 18）。ソファイアは比較的自由で開かれた精神でスペインやキューバの風景や文化や人々を観察し記述していったが、彼女の風景描写にもまた、十九世紀のアメリカで取り入れられ、とりわけ風景画のジャンルで流行していたピクチャレスク美学の影響が強い。ソファイアの「キューバ日誌」に見られる「ドメスティック・ピクチャレスク」（Lee 172）は、モレル家その他のプランテーションで奴隷として働く黒人たちを見る彼女のまなざしに大きく作用している。スペイン人やキューバの人々に対しては、その貴族的身分や寄宿者としての立場に左右されることなく自由に接し評するソファイアであったが、農園や屋敷内で働く奴隷たちについては、安息日に聞こえる彼らの太鼓の音やダンスも含め、この異国情緒あふれる風景の一要素として絵のように眺める場面も散見される。たとえばキューバ滞在の後半、近隣のフェローズ氏のプランテーションに滞在中、その農園の奴隷のなかにアフリカから連れてこられた王族がいるということで、皆とともに見に行く場面がある。その様子を彼女は次のように伝える。

私たちは夕食の後、ベルの音に集まりました。そして峡谷がとても魅力的だったので、私たちは降りていきました。しかしとりわけアフリカの王たちを見に行く目的だったのです。なぜならフェローズ氏は自分の黒人たちのなかに二人の王様を所有しており、その一人は自らの奴隷とともに氏に購入されたからです。私たちはブルース氏呼ぶところの宮殿を訪ねましたが、陛下は家にいませんでした。王族の子どもたちの一団が入口の周りに立っていて、ホレスが帰ろうと言い出しました。でもちょうどそのとき、私たちは問題の人が井戸のところにいるのを見つけ、そちらに進みました。（中略）私は、マチルダの予想通り、彼の威厳ある姿にすぐに感銘を受けました。（中略）フェリックスが私にコーヒーを届けにわざわざ私たちのところまで馬に乗ってやってきてくれました。それを飲んだ後、私たちはホアン王を後にしました。彼が私たちの存在を気にしていたからです。そしてサルヴァトール王を探しに行きました。彼の習慣はもう一人の王様よりはるかに王族らしいようです。彼はかなり年を取っていて、威厳があり、引退して一人きりで、他の人たちといつも離れています。私たちは彼を小屋の入口のところに見つけました。（中略）彼は私たちに笑顔を見せることも、ちらとうなずくことすらもなく、その姿にはとても哀愁があり、私には一瞬以上彼を見るだけの心臓はありませんでした。（CJ 565）

このように、ソファイアはキューバにアフリカから強制的に連れてこられ、労働につかされている黒人たちの姿を日誌のあちこちで言及することによって、楽園のように豊かな自然あふれるキューバの風景に差す影の部分を伝えるのに成功している。当時キューバはスペイン帝国の主要な黒人奴隷輸入国であり、この国では一八一七年までに約五十八万人の島の人口のうち約四割を黒人が占めるようになっていたという。キューバの砂糖やコーヒー産業は奴隷労働に依存していたため、十九世紀初めにイギリスから奴隷貿易禁止令の施行を要求されていたスペイン本国がそれに従えば、アフリカの供給源を失うかもしれないという予測が島のプランターや商人たちを悩ませていた（Bushnell and Macaulay 264）。ピーボディ姉妹の手紙でも、滞在するプランテーションで、農園所有者のモレル医師がそのような不安を吐露していることが記録されている（CJ 202）。実際「キューバ日誌」に収められたメアリーの数少ない手紙のなかでは、奴隷制や黒人たちへの言及が頻繁にされているが、一方これだけ膨大なソファイアの手紙のなかでは、黒人奴隷たちへの言及は相対的に少なく、ときに頭痛に悩まされながらもキューバ滞在を楽しむソファイアの意識の前景には、奴隷たちの姿があまりないようにも思える。

ヴァレンティは、ソファイアの奴隷制への見解は、「とくに現代の読者にとって問題を含むものだ」（53）と述べ、「彼女は一時的な悪と見なしたものを、奴隷たちが永遠に報われることを約束されたと思うことで和解させたのだ」（54）と論じている。そのような見解が、ソファイアの「キューバ日誌」批評のなかでは一般的なものであろう。たしかに彼女は、ヨーロッパの貴婦人のように、黒人の使用人たち、すなわち家内奴隷たちに世話を受けることを、当然のように受け止めていた。もともとソファイアは、姉エリザベスに奴隷制についての議論を避けるよう忠告を受けていたが（Badaracco xxxix）、自身も手紙のなかで、「私は二つの理由から奴隷制について深く考えないようにしています」（CJ 61）と述べる。一つはキューバに来て得た良い影響に逆に作用することになるのを心配したため、もう一つはすべてのものに幸せの尺度を用意している神への信仰があるためだという。さらに奴隷制については、「時というものが永遠に比べどれほど短いかを理解し、他のことを考えることで気を紛らそうと努力しています」（CJ 61）と語る。そのように、奴隷制について考えないようにしたいと述べ、このような悪は人ではなく神によってなくなるはずだと考えるソファイアの奴隷制に対する曖昧な見解や楽観主義を、現代の立場から人種主義的だと非難することは容易である。しかし一八三〇年代のニューイングランドの奴隷制に対する態度は、ソローやエマソンも含め、多かれ少なかれこのような「楽観的な道徳的ビジョン」(Reynolds 48) にあふれていたのも事実であろう。(4)

しかしながら彼女の手紙には、奴隷として働く黒人たちの苦境を目にせざるをえない日々のなかで、その境遇や思いに心を動かされ、彼らの苦痛に対して抱く悲しみや義憤を伝えようとする意志もまた窺える。たとえば自然の美しさが精神に与える素晴らしい影響を語ったすぐ後に、黒人奴隷たちとの接触を描く次のような記述にもそれは表れている。

> 私は今朝、夜明けの乗馬を行いました。(中略) 私の馬は今朝カカオの樹の下をゆっくりと進んだので、黒人たちの一団が私の横を通り過ぎました。帽子をかぶっていた者はそれを取って、何人かは腕を伸ばしてくれました。ほとんどが私に堂々とした美しい言葉で〈神［のご加護を］〉と言ってくれましたが、それを口にするものはみな、洗練さを感じさせます。(中略) でも彼らの姿は私にかかった魔法を破ってしまいました。新しい大地に新しい光をもたらす夜明けのなかの奴隷制――明かりはみなにやって来ても、彼らには差さないのです。彼らのなかに、サムソンのように力強い外見で、自分たちの状況にも屈していない二、三人の堂々とした姿がありました。そのような者たちさえ鎖でつなぐとは、奴隷制はどれだけ強力なのでしょうか！(CJ 319)

たしかに彼女の「キューバ日誌」は、奴隷制の悲惨さを折に触れ伝えていても、キューバの豊かな自然描写と、周囲の人物や風俗観察の記述が全体的により多くを占めているように見えるため、奴隷制や黒人奴隷たちへの言及がそれらに埋もれてしまっている感がある。しかしダイアン・ショール (Diane Scholl) も指摘するように、ソファイアの奴隷たちへの同情と共感は、滞在が長くなり、奴隷制の悲惨さ、それが自分の知る身近な黒人たちにどのような悲劇を与えているかを深く知るとともに、より強まっていく(29)。たとえば彼女は、黒人たちの姿を次のようにピクチャレスクな(絵のような)光景だと語ったすぐ後、彼らの境遇に思いを寄せ、その現実の重さを再認識する。

小さな子たちが私のもとを去った後、黒人たちが労働から帰ってきて、いつものように列になって、農園監督と私たちの家の前に立ちました。それぞれ頭に背の高い草の束を載せていて、その場に着くとそれを足元に落とし、次の日の命令を聞いた後、かがんでそれをまた頭に載せます。それはとてもピクチャレスクな光景でした。でもこのかわいそうな人たちから美や楽しみに少しでも関係したことを引き出そうとするのは、悲しい冷やかしになります。彼らの囚われの身が、日々私の心により重くのしかかってきます。(CJ 490)

このように奴隷たちの境遇に思いを寄せ、彼らの痛みを想像し、悲しみを伝えるソファイアの記述からは、彼女の共感力の高さとともに、それを読者に共有させるだけの文章力も窺える。その彼女がもっとも奴隷制に対する憤りを感じ、それを強く表明したのは、キューバ滞在の終わりにかけて、モレル医師のプランテーションで働く黒人たちの母親から、子どもが引き離される光景を見たときであった。

今朝ドン・ペドロ・ロドリゲスという人が、何人か他の紳士たちと一緒に、モレル医師が数年前にサン・ホアンの農園とともに連れてきた十二名程度の黒人たちを取り戻し、連れて行くためにやってきました。子どもたちはその間取り残されるのです。私見では、野蛮な取り決めです。それは憂鬱な時間でした。三人の母親が、子どもたちと別れさせられるのです。そのうちの一人はまだ四歳でした。男女ともにみんなが私の部屋の外のポーチに座っていたので、私は全部耳にしました。母親たちの二人が私のところにその悲しみを伝えにやってきましたが、ほとんど言葉も出ませんでした。私はひどい憤りに駆られ、とっても強く共感を表明しました。（CJ 621）

当初は奴隷制について考えないようにすると宣言したソファイアであったが、彼女のキューバからの手紙からは、このように黒人奴隷たちについての言及がなくなることはなかった。ソファイアが意識的に手紙の読者に、黒人たちの苦境や高潔さや抑圧された怒りに目を向けさせていると論じたショールと同様、イヴォンヌ・ガルシア（Ivonne Garcia）もまた、ソファイアが意識して「読者からの感情的反応を引き出す」（100）ために手紙のなかで奴隷表象をくりかえしていると論じるが、しかしそれは反奴隷制の大義を促進するためというより、作家としての語りの力を示そうとしているのだと断じる。ソファイアがどれだけ作者としての自己を、あるいは読者を意識しているかについては議論の余地が残るが、奴隷制について語るソファイアが、彼ら奴隷たちが過ごすキューバの土地に潜む暴力性や悲劇に読み手の目を向けさせ、彼女の感じた心情や憤りを共有させようとしたことは確かであろう。

おわりに

ソファイアとともにモレル家に滞在していたメアリーは、ソファイアがいかに日誌書きに莫大な時間を割いていたかを次のように伝える。ソファイアは「朝一番に、ナイトキャップなど夜着をすべて身に着けたまま机に座って、朝食のための服の準備を私がしてあげるまで、まるで書き物の霊に取りつかれたように日誌を書いています」（CJ 575）。メアリーは、ときに四十枚にもわたる手紙の執筆が妹の精神をあまりに疲労させているとして、彼女に手紙書きを控えさせたほどであった。ソファイアも滞在後半では、数週間手紙を書くことをやめる期間もあったが、最後までキューバでの生活と自身の印象を伝える日誌を書き続け、六百数ページにもわたるその手紙の束は、家族の手で最終的に三巻にまとめられた。それを読んだ交際前のホーソーンが、彼女の文章力を高く評価し、自身の日誌にもその文章の一部を書き留めた事実は、批評家たちによってよく指摘されている。自分を飾らない正直でロマンティックな感性の表れたソファイアのキューバ旅行記は、彼女の内面を如実に映し出すとともに、キューバが持つ自然の豊かさと美しさ、スペイン植民地に住む人々の日常と社交の様子、さらには奴隷制のもとに苦しむ黒人奴隷たちの現実の過酷さと、一方で彼らの豊かな文化や精神の逞しささえ伝える貴重な歴史的資料となっている。また文学作品としても、十九世紀前葉の若いアメリカ人女性の手による中米への初期トラヴェル・ライティングの実践例として、また想像力と優れた描写にあふれたネイチャーライティングの先駆的テクストとして、今後も興味深い分析対象となるだろう。

テリー・シーザー（Terry Caesar）は、「女性たちは旅という文脈では、伝統的に書く主体としては見向きもされなかった。そして実際、旅の事実そのものが、『固着性の』女性に対する『移動性の』男性を常に上に定める『ジェンダー化行動』であるとすら言える」（15）と述べている。アメリカ文学における女性の旅行記について論じたマリリン・ウェスリー（Marilyn C. Wesley）の言葉を借りるならば、女性たちはもっぱら〈秘密の旅（secret journeys）〉を強いられてきた。しかしソファイアのキューバ旅行記は、そのような因習的な旅のジェンダー化や女性の旅の秘匿性に対する密かな抵抗ともなっている。彼女の若き日のこの中米旅行記を、後年のより抑制がきいたヨーロッパ旅行記と併せ読むことで、ヴィクトリア朝的な道徳観の持ち主である病弱な妻ソファイア・ピーボディ・ホーソーンとはまた別のソファイア像が、読者の前に浮かび上がるだろう。しばしば故郷の母親に心配されるほど、憑りつかれたかのように熱狂的にキューバの風景や人々とその生活を描き出した彼女の作家としての声の力強さとその自由な精神は、彼女の旅行記を読むすべての人に大きな印象を残すのではないだろうか。

注

＊本研究は、科学研究費補助金（23520306）及び（23520339）による研究成果である。

（1）ソファイアのヨーロッパ滞在記については、ジュリー・E・ホール（Julie E. Hall）やアンナマリア・フォーミチェッラ・エルスデン（Annamaria Formichella Elsden）ら何人かの批評家が取り上げ論じている。また拙論「創作への旅——旅行記作家としてのソファイア・ピーボディ・ホーソーン」（西谷拓哉・成田雅彦編『アメリカン・ルネサンス——批評の新生』開文社、二〇一三、一六九—九一）も参照されたい。

（2）*Reinventing the Peabody Sisters*. Ed. Monika M. Elbert, Julie E. Hall, and Katharine Rodier. Iowa City: U of Iowa P, 2006.

（3）このことに関しては、拙論一七七—八〇頁でより詳しく説明している。

（4）このような奴隷制に対する態度は、のちに夫となるナサニエル・ホーソーンの奴隷制についての見解と奇妙なほど響きあう。しかしレノルズによれば、それはまた一八三〇年代四〇年代の奴隷制廃止運動の過激で暴力的な手段に対する一般のニューイングランドの人々の懐疑とも通じ合うものであった。しかしそのような懐疑も五〇年代六〇年代になると変化し、大きな悪を征するためには暴力も辞さずという積極的な奴隷制廃止論が北部知識人の間で大勢を占めるようになる。ヨーロッパから帰国したホーソーンがそれにどのような違和感を覚えたのか、また後年の彼の奴隷制や戦争の機運に対する見解や作品への影響などについては、Reynolds に詳しい。

引用文献

Abbot, Abiel. *Letters Written in the Interior of Cuba: Between the Mountains of Arcana, to the East, and of Cusco, to the West, in the Months of February, March, April, and May, 1828*. Boston: Bowles and Dearborn, 1829.

Badaracco, Claire. Introdution. "The Cuba Journal, 1833–35." Library of Congress, 1985. xxix–cxii.

Bohls, Elithabeth A. *Women Travel Writers and the Language of Aesthetics, 1716–1818*. Cambridge: Cambridge UP, 1995.

Buell, Lawrence. *Literary Transcendentalism: Style and Vision in the American Renaissance*. Ithaca: Cornell UP, 1973.

Bushnell, David, and Neill Macaulay. *The Emergence of Latin America in the Nineteenth Century*. Oxford: Oxford UP, 1988.

Caesar, Terry. *Forgiving the Boundaries: Home as Abroad in American Travel Writing*. Athens: U of Georgia P, 1995.

Dolan, Brian. *British Women in Pursuit of Enlightenment and Adventure in Eighteenth-Century Europe*. New York: HarperCollins, 2001.

Elbert, Monika M., Julie E. Hall, and Katharine Rodier, eds. *Reinventing the Peabody Sisters*. Iowa City: U of Iowa P, 2006.

Forza, Daniela Ciani. "Sophia Peabody Hawthorne's 'Cuba Journal': A Link Between Cultures." *Nathaniel Hawthorne Review* 37:2 (2011): 73–96.

Frawley, Maria H. *Invalidism and Identity in Nineteenth-Century Britain*. Chicago: U of Chicago P, 2004.

Garcia, Ivonne M. "Transnational Crossings: Sophia Hawthorne's Authorial Persona from the "Cuba Journal" to *Notes in England and Italy*." *Nathaniel Hawthorne Review* 37, No. 2, 2011. 97–120.

Hawthorne, Sophia Peabody. "The Cuba Journal, 1833–35." Ed. Claire M. Badaracco. Library of Congress, 1981.

Herbert, T. Walter. *Dearest Beloved: The Hawthornes and the Making of the Middle-Class Family*. Berkeley: U of California P, 1993.

[Jameson, Anna.] *Diary of an Ennuyée*. London: Henry Colburn, 1826.

Lazo, Rodorigo. "Against the Cuba Guide: The 'Cuba Journal,' *Juanita*, and Travel Writing." Elbert, Hall, and Rodier 180–195.

Lee, Pamela. "Queen of All I Surveyed: Sophia Peabody Hawthorne's 'Cuba Journal' and the Imperial Gaze." Elbert, Hall, and Rodier 163–181.

Marshall, Megan. *Peabody Sisters: Three Women Who Ignited American Romanticism*. New York: Houghton Mifflin Hartcourt, 2005.（メーガン・マーシャル『ピーボディ姉妹――アメリカ・ロマン主義に火をつけた三人の女性たち』大杉博昭・倉橋洋子・城戸光世・辻祥子訳、南雲堂、二〇一四年）

Matthews, Henry. *The Diary of an Invalid: Being the Journal of a Tour in Pursuit of Health in Portugal, Italy, Switzerland, and France, in the Years 1817, 1818, and 1819*. London: John Murray, 1820.

Miller, Perry, ed. *Transcendentalists: An Anthology*. Cambridge: Harvard UP, 1950.

Myerson, Joel, ed. *Transcendentalism: A Reader*. Oxford: Oxford UP, 2000.

Pérez, Louis A., Jr. ed. *Slaves, Sugar, & Colonial Society: Travel Accounts of Cuba, 1801–1899*. Wilmington, Del: Scholarly Resources, 1992.

Reynolds, Larry J. "'Strangely Ajar with the Human Race': Hawthorne, Slavery, and the Question of Moral Responsibility." *Hawthorne and the Real*. Ed. Millicent Bell. Columbus: Ohio UP, 2005.

Ronda, Bruce A. *Elizabeth Palmer Peabody: A Reformer on Her Own Terms*. Cambridge: Harvard UP, 1999.

Scholl, Diane. "Fallen Angels: Sophia Hawthorne's *Cuba Journal* as Piece de Resistance," *Nathaniel Hawthorne Review*, 35:1 (Spring 2009): 23–45.

Valenti, Patricia Dunlavy. *Sophia Peabody Hawthorne: A Life*, Volume 1. Columbia: U of Missouri P, 2004.

Wesley, Marilyn C. *Secret Journeys: The Trope of Women's Travel in American Literature*. Albany: State U of New York P, 1999.

パウエル、フィリップ・ウェイン『憎悪の樹』西澤龍生・竹田篤司訳、論創社、一九九五年。

キューバにおける捕囚と抵抗
――メアリー・ピーボディ・マンの『ファニータ』

倉橋　洋子

はじめに

ピーボディ家の三人姉妹[1]の次女であるメアリー・ピーボディ（Mary Peabody, 1806–87）は、妹のソファイア・ピーボディ（Sophia Peabody, 1809–71）とともに一八三三年十二月初旬、ニューキャッスル号でボストンからキューバに出発し、そこに一年半近く滞在したのち、一八三五年四月下旬に帰路に就き、同年五月初旬にボストンに到着した。まだ独身だった彼女たちがキューバに渡った目的は、温暖な土地でソファイアの偏頭痛を治療するためであり、それはボストンの産科学で著名なソファイアの主治医であるウォルター・チャニング（Walter Channing, 1786–1876）の提唱に従った結果であった。当時、肺結核の療養のためにカリブ海諸島、特にキューバへ行くことは稀有ではなく、ピーボディ姉妹も読んだと思われる『キューバの内陸からの手紙』（*Letters Written in the Interior of Cuba*, 1829）を出版した牧師のエイビエル・アボット（Abiel Abbot）もその一人であった（Lazo 183）。

しかし、ピーボディ家には転地療養のための経済的余裕がなかったために、長女のエリザベス・ピーボディ（Elizabeth Peabody, 1804–94）は、フランス人のモレル医師に対して交渉を行った。それは彼が所有する、アボットも滞在したことのあるハバナ郊外のコーヒープランテーション、ラ・レコンペンサで、メアリーが家庭教師として働く代わりに、ソファイアの治療を施してもらうという交渉であった（Marshall 268–69）。モレル医師はボストン往復の費用を含んだ二百ドルと必要経費を一年半の報酬として約束したが、それにはソファイアの部屋代と食費は含まれていなかったために、メアリーが給料からその費用を支払うことになった（Badaracco lxvi）。メアリーは当初キューバ行きを躊躇した。というのも密かに愛していたホレス・マン（Horace Mann, 1796–1859）と離れることになるし（Miller 129）、公教育がまだ確立されていなかった一八三二年に、チャニング医師の兄、ウィリアム・エラリー・チャニング（William Ellery Channing, 1780–1842）牧師の邸宅で住み込みの家庭教師として働いたとき、満足な部屋も与えられず、我儘な子どもたちの教育に苦労をしたからである。そのうえ、キューバでは一八三二年にコレラが大流行したこともキューバへ行くことの不安要素の一つであった（"The Cuba Journal" 183 以下CJと略）。しかし、メアリーはソファイアの療養を優先してキューバへ渡航することにしたのである。

キューバに到着したメアリーは、現地がいまだに奴隷貿易を黙認する「束縛の地」（Marshall 277）であることに憤慨し、いずれ奴隷制の邪悪さを暴露するような小説を書こうとメモを取り始め、一八五〇年中に『ファニータ』の素材は、アボット牧師の例にならってメアリーとソファイアがキューバ滞在中に家族に宛てて書いた手紙を三巻にまとめた「キューバ日誌」（"The Cuba Journal"）の二巻に収められている（Badaracco xxc）。エリザベスによれば、『ファニータ』はモデルとなったモレル一家の最後の一人が亡くなるのを待って一八八七年に出版されたが、メアリーはその出版を見ることなく同年二月に亡くなった（"Explanatory Note" 223）。二〇〇〇年に『ファニータ』がヴァージニア大学からパトリシア・M・アード（Patricia M. Ard）の編集で再出版されたことは、現代においてこの作品が再評価に値するとみなされたと考えられる。

『ファニータ』に関する研究は多くはないが、ロドリーゴ・ラソ（Rodrigo Lazo）は、『ファニータ』には文化比較や政府の紹介等のガイドブックの要素があることを指摘している。また、ミカエラ・B・クーパー（Michaela B. Cooper）は、『ファニータ』において女性と男性を自然と文化に二分する伝統的な方法や家庭崇拝への批判がなされ、のちに拡大することになる女性の社会的、政治的役割の先駆けが描かれていると評価している。しかし、その一方でクーパーは、メアリーの女性改革者ならびに教育者としての業績は「真の女性らしさ」という規範に制限されているとも指摘している（159）。本稿では、キューバに行かざるをえなかったメアリーの抑圧された心情、すなわちキューバに捕囚された感覚や、道徳的改革者および教育者としての信念、また、キューバ滞在を通して味わうことになる先行きのみえない閉塞感が、『ファニータ』にいかに投影されているかに焦点を当てて作品を読み解く。そしてクーパーが「制限されている」と指摘したメアリーの社会改革や教育に対する貢献をむしろ積極的に評価し、その可能性を掘り下げる。その上で同時代のキューバ文学やホーソーンの短編などと比較しつつ本書の特色と意義を明らかにしたい。

一　一八三〇年代のキューバと『ファニータ』執筆の背景

一八二七年の国勢調査によれば、キューバの総人口は約七〇万三千人で、その内白人は約三十一万千人、自由な有色人種は十万六千五百人、奴隷は約二十八万五千九百人であり、奴隷が総人口の約四割を占めていた（Badaracco lxviii）。そもそもキューバの黒人奴隷制度は、一五五一年のスペインによるキューバの征服以後、先住民の封建的生産様式に代わり導入され、ヨーロッパ、西アフリカ、および西インド諸島からそれぞれ武器、奴隷、砂糖等を輸出する三角貿易により成立していた。一八〇七年にイギリスは奴隷貿易を禁止したが、世界一の砂糖生産地のキューバを植民地に持つスペインはそれに踏み切れなかった（神代　59–60）。一八一七年にはイギリスとスペインは奴隷貿易を禁止する協定を締結したものの、スペイン政府は一八八六年の奴隷制廃止まで奴隷貿易を黙認し続け、一八二一年から一八六〇年の間に、どこにおいてもそこの環境に慣れなかった三十五万人以上のアフリカ人の奴隷が時にはアメリカの援助により、非合法にキューバに運ばれた（Kutzinski 18）。他方、一八一二年からキューバでは断続的な奴隷蜂起が起き、メアリーとソファイアが到着した一八三三年当時、カリブ海諸国は極めて不安定であった。というのも一八三一年から翌年にかけての英領植民地、ジャマイカでの奴隷反乱により、キューバでもプランテーションの所有者は奴隷の暴動を恐れ、ヨーロッパやアメリカに帰国した者もいた時期であったからだ。この時期にキューバに到着した当初のメアリーの手紙は、奴隷の話題に終始していた。一七八三年に奴隷制度を非合法と宣言したマサチューセッツ州出身のメアリーは初めて奴隷制の実態を見て、心を痛めるほど大きな衝撃を受けた。それは、メアリー宛ての一八三四年四月十九日付の手紙でエリザベスが「心配しています……。この奴隷制はあなたの心に重過ぎます」（Marshall 525）と述べていることから推し量ることができる。

メアリーの奴隷に対する態度はかなり同情的であったと言える。そのことはメアリーが、奴隷の働く姿を見ない日曜日が好きであることや、プランテーションの所有者の妻であるモレル夫人が「親切心」と「尊敬」を持って奴隷を扱っていること等を、母親へ報告していることからわかる（CJ 183 & 201）。そのような彼女は家内奴隷とともに花壇の世話をすることもあった。一方、メアリーは奴隷制の生産性の悪さも認識し、奴隷は監督が目を離すや否や遊び始め、「人間（men）」というより「動物（brutes）」として働いていると客観的な指摘をすることも忘れなかった（CJ 196–97）。他方、ソファイアは奴隷に対して、メアリーと同じ反応を示したわけではなかったようである。奴隷の悲しみに同情して涙を流すモレル夫人を「まれな人物」であると、一八三四年三月八日付の手紙で述べている（CJ 45）。また、ソファイアは奴隷の境遇に同情を示しつつも、その外見に対する偏見は、製糖工場で働く黒人の一人を「獰猛な目つき、屈強な青黒い手足をもっており、まさに悪の精神のように見えたが、その彼でさえ礼儀正しかった」（CJ 61）と述べる描写にも垣間見られる。もっとも、ソファイアのキューバ滞在の目的が偏頭痛の治療であったので、彼女は「奴隷と奴隷制について考えることを健康のために避けてきた」という指摘がある（Vasquez 187）。また、ソファイアはキューバ滞在の二年間で奴隷制に対する考え方が変化して批判的になったとする批評家もいる（Scholl 29）。結局、ソファイアは奴隷に同情しつつも、メアリー程には奴隷のことが常に心を占める問題ではなかったようである。

こうしたメアリーとソファイアの奴隷に対する態度の差異は、彼女たちのキューバに来た理由や立場の差異から生じている。メアリーはピーボディ家の経済的な事情を考慮し、住み込みの家庭教師という「上層の奴隷より少し上」（*Juanita* 175）にすぎない地位で働かなくてはならなかった。加えてメアリーは妹のソファイアを監督する立場にもあるとみなされ、同じ船で所用のためにキューバに来たボストン出身のジェイムズ・バローズ（James Burroughs）とソファイアとの恋愛事件に関して、モレル夫人に呼ばれ叱責されたこともあった（Marshall 282）。義務を背負い抑圧されたメアリーは、キューバという土地に捕囚されたような感覚を味わい、奴隷の境遇にソファイアよりも感情移入したことは想像に難くない。メアリーのこの心情が、『フアニータ』においてキューバという土地に捕囚された人々のテーマとして具現化する。

また、メアリーについて夫のホレス・マンは、「彼女の輪の中にはいつでも、なすべき善や取り除くべき悪があり」、彼女は変わらぬ「真の威厳と人生の真の目的」をもって行動するために存在していた、と述べている（Marshall ix–xx）。『フアニータ』執筆の原動力の一つとなったホレス・マンの指摘するメアリーの道徳的改革者としての面は、『フアニータ』においてメアリーを彷彿させるニューイングランド出身の白人の女性家庭教師、ヘレン・ウェントワースに顕在化されている。ヘレンはメアリー同様スペイン人の友人のプランテーション、ラ・コンソレーションで家庭教師として働くためにキューバへ来たという設定である。ヘレンは奴隷制を廃止したアメリカの北部と比較してキューバを非難するが、そこには奴隷制を維持していたアメリカ南部に対する作者メアリーの非難も読み取れる。メアリーは一八三三年二十七歳の時、サマセットコートのクラーク夫人の下宿屋で、アメリカ南部の奴隷制廃止への賛成意見を述べ、同席していたジャレッド・スパークス（Jared Sparks, 1789–1866）牧師に無知であると批判されたが、ホレス・マンはメアリーをスパークス牧師と闘った女性として記憶に残した（Tharp 103）。メアリーにはキューバに行く以前から道徳的改革者としての信念があったのである。しかし、必ずしもメアリーがその信念をキューバにおいて全面的に貫けず、現状を改革できなかったことが閉塞感として『フアニータ』に漂うことになる。

『フアニータ』が小説や手紙等、何らかの形で出版されるには時間を要した。メアリーがキューバの奴隷制について、メモを取り始めてから『フアニータ』が出版されるまでに五十年以上経過したが、エリザベスによれば、メアリーの奴隷制を綴った手紙を読んだ多くの友人は、メアリーが帰国して出版するように勧めた。というのもアメリカではウィリアム・ロイド・ギャリソン（William Lloyd Garrison, 1805 –79）が「アメリカ反奴隷制協会」（American Anti-Slavery Society）を一八三二年に創設し、奴隷制の問題に対する関心が急浮上してきたからである。しかし、メアリーは出版のためにモレル家の人々に対して礼儀を欠くことを心配した（*Juanita* 223）。こうして、メアリーは帰国後、自分自身が書物を出版することよりもナサニエル・ホーソーン（Nathaniel Hawthorne, 1804–64）にキューバの奴隷制について書くように提案することを優先した。しかし、ホーソーンはその考えを取り上げなかったことが、ソファイアからエリザベスへの一八三八年五月の手紙で述べられている（Woodson 25–26）。一八四二年に結婚したソファイアとホーソーンはその後も、ともに積極的に奴隷制に関わることは好まなかったと考えられる。しかしながら、彼らは自分たちが奴隷制に無関心とみなされることは不本意だと思っていたようだ。ソファイアは一八五七年九月にエリザベス宛の手紙で、ホーソーンが『ピアース伝』（*The Life of Franklin Pierce*, 1852）を書き、奴隷制賛成論者のフランクリン・ピアス（Franklin Pierce, 1804–69）のおかげでリヴァプール領事の職を得たから、自分たちが奴隷制廃止運動に関わらないと思っているのだろうが、それは違うとエリザベスに抗議していることは、周知のことである（Ronda 265）。

いずれにしてもこうしてメアリーとホーソーンが、直接的に奴隷制を扱った作品を発表することを避けた背景には、一八三〇年代に奴隷制を批判することにはリスクが伴ったことも考えられる。リディア・マライア・チャイルド（Lydia Maria Child, 1802–80）は、一八三三年に『アフリカ人と呼ばれる人々の階級を支持する訴え』（*An Appeal in Favor of That Class of Americans Called Africans*）を出版した。それはメーガン・マーシャルによれば、「他の出版物よりも多くの男女を奴隷制廃止論に転向させた」（526）功績を持つ作品であったが、チャイルドはボストンで公然と非難され、ボストン・アセニーアムの図書館の特権は廃止され、子どもの雑誌、『ジュヴナイル・ミセラニー』（*Juvenile Miscellany*）の編集者の地位は取り消され、彼女への賞賛が突然静まった。チャイルドは三年後に古代ギリシャの奴隷を主人公にした『フィロシア』（*Philothea: A Romance*, 1836）を発表したが、これは保守的な読者の非難を免れた。というのも『フィロシア』が異国の遠い時代を舞台にしたフィクションで、奴隷制の批判色もかなり薄められていたためと考えられる。(2) 当時、アメリカの奴隷制を赤裸々に批判するにはまだ機が熟していなかったのである。

このような状況において、メアリーはキューバから帰国後すぐには奴隷制を扱った作品は出版しなかったものの、子どもと両親に人気となった一種の園芸書、『フラワー・ピープル』（*The Flower People: Being an Account of the Flowers by Themselves; Illustrated with Plates*, 1838）を初め執筆活動に勤しんでいった。(3) またエイモス・ブロンソン・オルコット（Amos Bronson Alcott, 1799–1888）の実験的なテンプル・スクール（Temple School）で教師として務め、ボストンやセイラムの学校で教える等、天性の教師として十八歳から途切れることなく携わってきた教育に情熱を注いだ。それとともに、ニューイングランドで奴隷制廃止運動が活発になるにつれ、姉のエリザベスや一八四三年に結婚して夫となったホレス・マンとともにその運動に積極的に参加するようにもなっていった。結局、メアリーは奴隷制廃止運動を実践したのちに、奴隷制における悲劇のロマンスとして『ファニータ』を出版することにしたのである。

二　キューバに捕囚された支配者側の人々の葛藤

アメリカにおいて奴隷制を批判した作品の発表にはリスクが伴ったが、キューバにおいても同様であった。スペインのキューバ征服以来スペイン語で書かれるようになったいわゆるキューバ文学について、ゴードン・K・ルイス（Gordon K. Lewis）が解説している。ルイスによれば、ドミンゴ・デルモンテ（Domingo Delmonte, 1804–53）主催のサロンに代表される十九世紀のキューバ文学は異国風のクレオールの要素を含みつつも、バルザックのリアリズムや新古典主義等、当時のヨーロッパ文学の思潮の影響を受けていた。また、人種差別的な社会での抑圧された愛をテーマとして扱っているが、大胆な奴隷制廃止を訴えるものはほとんどなかった。その理由にはスペインの検閲もあったが、作家たちが奴隷に対する曖昧さを享受していたので、小説は穏やかな改善を求める立場を代表するに留まっていた（234–35）。また、キューバのスペイン系のエリートは、奴隷制が国家の独立の主張と矛盾するという原理に同意していたが、十九世紀後半に至るまで経済的配慮を優先し、道徳的問題を放置していた（Kutzinski 18）。

スペイン系のエリートが経済を優先していた事実は『フアニータ』でも描かれているが、彼らはカーストや奴隷制、あるいは家父長制下のジェンダーに呪縛され、すなわちキューバという土地に皆一様に捕囚され、先行き不透明な閉塞感に覆われている者もいる。十九世紀のキューバのカーストに関して、ヴェレーナ・マルティネス＝アリエル（Verena Martinez-Alier）は、ルイス・デュモント（Louis Dumont）のインドとキューバの比較研究を紹介している。それによれば、キューバには、社会を二つの対立するグループ、奴隷対自由人、有色人種対白人、アフリカ人対ヨーロッパ人、新教徒対旧教徒、肉体労働者対非肉体労働者、貧困対富裕、平民対貴族（スペインの小貴族）、非嫡出対嫡出、混血対純血、不名誉対名誉等に分ける原理があった（131）。実際には、社会的地位は一つの基準による「単純なグラデーション」（132）ではなく、これらの組み合わせが考えられた。また、出自は社会における個人の地位を決定するのに重要と見なされたが、個人の業績は社会的地位上昇の合法的な手段として是認されていた。また、奴隷には不可能であったが、自由な有色人種はいわゆる「グラシアス・アル・サカル」（Gracias al Sacar）によって社会的地位を金銭で入手することも可能であった（132–33）。『ファニータ』でも、奴隷社会の中にもカーストがあり、家内奴隷は家畜を飼うことや洗礼の日には教会に行くことが許されるが、畑の奴隷は家畜同様で人間関係は全く無視されていることが描かれている。キューバのカーストは多数の要素、奴隷制、人種、宗教、貧富等が複雑に絡み合った身分制度であった。

『ファニータ』に登場する奴隷商人のスペイン人、ドン・ミゲルは、経済とカーストに呪縛され、その結果、階級の上昇を試みる者として描かれている。キューバには「砂糖貴族」（*Juanita* 165）が多数存在したが、購入した称号は世襲のそれより低くみなされていた。そのような環境において奴隷商人という職業は社会的地位を貶めると認識しているドン・ミゲルは、社会的地位を上げるために職業を隠して貴族の孤児と結婚する。さらに、ドン・ミゲルは娘を資産はないが伯爵の称号のある男性と結婚させる。このように彼は奴隷商人として経済的に奴隷制の恩恵を被り、またカーストが存在するがゆえにキューバ社会において支配者側に位置している。しかし、その結果、豊かさと社会的地位に執着するドン・ミゲルは奴隷制とカーストから解放されず、キューバという土地に囚われており、その中でもがいているのである。

スペイン人のプランテーションの女主人であるイザベラも、支配者側でありながら奴隷制や家父長制に呪縛され、ドン・ミゲルよりも深刻な状況にある。イザベラは、プランテーションの監督による反抗的な奴隷への鞭打ちの「懲罰」（34）に対する友人の家庭教師ヘレンの抗議に、「私たち女性はこのことについてはどうしようもない（We women cannot help this thing）」（34）と弁明し、家父長制のもとでのジェンダーに囚われていることを露呈する。その上、彼女は罰を「奴隷の意志をくじく」（35）ための必要悪であるとさえ考えている。結局、夫に逆らうことができず現状を改善できないイザベラは、女主人としての行動規範に従って理不尽な要求をしない良い女主人になり、見聞きする奴隷に対する残酷な行為、「邪悪」を黙認しなくてはならないと思っている。また、イザベラは主人も抑えることの難しい監督の激昂や奴隷の反乱をも恐れている。加えて、イザベラは、家事において古参の家内奴隷のカミラに主導権を握られている。カミラの存在がなくては、イザベラはプランテーションの女主人としての役割、家父長制における妻の役割を十分に果たせないためである。イザベラとカミラの関係は、支配者対被支配者の単純な二項対立ではなく、逆転した支配関係であり、イザベラはそれに対しても葛藤しているがなす術がない。

そのような状況にあっても、経済的豊かさを優先しているイザベラは、より良い生活をしたいがためにプランテーションを去ることができない。それは、「私たちはここでは裕福と言われるかもしれませんが、ほかの場所では私たちは本当に貧しいでしょう」(81) という言葉に示されている。このようなイザベラは息子の結婚式の後、急に体調を崩して亡くなる。アードはイザベラの死について、彼女の葛藤には注目せず、彼女の役割は訪問者や家族が奴隷制に異議を唱えることに対して非難して見張り、奴隷制を守ることであり、作品において作者のメアリーがイザベラを死に至らせて示したように、その役割に対する罰は「死」であるとする (xiii)。イザベラは一七八〇年に全米で最初に奴隷制を廃止したペンシルヴァニア州のヘレンと同じ学校で教育を受けたがゆえに、プランテーション所有者の妻といえども奴隷制を無条件で享受しているわけではなく、若い頃には奴隷制を「憎悪」(106) していた。イザベラは「徐々に奴隷解放が始まるかもしれない」(157) と覚悟しているが、訪問者のヘレンとは異なり、キューバという土地に捕囚されているために自ら奴隷制の改革や奴隷解放に加担することはできない。そのようなイザベラの死は、外部からの圧力により奴隷が解放されるまで続く葛藤に耐えられなかった結果である。つまり、キューバに捕囚されて葛藤し、閉塞感を抱くも、自ら現状を改革するために行動することのできないイザベラは死に至るのである。

三　キューバに捕囚されたファニータの隷属性

『ファニータ』においてメアリーのキューバにおける捕囚された感覚を体現した人物は、被支配者側の悲劇の象徴であるファニータである。ファニータは識字能力があり、絵や刺繍もずば抜けて巧みで、美しく気高く、他の黒人奴隷とは一線を画している。ムーア人の奴隷は希少であったが、彼女の祖母はイザベラの義父のムーア人の奴隷で祖父と父親は白人である。アメリカの奴隷制を扱った文学で性的搾取が描かれることは珍しくないが、ヴェラ・M・クチンスキー（Vera M. Kutzinski）によれば、キューバの文学は近親相姦を暗示するためにオイディプスに言及する手法を往々にして用い、異人種間のレイプや内縁関係から生じる近親相姦に憑りつかれている（27）。『ファニータ』においても法律上の妻がいる白人男性と黒人女性の内縁関係をヘレンが「カオス」（126）と批判する場面を設定して、ファニータの父親が白人のプランテーション所有者である可能性を示唆している。加えて、一八一七年のイギリスとスペインとの奴隷貿易禁止協定以降、キューバに強制連行された人々は自由人であるが、コミュニティー全体がそのことに無知であった。ファニータは自分自身が自由人であると認識しているものの、祖母が奴隷であったためにプランテーションでイザベラの息子のルドヴィーコの遊び友達兼召使いとして育ち、怒りの声を上げることなく、その隷属的境遇に甘んじてきた。加えて、イザベラは彼女が自由人と知りつつも、ヘレンに指摘された後も、召使いとしての扱いを変えようとしない。ファニータの悲劇性は、支配者も被支配者も不当な現状を変革する意志に欠け、従来通りの生活に囚われている点にある。

ファニータが自分の置かれた隷属的境遇から抜け出だせない理由は、彼女の自立を阻むカーストの存在する社会環境にある。彼女は自由人で白人の血が混ざっているために「グラシアス・アル・サカル」により、現状よりましな地位が得られる可能性がある。しかし、現実には彼女は召使として扱われ、周囲の者は彼女が自由人であることを知らない。たとえファニータがプランテーションの外の世界で自立を試みても、外の世界を知らない彼女がうまくいく可能性は極めて低い。加えて彼女が現状に甘んじている理由には、アードが指摘しているように（xx）、ルドヴィーコに対する愛情がある。カーストが阻むファニータの抑圧された愛は、キューバ文学のテーマでもある。ファニータが自由人であることを知らないルドヴィーコは婚約者に、彼女は「母の召使いにすぎない」（96）と彼女が恋愛の対象外であることを明らかにする。イザベラもファニータが「私たちの中における自分の地位をわかっているにちがいない」（106）と語り、ルドヴィーコとともにカーストに呪縛されていることを示す。しかし、ファニータはルドヴィーコの結婚後やイザベラの没後にもプランテーションに留まり、幼い時からの仕事である奴隷の子どもたちの世話に没頭し、また、ルドヴィーコの妻が出産時に亡くなった後も、彼らの子どもの世話を黙々とする。カーストの厳しさを知り、それに呪縛されているファニータには、プランテーションに留まって子どもの世話をする以外に生きる術も、ルドヴィーコへの愛を貫く方法もないと自ら思っているからである。

ファニータの隷属性には実際の奴隷の隷属性に通じるものがある。ルドヴィーコが主人になったラ・コンソレーションにおいて自由になった奴隷はプランテーションの「親の世話」（221）から離れることを拒み、暴動の時でさえも去ろうとしない。ハリエット・ビーチャー・ストウ（Harriet Beecher Stowe, 1811–96）の『アンクル・トムの小屋』（*Uncle Tom's Cabin*, 1852）でも、解放奴隷が主人のところに留まる。これは主人の優しさのためだけではなく、長期間の隷属状態が自立を妨げることを示している。「奴隷を自由にした国では、自由になる準備として多くのことを教育した」（141）とヘレンが指摘しているように、奴隷が自立して生きていくには準備期間、教育、さらに援助が必要である。ファニータにはこれらが欠けている。

さらに、ファニータの悲劇性は彼女の精神的隷属状態、カーストの呪縛が環境の変化にもかかわらず続くことにある。ファニータは自由人としてヘレンとともにイザベラやルドヴィーコの子供を連れてマサチューセッツへ行き、ヘレンの開校した学校で著者メアリーの妹のソファイアのように絵画を教えるようになる。しかし、フアニータが自由州のマサチューセッツにおいても自立して羽ばたけないのは、彼女の心がルドヴィーコに囚われ、「ルドヴィーコの訪問を熱心に待ち焦がれている」(212)からである。フアニータが絵画に長け、ニューイングランドで絵画を教える人物として設定されていることからソファイアが連想される。しかしながら、メアリーが自らのキューバに捕囚された感覚を『フアニータ』に投影している点を考慮すれば、フアニータの閉塞感とルドヴィーコに対する秘めた愛には、むしろキューバにおけるメアリーの閉塞感とマンに対する愛が反映されていると読み取れる。

また、長期間虐げられてきた者は、閉塞感に陥り、幸せに対する対処法がわからず、「楽しむ力」(212)を自ら破壊することが、数年後のルドヴィーコの求婚をフアニータが躊躇するところに示されている。カーストに呪縛されているフアニータ自身は、彼の父親の賛同が得られないと予測し、「もし結婚したら、彼の人生の暗雲になるでしょう」(211)と求婚を断る決意をする。「人間はカーストに囚われず、教育と性格によりどの地位にもつける」(164)と考え、人種、階級、世襲に囚われないヘレンは、プロポーズに関してルドヴィーコに「カーストの偏見」(213)は乗り越えられると勇気づける。ここにヘレンの人道主義的な教育者としての面が出ている。しかし結局、ルドヴィーコの父親が危篤となったため、フォアニータはかつての召使いの身分に一時的に戻ってキューバに行くことになる。そして奴隷解放運動の混乱の中で、兄のフアンが奴隷解放の指導者であることを理由に、彼女は奴隷や自由な有色人種とともに拉致監禁された上、放火によってあっけなく焼死する。フアニータがキューバという土地に捕囚された最大の悲劇の象徴となるのは、自由人の彼女がルドヴィーコの婚約者としてではなく、自ら召使いの身分に戻る方がキューバでは受容されると思う点にある。キューバにおける彼らの関係は主従関係であり、たとえ自由人でもフアニータの強い意志と周囲の環境の変化がない限り、彼女の隷属性や周囲の偏見を取り除くことは困難である。制度のみならず、非支配者と支配者の考え方も変革しない限り、フアニータはキューバという土地に捕囚されて逃げ道がないのである。フアニータの死が『フアニータ』を閉塞感で覆うのは、イザベラ同様、ファニータが未来のために声を上げ、行動を起こさずに死を迎えるからである。

四　奴隷の抵抗と限界

『ファニータ』には隷属性のみならず、十九世紀のキューバ文学ではあまり描かれなかった奴隷制への抵抗も描かれている。抵抗を試みるのは、ラ・コンソレーションの近隣の残虐な主人から逃亡する奴隷のペドロである。ペドロは、キューバの奥地同様、自然の美しいアフリカ西海岸に住む部族の若い首長であったが「黒人と白人の悪魔（black and white demons）」(4) のような人さらいの一団により、彼の幸せな結婚式は地獄と化し、老人と幼い子どもを除き、花嫁ともども結婚式に出席していた者は全員が拉致されキューバに連れて来られた。拉致に加担した黒人は白人から賄賂を受け取った別の種族の黒人である。経済のために搾取に加担する者が存在する限り、奴隷制が消滅しないことを突きつける。一旦奴隷の境遇に置かれると親子、夫婦は別々に売られ、ペドロと妻のドロレスも例外ではない。逃亡奴隷となったペドロは、別離した妻のドロレスと偶然再会し、他の奴隷と山に逃亡する計画を立てるものの追跡された犬の後腱を切ったために、ラ・コンソレーションの監督に手首を切られ、皮一枚で手と腕が繋がっている状態になる。もっとも、支配者側といえども残逆な行為には司法判断が下されて、監督は留置され、プランテーションに戻ることはなかった。結局、ペドロは「所有物（property）」(180) として病院から運び出され、それを知ったドロレスはファニータとは異なり、絶望と怒りを象徴する「叫び声」(180) を張り上げ、翌日逃亡して彼女の姿は二度と見られることはない。ペドロとドロレスは別離を強いられるが、奴隷制に直接抵抗を試みる逃亡奴隷として『ファニータ』において位置づけられる。

一方、ラ・コンソレーションの古参の家内奴隷のカミラは、女主人に反抗する人物として描かれている。奴隷の行動規範によれば、奴隷は同等の人以外、言論の自由や不平を言う権利はないために、カミラは言葉でなく、男性優位の家父長制におけるジェンダー構造を利用して、主人のロドリゲスには従うが、女主人のイザベラには態度で巧妙に反抗する。そのようなカミラは、ファニータと異なり、頑固で「つむじまがり」(62)で、主人の食料を盗むことも珍しくない。彼女の行動は、次のイザベラの表現に示されているように、自分の主人であるはずのイザベラを奴隷のように扱っていると感じさせる。

カミラはラ・コンソレーションに来る前は甘やかされていました。以前の監督が彼女を堕落させ、彼らは共に主人の手からすべてのルールを取り上げるような専制君主になったけれど、少し遠出するようなことまでしたので、ついに監督は解雇され、カミラは高慢な精神が多少謙虚になるまで畑に送られたのです。私が管理するようになってから、彼女は私が自分の奴隷であるかのように接してきました。しかし、彼女は役に立つので、もしいなかったら私はやっていけないし、私の子どもが病気の時、彼女は霊感を受けた人のようでした。カミラは権力がすべて自分の手中にある時には満足していますが、そうでないと満足したことがないのです。(67)

カミラとイザベラの逆転した支配関係は、いずれ訪れる奴隷解放を予感させる。しかし、イザベラを支配して主導権を握りたがるカミラの行動は、家父長制におけるジェンダー構造にのっとっただけの個人的な行動で、根本的な奴隷制度の改革には繋がらない。

五　ヘレンの教育の可能性

一八三〇年代のアメリカで奴隷制を批判するにはリスクがあったと先述したが、そのような状況下でメアリーは、教育を通して、子どもたちを道徳的に高める方法に希望を託し、教育に傾注していった。すなわち、次世代を担う子どもの教育が大切であるとの認識から、キューバ滞在中から行っていた子どもへの人道主義的な教育を帰国後もエリザベスとともに行った。デシャー・E・ロット（Deshae E Lott）によれば、メアリーはチャイルドの教育に関する見解を支持していた。チャイルドは一八四四年に『ニューヨーク・デイリー・トリビューン』（*New York Daily Tribune*）において、政府と社会のための親の役割を唱えた。チャイルドは教育のような外的な社会制度と内的な精神との調和を信じ、指導者が母親のように「気の毒な」人々に対して行動したら、理想的な社会が出現するかもしれないと主張していたのである（Lott 95）。実際、メアリーは教育に「養子縁組の精神」という態度で取り組み、生徒と母親のような関係を望んだ。彼女はエリザベスとは異なり、思想的枠組みには拘泥せず、生徒たちが「自然なやり方で思考を展開し、義務を考え、良心を生かし続けるように、あらゆる機会をとらえ」ようとしたのである（Marshall 381）。

『フアニータ』において道徳的改革者としてのメアリーの見解を文字通り言葉と行動で代弁して奴隷制の残酷性や理不尽さに抗議し、人道的な教育を通して何らかの抵抗や改善を試みる人物は、白人の女性家庭教師のヘレンである。奴隷貿易を黙認し、奴隷商人という犯罪者が「社会的地位」を確保しているキューバは、ヘレンにとって「あらゆる善（good）と悪（evil）の区別がないようにみえる」（14）場所である。教育者としてのヘレンの奴隷制への抵抗は、奴隷を他者とみなしている奴隷商人の娘のツリタの価値観や信条を言葉で覆そうと試みるところに表面化する。ヘレンが「嫌悪」と「憤り」（10）を感じる奴隷の競売に対して、ツリタは父親の説を受け売りし、アフリカでは戦いで敗れた敵の部族を奴隷にし、残酷な扱いをするが、それが「このキリスト教徒の土地に連れて来てあげた」（10）のだから、それは彼らへの慈悲であると詭弁を弄する。人道主義的な教育を受けたことがなく奴隷制度に対して疑問を抱かない、典型的な支配者側のツリタには、イザベラとは異なり罪悪感が存在しないために葛藤がみられない。さらに、競売で奴隷の家族が離散の憂き目に遭うことに対してもツリタは、「彼らは私たちとは違う」(11) と主張して奴隷の感情を認めようとしない。ツリタにとって奴隷は他者である。しかし、彼女が奴隷も「同じ感情を持っている」(13) と認識するのは、ペドロとドロレスの結婚式での黒人たちの熱情的なダンスを見て彼らの感情を感じる時である。ヘレンの教育の試みは言葉に体験が加わり功を奏する。

さらに、ヘレンは著者のメアリーが行ったように、奴隷の「懲罰」の鞭打ちに関して女主人のイザベラに抗議する。家庭教師の地位を考えると、徒労に終わるものの勇気ある行動である。しかし、家父長制下のジェンダー構造では、主人、男性に抗議することは、女主人、女性に抗議するよりも困難であるために、ヘレンの説得や抗議は、プランテーションの主人でなく女主人や、奴隷商人の父親ではなく娘のツリタに向かう。クーパーは、『フアニータ』で示されたメアリーの業績が「真の女性らしさ」(159) という規範に制限されていると指摘しているが、ヘレンは家父長制下のジェンダーに呪縛されているために、彼女の改革にもおのずと限界がある。そのために『フアニータ』が閉塞感で包まれているのである。もっとも、未来を志向するヘレンは、将来を担う子どもたちに動物を通して自由や愛情を教育することで奴隷制への改革に希望を託す。著者のメアリーも主人ではなくモレル夫人に奴隷の罰について訴えたが、逆にたしなめられ、解雇されないように奴隷制への改革の努力は、次世代を担う子どもの人道的な教育に向けた (Marshall 277)

実際ヘレンの願いや人道的な教育の成果は、ヘレンの生徒であったルドヴィーゴの行動に表れる。幼いころから奴隷制に対して嫌悪を示してきた彼は、父親の死後家長となり、母親の願いではなかったもののプランテーションを継ぎ、その改革に着手し、やがて奴隷を解放する。当時奴隷の数に応じて税金が課せられたために、砂糖とコーヒーのプランテーションの経営は想像以上に容易ではなかった。しかし、ルドヴィーコの奴隷に対する方針は、奴隷は「自由に行動する機会が与えられれば、多くの能力を示す」(214) という考えに基づいたもので、熟練した労働は報われるようにし、彼らのための銀行もつくり、報酬は貯金できるようにする。その結果、奴隷の「陽気さや敏活さが無気力や怠惰にとって代わった」(220)。さらに、彼は奴隷の住居を改善し、結婚制度を推進し、人間らしい生活をもたらし、ついには奴隷を解放する。ルドヴィーコの労働への動機づけや改善は、一九五九年に発表されたフレデリック・ハーズバーグ(Frederick Herzberg)のモチベーション理論の「衛生要因」のいくつかに該当するほど先駆的なものである。[4] さらに、彼は将来処分する予定でプランテーションを温厚な監督にまかせ、子どもの教育のためにキューバを去り、スイスへ行く。ヘレンはキューバという土地に囚われたファニータやイザベラの考え方を変革することはできないが、ルドヴィーコには影響を及ぼすことができる。ヘレンの教育の影響を受けた人々は、次世代を担う人々となるのである。

六　『ファニータ』とホーソーンの作品における捕囚された人々

『ファニータ』の出版は一八八七年でキューバとアメリカの奴隷制廃止後である。『ファニータ』はその出版が遅かったために、『アンクルトムの小屋』や『アフリカ人と呼ばれる人々の階級を支持する訴え』等のように直接的に奴隷制廃止運動や奴隷制を考えるきっかけにはならなかった。そのためにアードのように、『ファニータ』の出版が「帰国後十年以内ならグローバルな奴隷制反対の議論において重大な抗議の声とみなされたであろう」(Ard xv)と惜しむ見解がある。しかし、『ファニータ』の価値は、奴隷制廃止後にも通じる人道主義的な考え方や教育の重大性を示しているところにある。さらに、身体的に拘束された人々に限らず、人間が陥りやすい空間に捕囚された感覚、閉塞感や隷属性が、ソファイアと結婚してメアリーの義弟となったナサニエル・ホーソーンの作品のテーマと関連性のある点が注目に値する。

ラリー・J・レノルズ(Larry J.Reynolds)は、ソファイアとメアリーのキューバからの手紙をまとめた「キューバ日誌」によりホーソーンは奴隷制について学んだと述べている(44)。ホーソーンはまだソファイアとは結婚していなかったが、一八三六年末か一八三七年の初めに「キューバ日誌」を入手して読む機会を得た（Badaraco xl）。ホーソーンは『ファニータ』の出版以前に亡くなったが、その源になる手紙を一八三〇年代に読んでいたのである。さらに、ホーソーンは税関の官吏として「不法な奴隷貿易（illegal slave trade）」を特別に見る機会があった（Brickhouse 182）。このように奴隷制に接する機会があったが、ホーソーンは奴隷制廃止運動よりもむしろ『ファニータ』で描かれているような人間の隷属状態に興味を抱いていたと考えられる。[5] ホーソーンは『アメリカン・ノートブックス』（*The American Notebooks*）において、人間の習性となってしまった隷属性について、「命令する人が亡くなっても、服従していた人は残りの人生も、同様にして過ごす」（8: 226）と言及している。また、ホーソーンの作品には隷属状態にある人物、特に女性たちが多数登場する。ホーソーンは「心理的隷属のメタファーとして奴隷の身分を用い」（Riss 17–18）、とくに、女性と奴隷を結びつけて描いている（Weldon 141–42）。ウェルドンは、『ブライズデイル・ロマンス』（*The Blithedale Romance*, 1852）のプリシラがホリングスワースの「奴隷（bond-slave）」（3: 55）であると指摘しているが、それだけに留まらず、『七破風の家』（*The House of the Seven Gables*, 1851）のアリスはマシュー・モールにより性的な隷属状態におかれていることが暗示され、『大理石の牧羊神』（*The Marble Faun*, 1860）ではミリアムはモデルに隷属させられている。

　このようなホーソーンの女性主人公の精神的隷属状態は、『ファニータ』のテーマでもある。キューバ社会、プランテーションから出たことのないファニータは、ホーソーンのイタリアを舞台とした「ラパチーニの娘」（"Rappaccini's Daughter," 1844）の庭から出たことのないベアトリーチェと同様の境遇にある。自由人であるが奴隷の子孫のファニータが閉ざされた空間のプランテーションで子どもの世話をするように、ベアトリーチェは自由人であるが父親であるラパチーニ博士の養育のせいで身体が毒性を帯びているために、庭という閉ざされた空間で彼女の姉妹のような植物の世話をする。また、ファニータが目にする森や熱帯の植物は、ラパチーニ博士の庭でベアトリーチェが囲まれている植物と類似する。彼女たちは自らの意志ではそこから抜け出ることはなく、それぞれの空間に捕囚されている。その上、ファニータは危険を覚悟で、ルドヴィーコのために自ら召使いの身分に戻ってキューバに行き亡くなる。同様に、ベアトリーチェも死を覚悟でジョバンニの勧めにより解毒剤を飲み亡くなる。彼女たちは、破滅と知りつつも自分の愛する人が望む通りに行動した結果、死に至る人物である。ホーソーンの「痣」("The Birth-mark," 1843)のジョージアーナもファニータやベアトリーチェと同様の境遇に置かれ、同様に反応する人物である。ジョージアーナは夫の実験室という空間に捕囚され、夫の望む痣の除去の手術に死を覚悟の上で同意する。彼女は実験室を出ること、夫の元から去ることも可能であるが、自らそのような行動はとらない。彼女も破滅と知りつつも相手の望む通りに行動して死に至る人物である。彼女たちは、空間とジェンダー、男性への愛に捕囚された女性たちである。ただ、ファニータの隷属性とホーソーンの女性のそれとの違いは、ファニータの場合は現実のカーストや奴隷制という社会の制度に隷属状態になっている点にある。

このように、ファニータに代表される隷属性のテーマは、ホーソーンの作品の女性のテーマでもある。メアリーとホーソーンの作品における、この人間が陥りやすい権力や制度への隷属性という普遍的なテーマの一致には、同時代に流行したゴシック小説や誘惑小説のモチーフ以外にも、ホーソーンがメアリーの実体験や奴隷制批判が書き込まれた「キューバ日誌」に、何らかの影響を受けたことも一因としてあるのではないだろうか。(6)

おわりに

これまで見てきたように『ファニータ』は、メアリーが家庭の経済的事情でやむをえず妹のソファイアに同行したキューバでの体験をもとに書かれた。チャイルドの『フィロシア』では誘拐されて奴隷となった女性が父親と再会するという希望も描かれているが、著者メアリーがキューバで味わった感覚が投影された『ファニータ』は、支配者側も被支配者も制度に囚われ、同書全体がキューバという土地に捕囚された感覚と行き場のない閉塞感に包まれている。これは一つの特色と言えよう。一方、捕囚された人達の中でもファニータとイザベラの隷属性は普遍的なテーマとしてホーソーンの作品でも扱われている。

また、『ファニータ』のもうひとつの特色であり、当時のキューバ文学にはあまりみられないメアリーの奴隷制に対する道徳的改革者としての信念の発露は、ルドヴィーコの教育、次世代を担う子どもへの教育の重要性として示されている。その教育の成果は、植民地支配による奴隷制に基づくラ・コンソレーションの終了へと繋がる。キューバが奴隷解放を実施する前に、スペイン人のプランテーション所有者のルドヴィーコは奴隷を解放し、そののちに彼自身がキューバを去るのである。これはやがてキューバが奴隷を解放し、苦難の末にスペインの植民地支配からは解放されることの先駆として描かれている。この点が、奴隷制度を批判しつつも、結末において黒人奴隷がアメリカを去るストウの『アンクルトムの小屋』と異なる。また、時代の先頭を切って黒人奴隷の悲惨さを告発することに焦点を当てたチャイルドの『アフリカ人と呼ばれる人々の階級を支持する訴え』とも異なる点である。

結局、『ファニータ』は一八三〇年代にキューバに滞在したメアリーの体験があったからこそ書くことができたもので、同書の副題にあるようにリアルな「キューバーでの実生活」を描いている。それがゆえに、メアリーのキューバに捕囚された感覚や閉塞感も読者の疑似体験として伝わってくる。

＊注

＊本研究は、科学研究費補助金（23520339）による研究成果である。

＊本稿は「『フォアニータ』にみる十九世紀のキューバにおける奴隷制とカースト」『東海学園大学研究紀要』第十八号、二〇一三年、六七―七九頁を大幅に加筆修正したものである。

（1）歯科医のナサニエル・ピーボディ（Nathaniel Peabody）と教師経験のあるエリザベス・パーマー・ピーボディ（Elizabeth

Palmer Peabody）を両親に持つメアリーは教師で、姉のエリザベスの学校経営を助け、執筆活動を行うとともに、また、教育改革者や政治家、さらにアンチオーク大学の学長を経験したホレス・マンの後妻として夫を助けた。長女のエリザベスは、アメリカで最初の幼稚園を設立した教育者で、三女のソファイアは絵画と文筆の才能があり、ナサニエル・ホーソーンの妻となった女性である。

（2）チャイルドはアテネの奴隷制を描くことにより、アメリカの奴隷制に対する間接的な批判を展開している。またチャイルドは本書において、奴隷のみならず白人女性の抑圧も描いている（辻 2004）。『フィロシア』はエドガー・アラン・ポー（Edgar Allen Poe, 1809–49）に絶賛されたが、それはチャイルドの自由な想像力に由来するものと考えられる。

（3）メアリーの本は教育に関するものが多く、良い食べ物は美徳と同義であるとする *Christianity in the Kitchen, a Physiological Cook-Book*（1857）、エリザベスとの共著であり、身体の健康と精神修養を説いた *Moral Culture of Infancy, and Kindergarten Guide: With Music for the Plays*（1863）、さらに夫の伝記、*Life and Works of Horace Mann*（1865–68）等がある。またメアリーは、雑誌にも記事を投稿した。

（4）アメリカの臨床心理学者のハーズバーグ等は、*The Motivation to Work*（1959）において、仕事のモチベーションには「衛生要因」と「動機づけ要因」があり、「衛生要因」には会社の方針と管理、監督、仕事上の対人関係、作業環境、身分、安全保障、給与等があり、また、「動機づけ要因」には達成、承認、仕事そのもの、責任、昇進等があるとした。

（5）ホーソーンが奴隷制廃止運動を避けてきたのは、レノルズが指摘しているように「ホーソーンにとって、奴隷制反対論者による情熱と興奮が人間行動において最善でなく最悪なものをもたらした」（50）ことも考えられる。この考え方は当時の北部人の見解と同様で、彼らは奴隷制廃止への支持と奴隷制反対論者への支持を区別していたのである。

（6）メアリーの姉エリザベスが一八八七年ごろハリエット・M・S・ロスロップ（Harriet Mulford Stone Lothrop）に宛てた手紙によると、『フアニータ』の草稿が書き終えられた時（一八五〇年中）に、その草稿は家族や友人の間で読まれた（*Letters of Elizabeth Palmer Peabody* 448）。メアリーの義弟であるホーソーンもその原稿を読んだであろうと推測される。

引用文献

Ard, Patricia M. Introduction. *Juanita: A Romance of Real Life in Cuba Fifty Years Ago*. By Mary Peabody Mann. Charlottesville: UP of Virginia, 2000. xi–xxxiii.

Badaraco, Claire. Introduction. "The Cuba Journal, 1833–35." Library of Congress, 1985. xxix–cxii.

Brickhouse, Anna. *Transamerican Literary Relations and the Nineteenth-Century Public Sphere*. Cambridge: Cambridge UP, 2004.

Cooper, Michael B. "Should Not These Things Be Known? Mary Mann's *Juanita* and the Limits of Domesticity." Elbert, Hall, and Rodier 146–62.

Elbert, Monika M., Jurie E. Hall, and Katharine Rodier, eds. *Reinventing the Peabody Sisters*. Iowa City: U of Iowa P, 2006.

Hawthorne, Nathaniel. *The Centenary Edition of the Works of Nathaniel Hawthorne*. 23 vols. Ed. William Charvat et al. Columbus: Ohio State UP, 1971–94.

Hawthorne, Sophia Pearbody. "The Cuba Journal, 1833–35." Library of Congress, 1985.

Herzberg, Frederick, Bernard Mausner, and Barbara B. Snyderman. *The Motivation to Work*. New Brunswick: Transaction Publishers, 2010.

Kutzinski, Vera M. *Sugar's Secrets: Race and the Erotics of Cuban Nationalism*. Charlotesville: UP of Virginia, 1993.

Lazo, Bodrigo. "Against The Cuba Guide: The 'Cuba Journal,' *Juanita*, and the Travel Writing." Elbert, Hall, and Rodier 180–95.

Lewis. Gordon K. *Main Currents in Caribbean Thought: The Historical Evolution of Caribbean Society in Its Ideological Aspects, 1492–1900*. Lincoln: U of Nebraska P, 2004.

Lott, Deshae E. "Like One Happy Family: Mary Peabody Mann's Method for Influencing Reform." Elbert, Hall, and Rodier 92–107.

Mann, Mary Peabody. *Juanita: A Romance of Real Life in Cuba Fifty Years Ago*. Ed. Patricia M. Ard. Charlottesville: UP of Virginia, 2000.

Miller, Edwin Haviland. *Salem is My Dwelling Place*. Iowa City: U of Iowa P, 1991.

Marshall, Megan. *The Peabody Sisters: Three Women Who Ignited American Romanticism*. Boston: Houghton Mifflin Hartcourt, 2005. （メーガン・マーシャル『ピーボディ姉妹――アメリカ・ロマン主義に火をつけた三人の女性たち』大杉博昭・城戸光世・倉橋洋子・辻祥子訳　南雲堂、二〇一四年）

Martinez-Alier, Verena. *Marriage, Class and Colour in Nineteenth-Century Cuba: A Study of Racial Attitude and Sexual Value in a Slave Society*. Ann Arbor: U of Michigan P, 2009.

Peabody, Elizabeth. Explanatory Note. *Juanita: A Romance of Real Life in Cuba Fifty Years Ago*. Ed. Patricia M. Ard. Charlottesville: UP of Virginia, 2000.

——. *Letters of Elizabeth Palmer Peabody: American Renaissance Woman*. Ed. Bruce A. Ronda. Middletown: Wesleyan UP, 1984.
Reynolds, Larry J. *Devils and Rebels: The Making of Hawthorne's Damned Politics*. An Arbor: U of Michigan P, 2013.
Riss, Arthur. *Race, Slavery, and Liberalism in Nineteenth-Century American Literature*. Cambridge: Cambridge UP, 2006.
Ronda, Bruce A. *Elizabeth Palmer Peabody: A Reformer of Her Own Terms*. Cambridge: Harvard UP, 1999.
Scholl, Diane G. "Sophia Hawthorne's *Cuba Journal* as Piece de Resistance." *Nathaniel Hawthorne Review*. 35, 1 (2009): 23–22.
Tharp, Luise Hall. *Until Victory: Horace Mann and Mary Peabody*. Boston: Little Brown, 1953.
Vasquez, Mark. "Declaration and Deference: Elizabeth Palmer Peabody, Mary Peabody Mann, and the Complex Rhetoric of Mediation." Elbert, Hall, and Rodier 45–58.
Weldon, Roberta. *Hawthorne, Gender, and Death: Christianity and Its Discontents*. New York: Macmillan, 2008.
Woodson, Thomas. Introduction. *The Letters, 1813–1843*. By Nathaniel Hawthorne. *The Centenary Edition of the Works of Nathaniel Hawthorne*. Ed. Thomas Woodson et al. Vol. 15. Columbus: Ohio State UP, 1984. 3–89.
神代修『キューバ研究史――先住民社会から社会主義社会まで』文理閣、二〇一〇年。
辻祥子「ヴェールを被る女・脱ぐ女――L・M・チャイルドの「フィロシア」再考」『かくも多彩な女たちの軌跡――英語圏文学の再読』南雲堂、二〇〇四年、四〇―五八。

『アンクル・トムの小屋』とアメリカ・ヨーロッパ・ハイチ・リベリア

大野　美砂

序

一八五二年三月にアメリカにおいて二巻本で出版されたハリエット・ビーチャー・ストウ（Harriet Beecher Stowe, 1811–96）の『アンクル・トムの小屋』（*Uncle Tom's Cabin*）はたちまち大ベストセラーとなり、初日だけで三千部、その年の終わりまでに三十万部以上売れたと言われる（Hamand 3–4）。同じ年の夏以降、複数のイギリスの出版社も自分たちの版を出版し、イギリスでの売れ行きはアメリカをはるかに凌ぐもので、一八五二年末までに約一五〇万部売れたと推定されている（Fisch 96）。『スペクテーター』（*The Spectator*）紙は『アンクル・トムの小屋』の先例のない驚異的な売れ行きに対し、「トム・マニア（Tom-mania）」という言葉を作り出した（Fisch 99）。さらに、アメリカにおいてと同様にイギリスでも、作品の舞台版や歌、有名な場面のイラスト、登場人物の人形などが作られ、『アンクル・トムの小屋』は文学テクストとしてだけでなく、様々な形で人々の間に普及していった（Fisch 100–01）。英語での出版の直後から、フランス語、ドイツ語、ロシア語など、他の様々なヨーロッパの言語にも翻訳された。[1] ストウは、『アンクル・トムの小屋』の国際的な成功によって、アメリカとヨーロッパの両方で奴隷制の悲惨さと不当性を人々に理解させ、奴隷制廃止運動を活性化することに貢献した。ストウはまた、一八五〇年代に三回ヨーロッパを訪問し、滞在中、特にイギリスで、奴隷制廃止運動団体が主宰するイベントに参加し、活動家や彼女の作品を読んだ様々な人たちと交流した。作品が大西洋の両側で大流行する中での訪問は、奴隷制廃止運動をさらに盛り上げ、アメリカとヨーロッパの運動の連結を促した。[2]

近年、トランスアトランティックな視座からアメリカ文学を捉え直す研究が盛んになる中で、当時国際的に最も目立った活動をしたストウについても、ストウとヨーロッパの活動家や作家との交流、それが作品に与えた影響、ヨーロッパにおけるストウの作品の受容などについて、様々な論考が出されてきた。[3] しかし、これら欧米中心のトランスアトランティック研究が見逃してきた、カリブやアフリカを射程に入れたより広い大西洋のコンテクストの中でストウを検討する研究には、まだ議論の余地が多くあるように思われる。カリブやアフリカを含んだ視座からストウの作品を見直すとき、欧米中心のトランスアトランティック研究では見えなかった点、つまり、ストウが作品やヨーロッパ訪問で繰り広げた奴隷制廃止運動の限界が見えてくるのである。

そこで本論では、カリブやアフリカを含むより広い大西洋のコンテクストから『アンクル・トムの小屋』を読み直したい。そのときに、特に注目したいのがハイチとリベリアである。ハイチは、歴史上唯一成功した奴隷たちの革命によって、世界最初の黒人の独立国家を誕生させた国であり、リベリアは、アメリカの奴隷たちの解放後の移住先として注目された場所で、『アンクル・トムの小屋』の中にもそれらに言及している箇所がある。その中でリベリアについては、これまで何人かの批評家が、ストウが作品の結末で解放された奴隷の何人かをリベリアに送ったこと、解放奴隷の一人ジョージ・ハリスに、当時白人主導でアメリカ黒人のリベリア移住を進めていたアメリカ植民協会を支持する意見を表明させたことに注目してきた。一方で、ハイチについては、ほとんど議論されてこなかった。本論では、これまで批評家たちがリベリアについて論じてきたことに、ハイチという視点を加え、カリブ、アフリカを含めた黒人たちの大西洋世界のコンテクストの中でこの作品を捉え直してみたい。

一　ハイチ革命とアンテベラム期のアメリカ

現在のハイチ共和国とドミニカ共和国から成るヒスパニオラ島は、コロンブスの「発見」によってスペイン領となり、十七世紀末にはウィリアム王戦争後の条約によって西側がフランスに割譲され、サンドマング植民地となった。そこでは、スペインの植民地だった時代に激減した先住民に代わる労働力として、大量の黒人が奴隷としてアフリカから輸入され、砂糖やコーヒーの生産に従事させられた。栽培作物の生産が飛躍的に増加したサンドマング植民地は、フランスに莫大な利益をもたらした。一七九一年、そのサンドマング植民地で、自由と平等を求め、奴隷制打倒を目指す黒人奴隷の蜂起が始まった。奴隷解放を求める蜂起として始まったハイチ革命は、十年以上にわたる内戦やフランス、スペイン、イギリスとの戦いを経て、一八〇四年にサンドマング植民地がハイチ共和国という名称で独立し、世界最初の黒人による独立国家が誕生するという形で終結した。一八〇五年に制定された憲法では、黒人奴隷制の永久廃棄がうたわれ、それは独立国家の憲法に奴隷制廃止が明記された最初の事例となった[4]。

歴史上唯一成功した黒人主体の革命であるハイチ革命は、建国の理念として自由と平等を標榜しながら一方で奴隷制を保持するといった矛盾を抱えるアメリカに、大きな衝撃を与えた。ハイチ革命やその指導者であるトゥサン・ルヴェルチュール（Toussaint L'Ouverture, 1743–1803）に対するアメリカ国内の反応は、政治的立場によって大きく二分される。宮本が言うように、当時の革命やトゥサンに関する言説は、それについて語る者のイデオロギーをさらけ出すものとなった（249）。

南部の奴隷所有者や奴隷制擁護論者は、ハイチ革命に刺激されて、アメリカでも奴隷たちが反乱や革命を起こすのではないかという恐怖に脅えた。彼らはハイチ革命に伴った暴力性に目を向け、ハイチの歴史は黒人たちが自由という特権を享受する能力がないことを裏付ける証拠であり、黒人たちには奴隷制が必要であると主張し、あらゆる形で奴隷制を強化することをはかった（Hunt 123–32）。南部の白人は、ハイチ革命の影響が自分たちの土地に及んでくることを危惧して、強制的に黒人たちのコミュニケーションのネットワークを断絶し、ハイチの情報が南部の奴隷に届かないようにした（Jackson and Bacon 13）。一八〇七年から一八〇八年にかけて、アメリカで奴隷貿易が廃止されるが、南部でそれが支持されたのは、人間を取引することへの道徳的嫌悪というよりも、アメリカにカリブ海の革命の影響が及ぶことへの恐怖からだった（Blackburn 275）。アメリカがハイチ共和国を独立国として承認したのがヨーロッパの国々に比べてはるかに遅く、南部の代表が議会から去った南北戦争中の一八六二年になったことは、ハイチの存在を認めることが南部にとって自己否定に等しかったであろうことを表している（西本 16）。

それとは対照的に、アメリカ黒人は一般的に、奴隷たちが不平等と戦い、独立を勝ち取ったハイチ革命を、黒人は奴隷制がなければ文明化できないという奴隷制擁護論者の論に反駁するときの有力な証拠になると考えた。彼らにとってハイチ革命とトゥサンは、希望や可能性を示すものとなった（Hunt 147, 157）。例えば、アメリカで最初の黒人たちの新聞『フリーダムズ・ジャーナル』（*Freedom's Journal*）は、一八二七年五月四日号掲載の「トゥサン・ルヴェルチュール」（"Toussaint L'Ouverture"）と題する記事で、ハイチ革命とトゥサンの功績を黒人たちがもつ素質を示すものだとして紹介した（Jackson and Bacon 16）。また、ウィリアム・ウェルズ・ブラウン（William Wells Brown, 1814–84）はハイチ革命やトゥサンの熱烈な支持者であり、奴隷としてプランテーションで労働をしながらポケットに綴り字教本を隠し持ち、独学して低い社会的地位や貧困から抜け出し、信頼と名声を得るに至ったトゥサンを賞賛した（Ripley vol.1 305）。

二　オーガスティン・セント・クレアと奴隷革命への不安

『アンクル・トムの小屋』には、ハイチに言及している箇所が二か所ある。作品の中間部でトムの二人目の主人オーガスティン・セント・クレアが従姉妹や兄弟と奴隷制について議論を交わす場面と、作品の最後で紹介されるジョージ・ハリスの手紙の中の二か所である。その一つ目のオーガスティンが奴隷制について議論する場面で、オーガスティンはまず従姉妹のオフィーリアに、アメリカで奴隷たちが団結して復讐を企てる日が遠くないであろうことを予言する。

一つのことだけは確かです。世界中で下層の大衆が集結しています。遅かれ早かれ、復讐の日がやってくるでしょう。同じことが、ヨーロッパでもイギリスでも、この国でも起こりつつあります。母はよく私に、キリストが君臨しすべての人が自由で幸福になる千年王国がやってくると語ってくれました。そして、私がまだ子供だったころ『御国が来ますように』というマタイ伝にあるお祈りを唱えるよう教えてくれました。このやせこけた奴隷たちの溜息や呻き声や身動きのすべては、彼女の言っていたことが近づきつつあることの予言ではないかと、私はときどき思うことがあります。しかし、キリスト再臨の日まで、誰が待てるというのでしょう?(202)[5]

その後オーガスティンは同様の趣旨のことを、今度はハイチ革命にも触れながら、双子の兄のアルフレッドに高揚したトーンで訴える。平等の権利を持つべきなのは教養や知性があり、裕福で洗練された人たちであって、下層階級の人たちではないというアルフレッドに対して、オーガスティンは次のように言う。

「たとえ君が下層階級をそんなふうに見下し続けることができたとしても」とオーガスティンは言った。「彼らはフランスで一度は政権をとっているんだよ」

「もちろん、どんなときでも確実に、連中を抑えつけておかなければいけないのさ、こんなふうに」そう言うと、アルフレッドはまるで誰かの上に立っているかのように、足を踏んばった。

「彼らが立ち上がったら、ズドーンと倒れることになるね」とオーガスティンは言った。「たとえば、サント・ドミンゴ[6]で起こったみたいに」

（中略）

「その時代が来れば、彼らは君たちを支配することになるさ」とオーガスティンは言った。「彼らはまさに君たちが作り上げた通りの支配者になるだろう。フランスの貴族たちは、過激な共和派の民衆を持つことになり、過激な共和派の統治者たちにぎゅうの音もでないほどの目にあわされた。ハイチの民衆はだね——」

「ああ、もう止してくれ、オーガスティン！　あのクソいまいましい唾棄すべきハイチの話はうんざりだ！」（233–34）

このオーガスティン・セント・クレアとアルフレッドの会話は、ハイチ革命に触発された黒人たちがアメリカでも暴動を起こす可能性について、二人が不安を感じていたことを示している。さらに最終章では、ストウが自分自身の言葉で次のように言う。

いまという時代は、世界中で国々が揺れ動き、大混乱の起こっているときである。国外では一つの大きな力が、まるで地震のように押し寄せ、世界を突き動かしている。アメリカは安全か？　内部にまだ矯正されていない大きな不正を抱え込んでいるすべての国々は、この最後の大混乱の火種を持っていると言わねばならない。（388）

最終章でのストウの言葉は、ストウ自身がオーガスティンやアルフレッドと同様に奴隷暴動への不安に脅えていたことを示す。

三　『アンクル・トムの小屋』の奴隷たちの抵抗

『アンクル・トムの小屋』の中で、オーガスティンが言っているような奴隷たちの革命を起こしそうな人物といえば、ジョージ・ハリスである。彼は、工場で働いていた時代に特許権がとれるほどの発明のできる高い知性をもち、奴隷制に対して強い怒りを感じている。

アンテベラム期に奴隷制廃止を求めたアメリカ黒人の何人かは、奴隷制に対する自分たちの抵抗をアメリカ建国の父たちの戦いと結びつけた。彼らは、アメリカ独立戦争とハイチ革命の類似を強調し、自由を求める自分たちの戦いを、独立のための闘争の系譜の中に位置づけた（Sundquist *To Wake* 36）。フレデリック・ダグラス（Frederick Douglass, 1817–95）は、一八五二年七月四日のロチェスターでの演説で、アメリカ独立戦争の精神を出しながら、黒人たちの自由を訴えた。ウィリアム・ウェルズ・ブラウンは、トゥサンをジョージ・ワシントンやナポレオンと並ぶ英雄とし、ハイチ革命をアメリカの奴隷による抵抗のモデルと考え、奴隷たちの革命が成功したときに一七七六年に始まるアメリカの革命は完結すると断言した（Sundquist "*Benito Cereno*" 96）。

逃亡中のジョージ・ハリスは、アメリカ独立戦争の理念に触れながら、すべての人の平等を謳いながら奴隷制をもつというアメリカの本質的な矛盾を指摘し、自由になる権利を主張する。逃亡直後のジョージは、以前自分を雇っていた工場主のウィルソンに会い、主人のもとに戻るよう説得されると、次のように言う。

七月四日に繰り返される独立宣言の演説を、私が聞かなかったとでもいうんですか？　政府の正当な権力の拠り所は、支配される者の同意にあると、年に一度、あなた方は私たちみんなに語ってきかせるじゃありませんか？　そういうことを聞いた者が、ものを考えちゃいけないって言うんですか？　あれとこれを結びつけて、その結果がどうなるかというようなことを見てとっちゃいけないって言うんですか？（中略）そんな私を止めようとするものがいたら、誰であれ、よほど気をつけるべきでしょう。というのも、私は命がけなんですから。私は息の根が止まるまで、自分の自由のために闘います。あなた方がおっしゃっている通り、あなた方の建国の父祖はそうやって闘いました。彼らにとってそうすることが正しかったとすれば、私にだって正しいはずです！（96–97）

このようにジョージは、独立宣言に謳われた共和国の理想を盾に、自分の奴隷制への抵抗を合法化しようとする。また、ジェイ・フリーゲルマン（Jay Fliegelman）は、「独立宣言は声に出して読むために書かれた」もので、宣言する行為の「パフォーマティヴな機能」に基づいてつくられているため、読む者の「パフォーマティヴな力」が宣言の効果に影響すると言っているが（24–25）、ジョージ・ハリスは雄弁で、言葉を巧みに使う能力をもっている。反抗心が強く、自由のために命をかけて戦う覚悟があり、高い知性をもつジョージは、独立宣言に言及しながら自由を求めた黒人たちの系譜上にいて、トゥサンのような奴隷たちの革命のリーダーになり得る人物である。

トムの三人目の主人サイモン・レグリーに仕える混血の奴隷女性キャシーも、奴隷たちの抵抗の主体となる人物である。彼女は、主人のレグリーに横柄な態度をとり、幽霊として振る舞い、レグリーに対して不思議な力を発揮することで、主人と奴隷、白人と黒人という奴隷制が依存している主従関係を根本から覆す。

キャシーは、センチメンタリズムを重視したストウが描いた人物の中で異質の女性である。その異質性は、ドメスティック・イデオロギーの安定のために女性たちが避けるべきだとされていた、体制への抵抗や暴力による解決という手段をとろうとする際に顕著になる。キャシーは、ニューオーリンズで修道院付属の学校に通い、フランス語や音楽を習い、幸せに暮らしていた子ども時代に突然父親を亡くし、財産として売られる。ある男性に買われ二人の子どもができるが、やがてその男性の借金を返済するために子どもたちと別々に売られてしまう。ある日、反抗的だという理由で息子が刑務所に送られる場に遭遇し、自分の主人に助けを求める。そのときに彼女は、何もしてくれない主人をナイフで襲おうとする。この瞬間からキャシーは、解決の手段として暴力も辞さない抵抗を展開していくことになる。

その後キャシーはまた別の男性に売られ、新たに息子を一人産むが、子供が生まれて二週間が経ったときに、アヘンを飲ませて殺害する。彼女はレグリーの農園でその頃のことを思い出し、次のようにトムに話をする。

一年して息子が生まれた。ああ、あの子！　わたしはどんなにその子を愛したことか！（中略）でもわたしは決心をしていたの。そう、心に決めていたの。もう二度と子供は大きく育てないようにしようって！生まれて二週間になったとき、わたしは赤ん坊を腕に抱き、キスをして、その子のために泣いた。それから、あの子にアヘンチンキを飲ませ、その子が眠りながら死んでいくあいだ、胸にしっかりと抱きしめていたわ。わたしはあの子を思って、どんなに嘆き悲しみ、泣いたことか！　わたしがあの子にアヘンチンキを与えたのは過失でなかったなんて、誰が想像したことだろう？　でも、そうしたことを、いまもわたしは喜んでいるわ。わたしがそんなふうに思える数少ないことの一つよ。いまに至るまで、わたしは後悔なんてしていないわ。あの子は、少なくとも、苦しみから逃れたんだから。わたしがあの子に与えてやれるもので、死に勝るものなんて何もありはしないわ。かわいそうな子！（318）

イヴ・ライモン（Eve Raimon）が言うように、キャシーの新生児殺害は、奴隷制に対する「政治的抵抗行為」である。奴隷が子孫を残すことを拒否するという選択は、奴隷制が依存する資本をなくし、奴隷制度の経済システムを根本から崩す行為だからである（109）。さらにキャシーは、レグリーに仕えるようになってから、寝ている間に主人のレグリーを殺害することを企む。

キャシーには、アンテベラム期のアメリカ人がハイチに対してもっていたイメージが重ねられている。キャシーが生まれ育ち、父親の死後は奴隷として生活するルイジアナは、ハイチとの関係の深いところである。ハイチ革命以降、ハイチに住んでいたフランス系の白人、自由黒人、奴隷が大量にルイジアナにやってきて、そこにフランス系のハイチ文化をもたらした。彼らにとって、フランスの植民地だった歴史をもち、フランス文化を保持していたルイジアナは、革命の混乱の中での避難先として最も都合のよいところだった（Lachance 101–30）。作品では常に、キャシーに魔力があることが強調される。レグリーの農園では「魔法のような」速さで仕事をし（307）、奴隷監督のサンボとキンボはその働きぶりを見て、「悪魔とその手下みたいな勢いで」綿を摘んでいたと言う（308）。「治療の術をたくさん知っていて」、トムが鞭打たれたときには、即座に傷口に手当てを施してやる（310）。キャシーは、自分の悪魔的なイメージ、レグリー農園にまつわる迷信や伝説を大いに利用して、主人のレグリーを操作し、自分とエメリンの逃亡を成功させる。ハントによると、一般的にアンテベラム期のアメリカ人は、ハイチのヴードゥーに対して、相手を操作する不可解な魔力をもち、祈祷や薬草の調合で身体を癒し、また人間の犠牲を伴う儀式を行うというような理解をしていたようだが（78–82）、キャシーがもつ悪魔的な魔力、不可解さ、神秘性は、アメリカ人の多くがハイチのヴードゥーに対してもっていたイメージに一致する。(7) アン・ダグラス（Ann Douglas）は、一九八一年に出版されたペンギン版の『アンクル・トムの小屋』に添えられた序文で、キャシーがレグリーに対してもつ支配力を「一種のヴードゥーのようなもの（a kind of voodoo version）」と表現している（18）。そこでは、ハイチというコンテクストからの説明はなく、家庭内の主婦が夫に対してもつ不思議な力という意味でヴードゥーという言葉が使われているが、そのことは、ダグラスが無意識のうちにキャシーとハイチの親和的な関係を見出していたことを示唆している。ハイチからの避難民が大量に流入したルイジアナでフランス語を話し、激しい反抗心をもち、不思議な魔力を使って主人への抵抗や逃亡を企てるキャシーには、アメリカ人が一般にハイチに対してもっていたイメージが与えられている。

『アンクル・トムの小屋』には、ほかにも奴隷たちの抵抗のイメージがあふれている。多くの奴隷たちが、奴隷が自由を勝ち取るときに重要な武器になった読み書き能力を身につけている。ガブリエル・アンチオープは、奴隷たちの歌やダンスが彼らに集合の場を与え、共同の行動に向かわせる契機となったことに注目し、それらが奴隷たちにとって自由を回復するための手段だったことを指摘しているが（229–38）、トムの小屋で毎週一回夜遅くまで開かれる集会では、多くの奴隷が集まり、情報交換をし、歌やダンスを楽しむ。そこで歌われる歌には、奴隷たちにとって自由へ至る道の象徴だったヨルダン川、約束の土地であるカナンなどの言葉が絶えず出てきて、彼らが歌で自由への希望を表現したことがわかる。また、作品前半に出てくるシェルビー家の農園で、一見素朴に見える奴隷たちが、逃亡したエライザとハリーを追跡する奴隷商人のヘイリーを巧みな策略を使って妨害する場面は、彼らが知恵と強い団結力をもっていることを表している。

四　ストウの結末

『アンクル・トムの小屋』の結末で、革命を起こしかねない奴隷はみな、アメリカを去り、リベリアに移住する。奴隷制への抵抗の主体となりそうなジョージ・ハリスやキャシー、高い教養を身につけ気性が激しいジョージの妻エライザ、オフィーリアが読み書きを教えようとしたときに魔法のように速く字を覚えたトプシー、幼い頃から反抗心にあふれていて、若くして自力で逃亡したキャシーの息子など、知性、活力、反抗心にあふれ、黒人たちのリーダーとなり、革命を起こしかねない奴隷はアメリカを去り、リベリアに移住する。また、奴隷制に対して疑問をもち、奴隷による革命が起こることを予言していたオーガスティン・セント・クレアは、事故に巻き込まれて若くして突然死亡し、彼の奴隷制に関する見解がどのように発展していくのか明らかにされないまま、作品から姿を消す。

ジョージ・ハリスはまた、姉の夫の遺産で四年間フランスの大学に留学し、「絶えざる情熱で勉学に打ち込み、十分すぎるほどの教育を身につけた」（373）後に、ハイチが黒人たちの自由や平等を実現する場となる可能性を否定するようになる。ジョージは友人に宛てた手紙の冒頭において、混血で肌の色の白い自分は白人社会に加わることもできるがそれを望まないと断言した後、次のように書いている。

> 僕が心から願い、あこがれているのは、アフリカ人としてのナショナリティです。僕は自分たちだけで実質的な存在となれるような自立した国民を求めているのです。それはどこで探したらいいのでしょうか？ハイチではありません。というのは、ハイチの人々は、そもそものはじめから何も持っていなかったからです。水の流れはその源より高くなることはできません。ハイチ人の性格を形作った人種は、疲弊しきった軟弱な人々でした。従属しきった人種が何者かになるには、何世紀もの時間が必要なのは当然です。（374）

このジョージの言葉は、当時のアメリカ黒人の考え方とは違うものである。アンテベラム期のアメリカ黒人の大部分は一貫して、不平等と戦い、自分たちの力で政府をつくったハイチに希望を見出した。また、多くの黒人知識人が、白人主導のリベリア移住に代わる黒人主導の移住先として、アメリカ黒人のハイチ移住を支持した。例えば、『リベレーター』（*The Liberator*）紙は、特に第二次逃亡奴隷法制定に続く一八五〇年代に、黒人たちがカナダやハイチに移住することを推奨した（Jackson and Bacon 16）。黒人宣教師のセオドア・ホリー（Theodore Holly, 1829–1911）は、アメリカ植民協会のリベリア移住計画のもつレイシズムに失望し、カナダへの移住の可能性を探った後、最終的にハイチに希望をもち、自らハイチに移住し、現地の文化に同化しながらアメリカ黒人のハイチ移住を奨励した（Ripley vol.5 11–12）。このような流れの中でジョージ・ハリスの手紙を考えたとき、ジョージのハイチに対する考え方は、現実の黒人の歴史の中では特異なものとなる。

さらにジョージは、ハイチの可能性を否定した後、リベリア移住がアメリカ黒人に輝かしい未来を約束すると主張する。

> それならば、僕はどこを探すべきでしょうか？　アフリカの岸辺に、一つの共和国があります。その共和国を築いた人々は、多くの場合、奴隷状態を乗り越えて気力と独学によって個人的に自己を高めてきた、選りすぐりの人たちです。国力が弱かった初期段階を経て、ついにこの共和国は地上で一つの国家として承認されるようになりました。フランスとイギリスの両国が承認したのです。僕の願いはそこに行き、自分のものだと言える国民を見出すことです。（374）

アメリカ植民協会が進めたリベリア移住計画が、黒人たちの事情を無視した、白人主導によるものだったこと、計画の背後に、アメリカのアフリカ西海岸への政治的、経済的拡張への帝国主義的願望が見られることについて、すでに多くの研究が出されてきた[8]。『アンクル・トムの小屋』の最後でジョージ・ハリスが黒人のリベリアへの移住を支持することに関しても、作品の出版直後から様々な批判の声が上げられた。フレデリック・ダグラスは、一八五三年三月八日付のストウへの手紙で、自分たちはリベリアに移住する意思がないことを訴える。マーティン・ディレイニー（Martin Delany, 1812–85）も、ストウの結末を激しく非難をしている（Levine 81–82）。最近ではティモシー・パウエル（Timothy Powell）が、アメリカ植民協会のレイシスト的な側面、同時代のアメリカ黒人の反応、実際にリベリアに移住した人たちの実情などを詳細に分析したうえで、アメリカ植民協会の活動やそれに対する批判を知りながら、『アンクル・トムの小屋』にこのような結末を与えたストウの奴隷制に対する理解の限界を証明している（106–30）。ストウは、リベリアこそが黒人たちの希望であるとジョージ・ハリスに宣言させることで、白人の思惑によって進められたリベリア移住計画に加担することがアメリカ黒人のとるべき選択肢であると示唆しているのである。

おわりに

ストウは『アンクル・トムの小屋』の出版やヨーロッパ訪問によって、アメリカとヨーロッパの両方で奴隷制廃止を訴え、大西洋の両側で行われていた奴隷制廃止運動の提携関係を強化することに貢献した。近年盛んにおこなわれているストウやその作品を対象にしたトランスアトランティックな視座からの研究は、彼女の活動や作品がアメリカとヨーロッパのトランスアトランティックな文化的交流の中でつくられてきたことを明らかにしてきた。しかし、カリブやアフリカを含むより広い大西洋のコンテクストの中で『アンクル・トムの小屋』を読み直したとき、ストウの奴隷制廃止運動への貢献の限界が見えてくる。ストウは作品において、奴隷たちの革命によって奴隷制廃止を実現し、黒人の独立国家を建設したハイチ革命の影響を書き込みながらも、結末で奴隷制への抵抗の主体となり得る人物をすべてアメリカから追放する。そしてジョージ・ハリスの言葉を通して、ハイチの歴史や黒人たちがハイチに託した希望を否定し、白人の帝国主義的野望が絡んだリベリアへの移住に黒人たちが賛同することを求める。ストウが掲げる奴隷制廃止論は、黒人たちに真の自由と平等をもたらす社会よりも、奴隷制という悪が取り除かれた、より安定した白人のアメリカをつくるものだったのである。『アンクル・トムの小屋』は、アメリカとヨーロッパを結ぶ大西洋世界における白人たちの奴隷解放運動に大きな影響を及ぼした。しかしこの作品は同時に、ハイチの流れを汲む黒人たちの革命の影響がアメリカの安定を脅かすことを排除し、アメリカ植民協会のリベリア移住政策を推奨することで、大西洋世界における白人中心の帝国主義的なアメリカの秩序を補強した。『アンクル・トムの小屋』は、ストウが無意識のうちにもっていたレイシズムを露呈する作品でもある。

注

(1)『アンクル・トムの小屋』の外国語への翻訳リストについては、Hildreth 24–67 参照。

(2) ストウの最初のヨーロッパ訪問はイギリスの奴隷制廃止運動団体の招待によるもので、一八五三年四月に夫や弟とともにアメリカを出発し、スコットランド各地やロンドンを回った後、フランス、スイス、ドイツなどを旅行し、一八五三年九月に帰国した。一八五六年八月からの二回目の訪問では、イギリスで『ドレッド』(*Dred* 1856) の著作権を獲得することを主な目的に、スコットランドやイングランド各地を回った後、フランスやイタリアに数か月滞在し、一八五七年六月に帰国した。最後の渡航では、『牧師の求婚』(*The Minister's Wooing* 1859) をイギリスで出版することをきっかけに、一八五九年夏に出発し、イギリスのほか、スイス、フランス、イタリアなどを旅行し、一八六〇年六月に帰国した。ストウのヨーロッパ訪問の詳細については、C. Stowe 189–251, 268–312, 343–53、Hedrick 233–71, 288–309 参照。

(3) トランスアトランティックな視座からのストウ研究の代表的なものに、二〇〇六年に出版された『トランスアトランティック・ストウ』(*Transatlantic Stowe*) がある。そこには、十九世紀前半のヨーロッパの作家がストウに与えた影響、ストウのヨーロッパ訪問、ヨーロッパの活動家や作家との交流などに関する十一の論考がある。

(4) ハイチの歴史とハイチ革命については、主に、浜とC・L・R・ジェームズを参照。

(5)『アンクル・トムの小屋』の翻訳は小林憲二訳に依拠したが、適宜修正を施した箇所もある。

(6) 十八世紀、十九世紀のアメリカ人は、たいていヒスパニオラ島の西側と東側の区別をせず、フランス領サンドマング植民地や独立後のハイチのことをしばしば「サント・ドミンゴ」("St. Domingo") と呼んだ (Hunt 9)。

(7) ハントは同時に、ヴードゥーに対するアメリカ人の認識の大部分は不正確なものであったことを指摘している。

(8) 例えば、アラン・イェレマ (Allan Yarema) は、アメリカ植民協会に関わった人たちの言説や協会の機関誌などを分析し、アメリカ植民協会のレイシスト的な側面や、リベリア移住推進の背後にあったアメリカの帝国主義的願望を明らかにしている。

引用文献

Blackburn, Robin. *The Overthrow of Colonial Slavery, 1776–1848*. New York: Verso, 1988.

Douglas, Ann. "Introduction: The Art of Controversy." *Uncle Tom's Cabin or, Life among the Lowly.* By Harriet Beecher Stowe. Ed. Ann Douglas. New York: Penguin, 1981. 7–34.

Fisch, Audrey. "Uncle Tom and Harriet Beecher Stowe in England." *The Cambridge Companion to Harriet Beecher Stowe*. Ed. Cindy Weinstein. Cambridge: Cambridge UP, 2004. 96–112.

Fliegelman, Jay. *Declaring Independence: Jefferson, Natural Language, and the Culture of Performance*. Stanford: Stanford UP, 1993.

Hamand, Wendy F. "'No Voice from England': Mrs. Stowe, Mr. Lincoln, and the British in the Civil War." *The New England Quarterly* 61 (1988): 3–24.

Hedrick, Joan D. *Harriet Beecher Stowe: A Life*. New York: Oxford UP, 1994.

Hildreth, Margaret Holbrook. *Harriet Beecher Stowe: A Bibliography*. Hamden, CT: Archon, 1976.

Hunt, Alfred N. *Haiti's Influence on Antebellum America: Slumbering Volcano in the Caribbean*. Baton Rouge: Louisiana State UP, 1988.

Jackson, Maurice, and Jacqueline Bacon. "Fever and Fret: The Haitian Revolution and African American Responses." *African Americans and the Haitian Revolution*. Ed. Maurice Jackson and Jacqueline Bacon. New York: Routledge, 2010. 9–23.

Kohn, Denise, Sarah Meer, and Emily B. Todd, eds. *Transatlantic Stowe: Harriet Beecher Stowe and European Culture*. Iowa City: U of Iowa P, 2006.

Lachance, Paul F. "The Foreign French." *Creole New Orleans: Race and Americanization*. Ed. Arnold R. Hirsch and Joseph Logsdon. Baton Rouge: Louisiana State UP, 1992. 101–30.

Levine, Robert S. *Martin Delany, Frederick Douglass, and the Politics of Representative Identity*. Chapel Hill: U of North Carolina P, 1997.

Powell, Timothy B. *Ruthless Democracy: A Multicultural Interpretation of the American Renaissance*. Princeton: Princeton UP, 2000.

Raimon, Eve Allegra. *The "Tragic Mulatta" Revisited: Race and Nationalism in Nineteenth-Century Antislavery Fiction.* New Brunswick: Rutgers UP, 2004.

Ripley, Peter, et al, eds. *The Black Abolitionist Papers.* Vol. 1. Chapel Hill: U of North Carolina P, 1985.

——. *The Black Abolitionist Papers.* Vol. 5. Chapel Hill: U of North Carolina P, 1992.

Stowe, Charles Edward. *Life of Harriet Beecher Stowe, Compiled from Her Letters and Journals.* c. 1889. Boston: Houghton, 1890.

Stowe, Harriet Beecher. *Uncle Tom's Cabin.* Ed. Elizabeth Ammons. New York: Norton, 1994.（小林憲二訳『アンクル・トムの小屋』明石書店、一九九八年）

Sundquist, Eric J. "*Benito Cereno* and New World Slavery." *Reconstructing American Literary History.* Ed. Sacvan Bercovitch. Cambridge, Mass.: Harvard UP, 1986. 93–122.

——. *To Wake the Nations: Race in the Making of American Literature.* Cambridge, Mass.: Harvard UP, 1993.

Yarema, Allan. *The American Colonization Society: An Avenue to Freedom?* Lanham: UP of America, 2006.

アンチオープ、ガブリエル『ニグロ、ダンス、抵抗——十七〜十九世紀カリブ海地域奴隷制史』石塚道子訳、人文書院、二〇〇一年。

ジェームズ、C・L・R『ブラック・ジャコバン——トゥサン・ルヴェルチュールとハイチ革命』青木芳夫訳、大村書店、二〇〇二年。

西本あづさ「鏡の中の黒人革命——アフリカ系アメリカ人とハイチ、そしてトゥサン・ルヴェルチュール」『カリブの風——英語文学とその周辺』風呂本惇子編著、鷹書房弓プレス、二〇〇四年。一六—二七。

浜忠雄『カリブからの問い——ハイチ革命と近代世界』岩波書店、二〇〇三年。

宮本陽一郎『モダンの黄昏』研究社、二〇〇二年。

螺旋状の信仰

――リディア・マライア・チャイルドの仏教との邂逅

内堀　奈保子

はじめに

リディア・マライア・チャイルド（Lydia Maria Child, 1802–80）は、十九世紀アメリカで最も影響力のあった作家の一人であり、また奴隷制廃止運動、アメリカ先住民擁護、女性参政権運動などの社会改革運動家としても近年再評価されている。しかし、彼女がキリスト教はもとより、東洋思想、とくに仏教に深い造詣と関心を向けていた熱心な宗教家でもあったことはあまり論じられてこなかった。[1]チャイルドの出世作は、アメリカ先住民と白人女性との異人種間結婚を描いた出世作『ホボモク』（*Hobomok*, 1824）だが、この人気には到底及ばないものの、一八五五年に出版された三巻本の『宗教思想の進歩』（*The Progress of Religious Ideas, Through Successive Ages*）や一八七八年出版の『世界の希求』（*Aspirations of the World*）を始め、『アトランティック・マンスリー』（*Atlantic Monthly*）誌に掲載した「宗教の混淆」（"The Intermingling of Religions," 1871）など、チャイルドは世界の宗教を比較考察した著述をいくつも残している。なかでも仏教に関しては、キリスト教との類似を考察したエッセイ「仏教とローマ・カトリックの類似性」（"Resemblances Between the Buddhist and Roman Catholic Religion"）を一八七〇年に著すなど、アメリカにおける仏教紹介のパイオニア的存在だったと考えられる。

興味深いことに、チャイルドの仏教への関心と心酔は、単なる個人の宗教的探求にとどまるものではなく、「改革の時代」といわれる十九世紀アメリカのダイナミックな思想の変化や社会改革運動と共振するものだった。アメリカの社会改革運動と思想について詳しく論じた山本雅によれば、当時のアメリカは急速な社会の近代化を背景に、「伝道、慈善、禁酒、ユートピア建設、奴隷解放、食餌改善、霊魂交信、女権拡張、世界平和、労働運動、刑務所および精神病院改善、教育改革」（山本 101, 111）など多くの社会改革が行われた時代だった。

宗教においても、この社会制度改革と連動して新しい信仰の拠り所が模索されていた。キリスト教が文化の中心的機能を果たしていることに変わりないものの、大覚醒運動とその揺り戻しの中で新しい信仰が模索された。最も大きな変化としてユニテリアン派の台頭があげられる。ユニテリアン派とは、「神の国」アメリカの土台ともいえるカルヴィン派の三位一体を否定し、神の唯一性を唱えた宗派である。人間は生まれながらに堕落し、回心を経なければ子どもであっても救いがないとするカルヴィニズムの思想は暗く厳しすぎ、次第に求心力を失っていった。一方、ユニテリアニズムは、人間を肯定的に捉えようとする気運の高まりとともに広まり、ウィリアム・エラリー・チャニング（William Ellery Channing, 1780–1842）による「ユニテリアン・クリスチャニティー」と題する説教を皮切りに広く転向者を生んだ。社会制度や宗教の改革が進められるなか、それらを補強し、牽引するような高い道徳性と平等意識を持ち合わせた新たな思想が求められていた（Tweed 1992: 17–18）。チャイルドの仏教への関心はこうした新たな思想を求める大きな時代のうねりの中に位置づけることができよう。

このような時代の流れの中で、作家で社会改革運動家でもあったチャイルドは、どのように東洋思想、とくに当時のアメリカに伝播してきたばかりの仏教に深い関心を寄せ、自身の著述や思想に受容していったのだろうか。このテーマを掘り下げることは、なぜこの時代にアメリカ北東部の知識人によって仏教が盛んに取り上げられ、また一方で宗教改革や社会制度改革への気運が一気に高まったかについて、一つの見解を提示することにつながる。彼女が海外渡航をした史実は見受けられないが、彼女の思想には海外からの影響が色濃く反映されており、思想的には極めてトランスナショナルな作家であった。本章では、彼女がどのように仏教を受容し、それが彼女の関与した様々な改革運動とどのように通底しているのかを明らかにすることで、キリスト教を社会基盤とした十九世紀アメリカ社会や文化における異文化との接触とその影響の一端を示したい。

初めにアメリカにおける仏教受容を整理し、次にチャイルドがキリスト教とどのように向き合いながら仏教と遭遇し、受容するに至ったかを概観する。最後に、仏教を受容したチャイルドが、いかに既存のキリスト教観を変容させ、自身の思想を再形成していったのかを、「同胞」という概念を中心に最晩年の宗教論『世界の希求』と彼女の書簡から考察する。

一　十九世紀アメリカにおける仏教受容

一八四四年はアメリカの仏教受容において節目の年にあたる。この年、アメリカで仏教を紹介する初めての翻訳が超絶主義者エリザベス・ピーボディ（Elizabeth Peabody, 1804–94）により「仏陀の教え」（"The Preaching of Buddha"）という題目で紹介され、また、イエール大学のサンスクリット語の教授、エドワード・ソールズベリー（Edward Salisbury, 1814–1901）が公式の場ではアメリカで初めてとなる仏教についての講演「仏教の歴史の報告」（"Memoir on the History of Buddhism"）をアメリカ東洋学会の年次大会で行った（Tweed 2004: xi）。とくに「仏陀の教え」は超絶主義の機関誌『ダイアル』（*The Dial*）に掲載され、アメリカにおける仏教紹介の先鞭を切る記事となった。(2)『ダイアル』誌は発行部数三百部程度の小規模な機関誌であったものの、その関係者や読者にはラルフ・ウォルドー・エマソン（Ralph Waldo Emerson, 1803–82）、ヘンリー・デイヴィッド・ソロー（Henry David Thoreau, 1817–62）、サラ・マーガレット・フラー（Sarah Margaret Fuller, 1810–50）、ナサニエル・ホーソーン（Nathaniel Hawthorne, 1804–64）など、アメリカン・ルネサンスを代表するアメリカ北東部の作家や改革運動家が名を連ねており、その翻訳の影響力は少なくなかったと思われる。[3] 実際、『ダイアル』誌の編集者エマソンは、一八二二年の頃すでに東洋に関する書籍に触れているものの、彼が仏教に関心を持ち始めたのは、前述のピーボディによる翻訳が掲載された直後の一八四五年以降であることがその読書記録を基に論考されている（尾形 13–23）。

この仏教と超絶主義との深い親和性は、一八四四年よりもっと早い段階から見て取ることができる。超絶主義者は先に挙げたような当時の宗教や社会制度の改革を様々な分野で実践したが、最も顕著に仏教の影響を看取できるのが、テンプル・スクール（Temple School, 1834–39）である。テンプル・スクールは、超絶主義者のエイモス・ブロンソン・オルコット（Amos Bronson Alcott, 1799–1888）がピーボディらと始めた子どものための学校である。ここは一八三四年の時点で、既に仏教の八正道（正見、正思惟、正語、正命、正精進、正念、正定）にきわめて近い「正しく思い、正しく感じ、正しく行動する」という生活態度の実践徳目を掲げていた（田中 2008: 375–77）。オルコットはエマソンによる超絶主義者の会「超絶クラブ」に結成当初から参加した熱心な超絶主義者であり、その人間信頼に基づく教育方針は、当時としてはあまりに斬新で革命的なものであり、五年という短期間で閉校に追い込まれるほどであった。[4] この試みは失敗に終わったかに見えるが、カルヴィニズムの性悪説にもとづく決定論を排した新しい教育実践は、超絶主義者たちが思索を深める過程で大きな役割を果たしたといえる。

このような背景のもと、一八五五年にアメリカで初めて仏教を系統立てて一般向けに紹介した著書が出版される。それがチャイルドによる千頁に及ぶ大著『宗教思想の進歩』だった。しかし、チャイルドの思いとは裏腹にその売れ行きは芳しくなかった。その後、五〇年代、六〇年代を通してアメリカで出版された仏教関係の著作は極めて少なく、仏教は超絶主義者や一部の知識層に認知されるにとどまっていた。[5]

しかし、七〇年代になると仏教に関する著作は一気に増加し、他の様々な思想や宗教と融合されながら広く受容されていく。[6] 超絶主義運動以上に当時のアメリカにおける仏教受容に大きな影響を与えたとされるのが、一八七五年にニューヨークで設立された神智学協会（Theosophical Society）である（Seager 41）。創始者ヘンリー・スティール・オルコット（Henry Steel Olcott, 1831–1907）は長老派を離反し、ロシア移民のヘレナ・ペトロヴナ・ブラヴァツキー（Helena Petrovna Blavatsky, 1831–91）とともに、オカルト、科学思想、キリスト教、ユダヤ教、ヒンズー教の要素を仏教の形式にとりいれた神智学というハイブリッドな新しい思想を打ち立てた。彼らは『仏教教理問答集』（*Buddhist Catechism*, 1881）など多くの仏教に関する著述を世に広め、仏教の指南書として仏教伝導に大きな役割を担った。一八八〇年にオルコットはスリランカで仏教に改宗し、以降、インド、日本などに渡り、それまでほとんどなかった東西の宗教の交流の場として重要な礎を築いた（タナカ 98–99, Clark 75–77）[7]。

二　チャイルドの仏教との邂逅

このように十九世紀アメリカにおける仏教受容には、超絶主義や神智学などの新しい思想の動きがあった。しかし、チャイルドが仏教を始めとする非キリスト教圏の宗教に強い関心を寄せていく過程には、超絶主義とも神智学とも異なる潮流を見て取ることができる。熱心なキリスト教徒の家庭に生まれ育ったチャイルドは、どのように仏教と遭遇し、受容するに至ったのだろうか。

チャイルドはパン製造業を営む中産階級の家に生まれた。実務的で厳格なカルヴィニストだった父は子どもが初歩以上に知的探求を続けることを認めなかった。そのため、兄は家庭医の後押しでハーバード大学神学部に進学できたものの、チャイルドは十二歳で母と病気で死別したあと、幼少期からの旺盛な知識欲と読書好きを「残念な偏愛」（Karcher 2009: iv）と危惧した父により、十九歳までの七年間、当時辺境地帯であったメイン州の姉のもとに送られてしまう。しかし、その後もチャイルドはユニテリアン派の牧師となる兄を通して当時の最高水準の知識や教養を身につけていき、一八二四年チャイルド二十二歳の時には、第一作『ホボモク』の成功により一躍文筆家としての名声を確立するに至る。しかし、父に知識欲を否定され、夢や希望を断ち切られた体験の根は深く、生涯に渡るカルヴィニズムへの批判と不平等への抵抗へとつながっていく（黛 14）。

『ホボモク』はアメリカ先住民ホボモクと白人女性メアリーとの結婚を扱ったロマンスだが、その物語の底流にはカルヴィニズム批判が刻まれている。注目すべきは、メアリーがホボモクとの結婚にいたる経緯である。メアリーが森というピューリタン共同体の外に行き、結果的にホボモクとの異人種間結婚にいたるきっかけは、父ロジャーに表象される閉塞した自由のないカルヴィニズムから逃れるためであった。また、愛情や献身といったアメリカ先住民の人間性が描かれている反面、彼らをキリスト教に改宗させ、西洋の価値観で教育すべきだという白人キリスト教徒の自己中心的な側面が前面に出されてもいる。この第一作は、異人種混淆という形でカルヴィニズムへの批判が提示された作品であり、チャイルドの新しい信仰探求への萌芽として位置づけられよう。

カルヴィニズムに代わる信仰を探す過程で、チャイルドは当時新しく流入してきた様々な思想や宗教に接触している。『ホボモク』を執筆する以前から、チャイルドはカルヴィニズムともユニテリアニズムとも異なる信仰を模索し始めていた。すでに十九歳のころには、後に超絶主義者となるエマソン、フラー、エリザベス・ピーボディらと同様、エマニュエル・スウェーデンボルグ（Emanuel Swedenborg, 1688–1772）による神秘思想に傾倒していた。気心の知れた兄への手紙で「お兄さん、私がスウェーデンボルグ派になることを恐れる必要はありません。私は狂信という浅瀬で座礁する危険よりも、懐疑という岩の上で座礁する危険のほうが高いのです。私は感情と理性とが一致するような宗教を見つけ出したいと思っています」（*Letters* 7）と書き送っているように、神秘思想に入り込む方がましであると考えるほど、信仰への懐疑に苦悩していたことが分かる。

このチャイルドのキリスト教信仰との不協和は、奴隷制反対運動家のデイヴィッド・リー・チャイルド（David Lee Child, 1794–1874）との結婚後も弱まることなく、むしろ一層激しさを増していく。アメリカ先住民を半ば強制的に西部に移住させる一八三〇年のアメリカ先住民移住法（Indian Removal Act）を目前に控えた時期に、歴史修正小説『ニューイングランドの先住民』（*The First Settlers of New England*, 1829）を出版してアメリカ先住民を擁護し、一八三三年には奴隷制と異人種間結婚に関するアメリカ初の歴史概説書『アフリカ人と呼ばれる人々の階級を支持する訴え』（*An Appeal in Favor of That Class of Americans Called Africans*）を出版している。これらの著書は大きな反響を呼んだ一方で、とくに後者は奴隷制批判という一八三〇年代における社会的タブーに真っ向から抗ったことで激しく叩かれる。チャイルドにより創設されたアメリカ初の児童雑誌で、彼女の大きな収入源であった『ジュヴナイル・ミセラニー』（*The Juvenile Miscellany*）は廃刊に追い込まれ、女性で初めて入館を許可されていたボストン・アセニーアム図書館の許可証も剥奪されるなど、奴隷制批判はチャイルドの作家生命を脅かすほどのものだった。

しかし、チャイルドは困窮する生活を続けながらも奴隷制批判と執筆をやめることなく、夫とともに奴隷制廃止運動に貢献し続け、キリスト教に対してはさらに批判を強めていく。

> キリスト教の愛の精神ほど美しいものがあるでしょうか。でも、キリスト教徒以上の獰猛で仮借のなさを、イスラム教や異教のどこに見つけられるというのでしょう。（*Letters* 18）

一八三五年のこの手紙には、チャイルドがキリスト教を他の宗教と比べる視点を持ち始めていることが示されている。翌年、古代ギリシャのアテネを舞台にした小説『フィロシア』（*Philothea: A Romance*）を上梓するが、この作品は、まさにそうしたキリスト教を相対化させる視座から紡ぎ出された歴史ロマンスだった。主人公フィロシアはアテネの統治者ペリクレスの息子パラルスとの身分違いの愛を一旦は阻まれながらも結婚までこぎつけるが、パラルスの病が瀕死の状態にまで進行しており、闘病の甲斐なく二人の愛は悲劇に終わる。この物語の端々には、ギリシャとインドやペルシャなどのアジアの宗教と文化が交錯、混交する様が描かれている。なかでも、フィロシアを育てる祖父のアナクサゴラスを通して、太陽を神とする古代ギリシャ人のなかで主流であった信仰を否定し、「普遍的精神（universal mind）」という新しい概念を提示していることは注目に値する。『小説における信仰』（*Faith in Fiction*）でアメリカ文学におけるオリエンタリズムの影響を論じたデイヴィッド・レノルズ（David Reynolds）によれば、このアナクサゴラスの太陽神の否定は、チャイルドによるカルヴィニズム批判の投影であるという。代わりに提示されている「普遍的精神（universal mind）」からは、チャイルドがキリスト教圏に限定しないより普遍的な宗教的感情に読者の目を向け、当時のアメリカ社会に一石を投じようとしていることが分かる。作品の構想は出版の五年前の一八三〇年から練っていたことから、仏教伝播のかなり以前から、チャイルドが自国の宗教改革を夢想し、非キリスト教圏への関心を募らせていたと言える。しかし『フィロシア』の売上は振るわず、その後しばらくチャイルドは宗教的主題から離れ、奴隷制廃止に関する仕事が中心となっていく。

こうしてチャイルドの半生を辿ってみると、一八四四年に仏教が初めてアメリカの出版物の中で紹介された時期には、東洋の宗教や思想を受け入れる十分な素地がチャイルドにできていたと言える。チャイルドが初めて仏教をテーマに論じた『宗教思想の進歩』はチャイルドが五三歳の一八五五年頃の著作だが、チャイルド研究家の第一人者キャロライン・カーチャー（Carolyn Karcher）によれば、『宗教思想の進歩』は八年をかけて執筆されたとあり、チャイルドが極めて早い時期に仏教を含めた世界の宗教について執筆を始めていたことを窺い知ることができる。その三巻本の大著『宗教思想の進歩』は、仏教、ヒンズー教、ジャイナ教、儒教、道教、ゾロアスター教、および、エジプト、ギリシャ・ローマ、カルデア、ケルトの神話やカルト、また、ユダヤ教、キリスト教、イスラム教といった世界の主要な宗教を網羅し、アメリカでも初めて仏教を一般向けに紹介した書籍だった。『宗教思想の進歩』が執筆され始めた頃にあたる一八四八年、チャイルドは兄への手紙の中で、執筆状況を伝えるとともに、その執筆意図を述べている。

私は自分が分かるように出来るだけ明確に、ありのままの率直な真実を話して、キリスト教徒、異教徒、ギリシャ正教徒、ユニテリアン、カトリック教徒、プロテスタント、スウェーデンボルグ派といった人たちに好きなように吼えさせるつもりです。みな自分の理論を好きになってもらいたいでしょうけれど、私が意識的に目指している唯一のことは、どの理論にも賛成しないことです。私たちが手に入れようとしている救いは自分たちで何とかしなければならないのだと、ますます私は考えるようになっています。（*Letters* 65）

キリスト教の相対化に留まらず、チャイルドは求める信仰を自分たちで作り出さねばならないという意思まで示している。その信仰探求と懐疑の眼差しは、敬愛する兄が牧師を務めるユニテリアンにまで及んでいることが分かる。実際、チャイルドは、ユニテリアンは「自由や、個人の自由の神聖さや、思想を自由に発言すること」を説き「古い教義を広げようとしている唯一の教義」であると評価しながらも、奴隷制を巡る論争の中でユニテリアンの指導者ウィリアム・エラリー・チャニングらから奴隷制廃止運動への支持を当初なかなか得られなかったことなどから、「自由の思想とあまりに一貫していない」と、ユニテリアンの信仰と行動の乖離を批判するにいたる（*Letters* 34–35）。この手紙を書いたときのチャイルドは四十六歳。すでに文壇の寵児として活動の幅を広げ、奴隷制廃止運動家、宗教作家、編集者、小説家、児童文学から家庭指南書まで幅広く扱う社会派の文筆家としての地歩を築いていたが[8]、信仰の探究は、東洋思想との邂逅を通して一層深まっていた。

三　チャイルドの宗教観の広がり

チャイルドは様々な宗教、なかでも仏教に出会ったことで、どのような宗教観を持つにいたっているのだろうか。一八七八年の作品『世界の希求』で、チャイルドは「原初的な人間の魂の衝動はみな同じ」であり、自分には「人間の同胞の絆を拡張し、強めるためにできることは全てしたい」という抑え難い衝動があると述べている

(*Aspirations of the World* 1–2)(傍点筆者)。チャイルドは幼いころから「感情と理性とが一致する」ような信仰を探求し、一八三〇年代にはすでにキリスト教を相対化する視点を持っていたが、この最晩年の作品の冒頭に見られる強い決意に昔の信仰探求の苦悩は見えず、むしろその力強く前向きな言葉には、自分の感情に寄り添う思想的な後ろ盾を獲得し、自身が納得できる信仰の形を見つけた様子が伺える。

では、そのチャイルドの見い出した新しい信仰の形とはどのようなものなのだろうか。また、そこに仏教からの影響は見られるのだろうか。この冒頭でも言及され、作品中、言葉を換えながら繰り返し言及されている「同胞の絆を拡げ、強める」という主張には、どのような射程が想定されているのだろうか。

チャイルドは『世界の希求』の中で、「万人のための民主主義国家の産声」であったはずの「独立宣言」が、何百もの奴隷と「堕落(脱―道徳)」という結果となり、また、クリスマスの「平和と善意」の歌声の裏にアメリカ先住民やメキシコの少数部族への残虐行為が繰り広げられていることを非難している(*Aspirations of the World* 43–44)。そしてそのようなキリスト教徒の他者への攻撃の姿勢こそ、アメリカ先住民への迫害と奴隷制擁護を補強し、牽引するものだと糾弾する。こうしたキリスト教徒を批判する際、チャイルドはその論拠として仏教を引き合いに出す。

> (仏教は) 非常に広範に広がり、世界のどの宗教よりも多くの信者を持っているが、その進歩の仕方は一様に平和的でした。キリスト教がしているように、洗礼か虐殺かといった二者択一を迫り、国々を支配しようとすることもありません。キリスト教がその精神の祖先であるユダヤ教を迫害してきているように、仏教がヒンズー教というその精神の祖先を迫害することは決してありませんでした。(*Aspirations of the World* 11–12)

ここでチャイルドは、キリスト教国家の異なる民族や人種への暴力的な排他性を仏教の非暴力と対照させて批判している。アメリカに入植以来、選民思想のもとに正当化されてきたキリスト教の暴力性をここで明確に露呈させ、結果的に彼女の志向する「同胞」には、異教徒さえも含める特有の視座が提示されている。

さらに、一八七一年のエッセイ「宗教の混淆」に、「東にいるわれわれの同胞を知れば知るほどますます、仏陀が偉大な改革者であり、慈悲深く、神聖なお方であったという確信が増してくるのです」（“The Intermingling of Religions” 395）（傍点筆者）とあるように、チャイルドは「同胞」に異教徒を含めて考えている。この主張は、キリスト教を唯一の聖なる信仰と崇め、最も優れた宗教であるとする見方が主流であった十九世紀アメリカにおいて、極めて急進的なものであった。

このチャイルドの急進性は、キリスト教さえも汎神論に繋がる宗教であるという主張にまで至る。

> 初期の最も流布していた思想は、汎神論であったようです。それは全てのもののなかに神が宿るということを意味しています。もっと明確に定義すれば、汎神論とは神は宇宙という魂であり、宇宙が神の形象なのです。この教えは今でもヒンズー教や仏教のなかで息づいています。（*Aspirations of the World* 13–14）

チャイルドはヒンズー教や仏教を引き合いに出しながら、最も原初的な思想は全てのものに神が宿ると考える汎神論であったとし、キリスト教もそれらと異なるものではないと主張する。これはキリスト教が、汎神論を信じる異教とも「同胞」関係にあると考える姿勢である。

彼女の同胞観に見られるキリスト教の相対化は、チャイルドを含む超絶主義者や、その思想の源流であるドイツ・ロマン派、フランスやイギリスの知識人らの間で、一八四〇年代から一八九〇年代にかけて熱く議論されていた同時代的な思想の流れでもあった。西洋と仏教の邂逅について体系的に論じた名著『仏教と西洋の出会い』

を著したフレデリック・ルノワールによれば、ヨーロッパで最も仏教研究が盛んだったフランスを中心に、仏教がフランス革命や普遍的人権の延長線上にある普遍的なヒューマニズムに拡大するものとして考えられ、さらにはヨーロッパ知識層が「一貫して仏教とキリスト教を比較する必要を感じていた」という興味深い論を提示している（ルノワール 82）[9]。

こうした比較宗教の系譜はアメリカにもあった。一八世紀後半からジョン・マレー（John Murray, 1741–1815）によりイギリスからもたらされたユニヴァーサリズム（Universalism）という万人救済思想である。ユニヴァーサリズムは、一九世紀にホゼア・バルー（Hosea Ballou, 1771–1852）らによって修正されながらマサチューセッツ周辺で布教され始めたキリスト教の一派である。従来のキリスト教の排他主義を否定し、キリストは信者でなくとも全ての人間を救済すると信じる一派だった。これは、後にユニテリアン・ユニヴァーサリスト（Unitarian Universalist）という三位一体を否定し、神の唯一性を主張するユニテリアン派と、万人が救済されるとするユニヴァーサル派が統合した宗派に繋がっていく。チャイルドがユニヴァーサリズムに言及した形跡は見受けられないが、チャイルドが抱く異教徒も含めた「同胞」思想に極めて近いものだったと思われる。

しかし、チャイルドの同胞観はこうした宗教間の相対的視座だけではない。そもそも「同胞（brotherhood）」とは、「兄弟愛」とも訳されるようにきわめて男性中心的な意味を連想させる言葉である。一方チャイルドは、仏陀が自身の教えが「全人類に向けてのもの」であり、「最上の精神の到達は、男性同様、女性にも開かれている」（*Aspirations of the World* 9）と諭していることを援用し、「同胞」という一般的に男性中心的な言葉の意味を、全人類を含意するものへと拡大する。この彼女の仏教理解が現実の仏教教義と一致するものであるかはさておき、女性である以上キリスト教からは得られないと感じていた精神的な高みへの到達、つまりは、宗教的「同胞」への参画が仏教には開かれているとチャイルドが考えていたことは確かだろう。女性にとってキリスト教はそもそも益するのかという彼女のこの問いかけは、米国女性参政権運動の立役者エリザベス・ケイディ・スタントン（Elizabeth Cady Stanton, 1815–1902）にも影響を与え、『ノース・アメリカン・レビュー』（*North American Review*）誌に「キリスト教は女性に恩恵をもたらしたか」（"Has the Christianity Benefitted Woman?"）や『女性の聖書』（*Woman's Bible*）の執筆の契機となるなど、女性のキリスト教との関わり方に新たな視座を提供した。

このようにチャイルドは、反奴隷制と女性の尊厳という自身の問題意識を包含し、十代の頃から探究し始めた「感情と理性とが一致」する信仰を、仏教などの東洋思想の中に見出していった。次の手紙の抜粋は、イギリスのオックスフォード大学で初めて仏教研究者として採用されたマックス・ミュラー（Max Muller, 1823–1900）の書籍を読んだ感想を、[10] 一八六九年、チャイルドが六十七歳の時に友人へ宛てたものである。

> マックス・ミュラーの『言語の科学』を意を決して読みました。（中略）その著者が述べているように、もしキリスト教が他の宗教よりも普遍的宗教（universal religion）にふさわしいなら、それはただ単に、キリスト教が人類のそれ以前のすべての宗教の大志を蓄積したものだからなのではないでしょうか。（*Letters* 202）（傍点筆者）

チャイルドは、サンスクリット語を習得し、仏教に通じた言語学者であるミュラーから「普遍的宗教（universal religion）」という概念を引き、キリスト教が決して他の宗教と無縁の孤高の宗教ではなく、相互に連関した一つの思想の蓄積の結果に過ぎないと述べている。これは先述のユニヴァーサリズムに通じる考えであり、チャイルドがキリスト教以外の宗教、なかでも仏教の影響を受けたことで独自のキリスト教観を形成していっていることを示唆している。

チャイルドがその同胞観を確固たるものにしていくインスピレーションになったと思われるものの一つに、クエーカー教徒の詩人で編集者の、ジョン・ホイッティアー（John Whittier, 1807–92）の存在がある。次の書簡の一部は、彼の「ミリアム」（"Miriam"）という詩についてチャイルドが返信をしたものである。

もし真実が心の中で明確にあるならば、それが他者にどう映るか、私は気にしません。私はそれがどんな衣服を身に着けていようとも、永遠の原理を見つけだして崇拝します。善なることと真実が異国の信仰を通して我々にもたらされることの何が問題なのでしょう。

精霊は心の庭をどこでも歩く
そしてエデンの木の下で話す
あらゆる多様な言葉で

あのような広い教えをありがとう。あなたは来るべき素晴らしい教会、全父の教会を建てるための貴重な礎をもたらしてくれています。あなたに神のご加護がありますように。（*Letters* 210–11）（傍点筆者）

ホイッティアーはクエーカー教徒でありながら、他の宗教からの影響を強く受けていた作家だった。「あらゆる多様な言語で」話す精霊の存在は、異なる信仰からも忌憚なく精神的な滋養を得ようとしてきた彼女の信仰探求を肯定しており、彼女に「来るべき素晴らしい教会」の具体的な青写真を提供していることが分かる。

おわりに

ヨーロッパにおける仏教受容が普遍的なヒューマニズムの理念に後押しされていたのと同様に、超絶主義者を中心とした米国知識層にとっても仏教の発見は「仏教と西洋精神との類似性の発見」すなわち「人間精神の本当の普遍性の発見」であった（ルノワール 83）。

しかし、チャイルドにとって、仏教を始めとする非キリスト教圏の思想との邂逅は単なる発見に留まるものではなく、彼女が生涯をかけて希求した「感情と理性とが一致する」信仰を見出すことになる極めて重要な契機であった。それはチャイルドが十九世紀中葉のキリスト教国アメリカが抱える様々な社会問題と矛盾に疑義を投げかけ、改革を推し進める上での思想的拠り所となり、オルタナティブな信仰の創成へと導くものだった。チャイルドは『世界の希求』の最後で来るべき「同胞」世界を次のように描いている。

> 雪のように白い聖人たちの何千もの姿が、真っ青な天国の空の中に上っていくミラノの大聖堂は、天使たちや国々から神聖な希望の形を集めた未来の折衷教会の象徴です。（中略）宗教とは人類の魂の普遍的本能であり、その量が世界から減ることは決してないでしょう。その形は変わろうとも、エッセンスは決して変わらないでしょう。（*Aspirations of the World* 48–49）（傍点筆者）

チャイルドは仏教という参照軸を手に入れたことで、宗教を「人間の魂の普遍的な本能（universal instinct）」と考え、「折衷教会（Eclectic Church）」という全人類的で異なる文化の垣根を越えた「同胞」世界を想起するにいたっている。これは伝統的なキリスト教では排除され、軽視されてきたアメリカ先住民、奴隷、異教徒、女性といった「異質な」者たちとも同胞となる世界である。これこそ、チャイルドが長年人生をかけて探し求めてきた「感情と理性とが一致」した信仰の形だった。『世界の希求』を出版後、チャイルドは友人への手紙の中で「私はその本に運命をたくします。それが人類の同胞の絆（bands of human brotherhood）を広げるのにいくらかでも役立つことをただただ望んでいます」（*Letters* 246）と執筆意図を述べている。奴隷制廃止を見届けることができぬ

ユニヴァーサリスト教会の祭壇[11]

ままに他界したことを考えれば、現世において自らの理想を実現できたとは言い難い。しかしチャイルドは、十代の頃から生涯をかけて苦悩し、探究してきた「感情と理性とが一致」する信仰を晩年にきて明確に掴んでいる。

チャイルドが生涯を費やして追求した暴力や偽善は、彼女の存命中に解決しなかっただけでなく、現在でも世界から消えていない。また、チャイルドの仏教理解は汎神論への理解が不十分な点など正確さを欠き、その仏教理解にはオリエンタルなものへの憧憬と不即不離の神話化が伴うという批判から免れるものではないかもしれない（Tweed 21）。しかし、彼女が探究し、到達した新たな思想は今なお受け継がれ、進化している。三位一体を否定し、神の唯一性を主張するユニテリアンと、万人が救済されるとするユニテリアン・ユニヴァーサリストは、チャイルドを宗派の祖の一人としている。チャイルドの思想が、『世界の希求』という著書の形で後世のわたしたちに伝わり、さらには、現在でも多くの信者を持つユニテリアン・ユニヴァーサリストへと継承されていることを考えれば、彼女の思想は今もなお生きていると言える。チャイルドは終わりなき信仰探求を『世界の希求』で次のように述べている。

> 進歩は円状だけれども、同じ場所に留まっていることはありません。その円は永遠に上昇していくのです。我々が登る梯子は螺旋形であり、現在あるものは全て、かつてあったものから発展してきました。

この円が閉じることなく上昇し続けるチャイルドの螺旋の宗教観は、仏教の円環の教えを彷彿とさせながらも、それとも異なり、独自の形に再形成されている。奴隷制廃止運動などの社会改革運動とともに新しい信仰の形を探究してきたチャイルドにとって、非キリスト教圏との邂逅は、国家間を越えるトランスナショナルな思想の影響関係という説明ではもはや包含できないほどの深さと広がりを持つ新たな思想へと変貌を遂げている。チャイルドの夢想する円を描きながら上昇していく螺旋は、宗教、人種、性差、国家、時代の断絶を穿ち、緩やかに、しかし留まることなく「来るべき同胞世界」へと世界を導いてくれるものなのだろう。

（*Aspirations of the World* 42）

＊注

初出「十九世紀アメリカの仏教と社会改革運動——Lydia Maria Child の宗教論を中心に」『日本大学理工学部一般教育教室彙報』第九十四号、二〇一三年、一—一一。第二節「チャイルドの仏教との邂逅」以降、大幅な加筆修正を加えた。

（1）チャイルドの東洋思想への傾倒を論じたものにカーチャーや大串がある。しかし、『世界の希求』等の宗教論に見られるチャイルドの仏教への強い関心について考察された論文は、田中による翻訳「仏教とローマ・カトリックの類似性」の解説がある程度であり、ほとんど見受けられない。

（2）「仏陀の教え」は、世界で最も早くに仏教の体系的な学術書を世に送り出したフランス人ユージン・バーノフ（**Eugene Burnouf, 1801–52**）によってサンスクリット語からフランス語に訳された法華経（**Lotus Sutra**）の「薬草喩品」を、エリザベス・ピーボディが英語に翻訳したものである。このアメリカ初となる仏教についての翻訳は匿名で出された。翻訳者は超絶主義者のソローであるとの説もあったが、筆跡鑑定の末、現在では同じく『ダイアル』誌編集に関わっていたピーボディによる翻訳との説が定着している。（田中 2008: 377–78, Marshall 571）ピーボディは語学の才能に優れ、ラテン語、ヘブライ語、中国語のほか、仏典で主に使用されるサンスクリット語にも堪能だった。（田中 2008: 375–77）

（3）リチャード・ヒューズ・シーガー（Richard Hughes Seager）は、十九世紀に仏教をアメリカに導入した超絶主義者やロマンス作家たちの功績として、ジャック・ケルアック、ゲーリー・スナイダー、アレン・ギンズバーグといった約一世紀後のアメリカ人の仏教求道者に仏陀の教えを文学的意味を通して定着させたことを挙げている（Seager 40）。超絶主義へのオリエンタリズムの影響を論じた代表的なものにReynolds、Tweed、Versluisがある。

（4）一八三六年に出版されたエイモス・ブロンソン・オルコットの著書『福音についての子どもたちとの会話』（*Conversations with Children on the Gospels*）が子どもに危険思想を育む過激なものであるとの批判から生徒数が減衰し、一八三九年に黒人を入学させたことで出資者が去ったため廃校となってしまった。オルコットは、性悪説の決定論を排し、子どもの全人教育を目指して体罰を禁止するなど独自の教育を実践した。

（5）主流派のプロテスタントは仏教を無神論、虚無的、悲観的だとして退けたが、ユニテリアンや超絶主義や自由宗教といったリベラル派や急進派は、相反する思いを持ちながらも、共感を示していた（Tweed 2004: xv）。

（6）一八四〇年から一九二五年までのアメリカにおける仏教の著作を集めた全集『アメリカ合衆国における仏教　一八四〇―一九二五』（*Buddhism in the United States, 1840–1925*, 2004）によると、五〇年代と六〇年代は各一本の掲載だが、七〇年代には九つの印刷物が収録されている。

（7）オルコットの仏教圏への訪問以降、日本にもアーネスト・フェノロサ（Earnest Fenollosa, 1853–1908）、ウィリアム・ビゲロー（William Bigelow, 1850–1926）が来日し、仏教天台宗に改宗している。ラフカディオ・ハーン（Lafcardio Hearn, 1850–1904）は改宗しなかったが、ミュラーの仏教書なども読んでおり、一節ではハーンの来日の動機の一つは仏教への強い関心だったという（タナカ 19, 101）。

（8）チャイルドの夫は奴隷制廃止活動家であり、彼の収入には頼れなかったため、チャイルドが生涯職業作家として生活を支えた。女性の領域が家庭とされていた中で、職業文筆家としての道を切り開いた（Boyd 35）。

（9）この仏教とキリスト教との比較は、「キリストの宗教に対する恐るべき、あるいは危険な反論」（ルノワール　八四）と糾弾されるほど当時としてはスキャンダラスなものだった。『世界の希求』の出版に際し、そのような批判をチャイルドも覚悟していたに違いない。実際、二十三年前に同様の主張が述べられた『宗教の進歩』は、「ヒンズー教、イスラム教、仏教とキリスト教を同列に置いたことで、十九世紀の読者を憤慨させ」（Karcher 2009: xxiv）酷評された経緯があった。

（10）ミュラーはライプツィヒ大学でサンスクリット語を習得し、パリのヴァーノフの下で仏教学を学び、一八七四年には仏教学の金字塔となるシリーズ、『東洋の聖典』（*Sacred Books of the East*）の最初の号を出版した。このヴァーノフの著作やアルトゥル・ショーペンハウアー（Arthur Shopenhauer, 1788–1860）の東洋思想への見解は、リヒャルト・ワゴナー（Richard Wagner, 1813–83）、フリードリヒ・ニーチェ（Friedrich Nietzsche, 1844–1900）などにも影響を与えていった（Clark 75–77）。

（11）写真はボストン、セイラムにあるユニヴァーサリストの教会、ファースト・ユニヴァーサリスト・ソサイエティ・オブ・セイラム（The First Universalist Society of Salem）の祭壇である。ギリシャ・ローマに由来する聖杯とその横の人体のチャクラを表した置物は、キリスト教以外の教えを積極的に取り入れることを信条とするその宗派の特徴を表している。（二〇一三年三月十二日筆者撮影）

引用文献

Boyd, Anne E. *Writing Immortality: Women and the Emergence of High Literary Culture in America.* Baltimore: John Hopkins UP, 2004.

Child, Lydia Maria. *Aspirations of the World.* Boston: Roberts Brothers, 1887.

——. "The Intermingling of Religions," *Atlantic Monthly* 28（October 1871）: 385–95.

——. *Letters of Lydia Maria Child, with a Biographical Introduction by John G. Whittier and an Appendix by Wendell Phillips.* Boston: Houghton Mifflin, 1883.

——. "Resemblances Between the Buddhist and Roman Catholic Religions," *Atlantic Monthly* 26 (December 1870): 660–65.

Clark, J. J. *Oriental Enlightenment: The Encounter Between Asian and Western Thought.* New York: Routledge, 1997.

Karcher, Carolyn L. *A Lydia Maria Child Reader.* Durham: Duke UP, 1997.

——. "Introduction." *Hobomok and Other Writing Indians.* Ed. Carolyn L. Karcher. London: Rutgers UP, 2009.

Peabody, Elizabeth Palmer. "The Preaching of Buddha." *Dial* 4（January 1844）

Reynolds, David S. *Faith in Fiction: The Emergence of Religious Literature in America.* Cambridge: Harvard UP, 1981.

Seager, Richard Hughes. *Buddhism in America.* New York: Columbia UP, 2012.

Stanton, Elizabeth Cady. "Has the Christianity Benefitted Woman?" *North American Review* 140 (May 1885): 390–91.

Tweed, Thomas A. *The American Encounter with Buddhism, 1844–1912.* Chapel Hill: U of North Carolina P, 1992.

——. "Introduction." *Buddhism in the United States, 1840–1925.* Ed. Thomas Tweed. Tokyo: Synapse, 2004.

Versluis, Arthur. *American Transcendentalism and Asian Religions.* New York: Oxford UP, 1993.

Zabelle, Kathryn. "Captivity and the Literary Imagination." *Cambridge Companion to the Nineteenth-Century American Women's Writing.* Cambridge: Cambridge UP, 2001.

大串尚代『ハイブリッド・ロマンス——アメリカ文学にみる捕囚と混淆の伝統』松柏社、二〇〇二年。

尾形敏彦「R. W. Emerson's Asia」『女子大文学外國文學篇』第九号、一九五七年、一二—一三。

タナカ、ケネス『アメリカ仏教』武蔵野大学出版会、二〇一〇年。

田中泰賢「超絶主義季刊誌『ダイアル』に書かれた「仏陀の教え」の大意」『愛知学院大学禅研究所紀要』第三十七号、二〇〇八年、二六二—七八。

——「仏教とローマ・カトリックの類似性」『愛知学院大学禅研究紀要』第四〇号、二〇一二年、二六五—七八。

黛道子「異人種感結婚にみる社会改革への試み——リディア・マライア・チャイルド『ホボモク』」『アメリカ文学における女性改革者たち』野口啓子、山口ヨシ子編著、彩流社、二〇一〇年。

山本雅『ホーソーンと社会進歩思想——神慮と進歩』篠崎書林、一九八二年。

ルノワール、フレデリック『仏教と西洋の出会い』トランスビュー、二〇一〇年。

特別寄稿

猛烈な嵐のあとで

――マーガレット・フラー没後伝(1)

メーガン・マーシャル
生田　和也　訳

エリザベス号がファイア島沖で浅瀬に乗り上げる二日前の夜、アメリカ北東部の空は晴れ渡り、ハーヴァード大学の高性能巨大屈折望遠鏡の実験をしていた銀板写真家ジョン・アダムズ・ウィップルは、その夜に世界で初めて恒星ヴェガの写真撮影に成功した。しかし、七月十六日から十七日にかけて天空を洗い流した同じ風は、科学技術の驚異を実現する一方で、破壊的な嵐と一隻の商船を運んできた。この船は失われゆく帆船時代の生き残りであり、自然の力には到底かなわなかった。

エリザベス号の難破とサラ・マーガレット・フラーの行方不明を伝えるニュースが『ニューヨーク・トリビューン』紙のオフィスに届くと、同紙の創業者かつ編集者のホレス・グリーリーはその記事の取材に、もっとも若く優秀な記者であり、詩人でもあったベイヤード・テイラーを任命した。テイラーは夕暮れ時に出発し、依然として荒れ狂う海上を七時間かけて旅をし、七月二十日土曜日の夜明け直前に現場に到着した。彼はつい最近カリフォルニアから戻ったばかりで、そこでは一八四九年のゴールドラッシュについての記事を『トリビューン』紙に投稿していた。二十五歳のテイラーは海岸線を歩き回りながら、破損したアーモンドの樽、ジュニパーベリーの麻袋、油を入れたフラスコを見つけた。「それらの中身は砂と混ざっていた。[2]」エリザベス号の粉砕された肋材が、三、四マイルにわたって狭い浜辺にまき散らされていた。テイラーは、頑丈であった船を「激しく切り刻み、粉々に破壊し、十フィート以上の長さの材木は見つからないほどにした」嵐の力に驚いていた。折れた円材が散在し、ゆるんだ索具が絡まったままのエリザベス号の前檣の一部が、約五十ヤードほど沖合の波のうねりの上で浮き沈みしていた。[3]それは引き裂かれた船体にかたく固定されており、その船体は夜明けの中で手招きする骸骨姿の亡霊のようだった。

テイラーは東部においてきた結核を病む恋人のために、鉱業地域での職を辞していた。花嫁は余命数ヶ月であったが、彼は結婚を決意していた。ファイア島で、健康な命が無駄になったこと、すなわち浜辺に打ち寄せられた「打ちつけられ、めった切りにされた[4]」遺体は、彼にとって忌まわしいものに思えた。航海中に病死した前船長の妻キャサリン・ヘイスティは、浜辺に流れ着いた際にはまだ温かかったマーガレットの息子ニノの小さな遺体を、一マイル離れた最寄りの家屋に運ぶよう主張した。その家屋で、生き残った船員たちは涙ながらにニノに別れを告げ、自分たちの私物箱のひとつで間に合わせの棺を作った。その少年を「海から少し離れた、二つの砂丘の間の人目につかない場所」に埋葬する前に、彼らは棺の蓋を閉じ、釘を打ちつけた。真夏の暑さのため、迅速な埋葬が必要だったのだ。ニノの乳母であったセレスト・パオリーニは「粗末な箱に入れられて」、二人のスウェーデン人の船員と、最後にニノを腕に抱えていた船の乗客係と共に、砂の中に埋葬された。全部で八人の命が失われた。マーガレット、彼女の夫であるジョヴァンニ・アンジェロ・オッソーリ、二人と共に乗船していたホレス・サムナーの遺体は、まだ見つかっていなかった。

『トリビューン』紙への難破の記事で、テイラーはバングズ船長の「未熟さ[5]」をはっきりと非難した。また彼は、冷淡な漂流物収集者の群衆への嫌悪感をあらわにしている。この貪欲な者たちは、エリザベス号の船荷から可能なかぎりの盗みをはたらこうと、遠くはロッカウェイやモントークから次々にやってきて、日曜の朝にはその数は千人にのぼった。その被害額は二十万ドルに及び、これは概算すると、現代では四百五十万ドルに相当する額である。テイラーは、アスピンウォール家——マーガレットの元生徒で友人キャリー・スタージスの夫であったウィリアム・アスピンウォール・タッパンの親族——宛ての油絵のつまったトランクが、浜辺に漂着したことを報じている。それらの絵画は、略奪者たちによって額縁から切り取られ、懐に入れられていなければ、現在まで保存されていたかもしれない。略奪者たちは、浜辺に額縁を散乱させて立ち去った。わずかに「一世紀以上は前のものと思われる画布が、砂に半分埋もれて[6]」残されていた。同様に、「絹、イタリア産の編み紐、帽子、羊毛、油、アーモンド、その他の船に積まれていたものは、陸地に流れ着くとすぐに運び去られた」。

テイラーは、マーガレットとジョヴァンニの遺体が、「船の残骸の下に埋まった状態で[7]」、あるいは嵐の日以来の潮流によって西へと流され、遠くの沿岸に打ち上げられて、発見されるだろうと期待していた。日曜日の午後、マーガレットのトランクのひとつが難破船の残骸から逃れて波間を浮き沈みし、「海賊たちがそれを盗む前に」キャサリン・ヘイスティによって即座に、それがマーガレットのものであると主張された。彼女は、前日にニノの遺体が安置された同じ家屋の火で、原稿を乾かしていたとされる。テイラー自身も「水浸しになった紙の束」を調べ、マーガレットの参考資料であった「数枚のマッツィーニのパンフレット[8]」と、フランスとイタリアの新聞を数部見つけた。「私はこのことで、イタリアについての作品がすべて発見されるだろうと強い希望を抱いている」と、彼は『トリビューン』紙に書いている。

悲劇の知らせがニューイングランドに届くには、もっと長い時間がかかった。ニューイングランドでは、マーガレットの家族がニューハンプシャー州マンチェスターの彼女の弟アーサーの家に集まっており、マーガレットとの再会や、彼女の夫や息子との初顔合わせを楽しみにしていた。しかし、地元紙に転載された電報は暗いニュースを伝え、マーガレットの妹エレン、アーサー、弟ユージーン、そして彼女の母マーガレット・クレインは、すぐにニューヨークに向けて発った。ニューヨークでは、マーガレットと親交のあったスプリング家が、ブルックリンの屋敷に彼女の遺族を受け入れた。子どもの頃に、マーガレットは母の死の悪夢に悩まされていた。はたしてマーガレット・クレインは、娘の死を想像したことがあったのだろうか。フラー夫人は食べることも寝ることも、そして泣き叫ぶこともできず、「私たちの屋敷で石のように座っていた」[9]と、レベッカ・スプリングは後に回想している。エレンは、放心した母と同じくらい動揺していた。彼女には、姉のいない人生など想像できなかった。

アーサー、ユージーン、マーカス・スプリング、そしてホレス・グリーリーは、二十四日に共にファイア島へ発ち、そこで弟の遺体をむなしく捜索していたチャールズ・サムナーに会った。そこにはウィリアム・ヘンリー・チャニングもおり、彼は従弟でエレンの夫であったエラリー・チャニングと、ヘンリー・デイヴィッド・ソローと一緒であった。ヘンリー・ソローは、コンコードからエラリーと共にやって来ていた。ラルフ・ウォルドー・エマソンは旅費としてソローに七十ドルを手渡し、「私たちみんなのために現場へと向かい、ありったけの情報と、可能であれば、原稿やその他の持ち物の断片を集める」[10]よう命じていた。ウォルドーは自分が出向くことも考慮したが考えを改め、代わりに自宅に留まり、日記を書き始めた。最終的にその日記の内容は、彼がすでに構想していた追悼伝記の彼の執筆部分となった。それはこの「勇敢で、雄弁で、鋭敏で、教養があり、献身的な、不断の魂」[11]へ捧げられ、「アメリカ史における最も重要な軌跡」[12]の輪郭を描くものであった。

ファイア島で、ソローは海岸線をくまなく調査し、オッソーリ家の所持品の目録を作成しながら、見つけられる限り多くの生存者や目撃者に話を聞いた。目録には、大きさの異なる五つのトランク、本のケース、ブリキの箱、そしてマーガレットの装身具、四つの指輪、ブローチ、「重たい金の柄と鎖のついた単眼鏡」[13]が含まれていた。キャサリン・ヘイスティが取り戻した大きなトランクのほかに、もうひとつ別のトランクも発見されたが、その中身は消えていた。「波にもまれて空になったか、それとも泥棒たちによるものかは、判別がつかなかった。」[14]
その日の午後遅くに、ソローは牡蠣漁用の小舟で本土のパッチョーグへ渡ろうと、三人の漁師の協力を取りつけた。そこに多くの漂流物収集者たちが住んでいると聞いていたのだ。しかしその旅の収穫はなく、ソローは危うく命を落とすところだった。漁師たちは数時間遅刻し、酒場で暗くなるまで酒を飲みながら潮が満ちるのを待っていたのだと言い訳をした。男たちのうち二人は、道中ずっと船底の汚水と吐しゃ物の中でのびていて、深酒の酔いをさましていた。三人目の男が舵を取ったが、近くの小屋から漏れる灯りを遠方の灯台の光と間違え、もう少しで船を座礁させるところだった。パッチョーグに上陸してソローが得た唯一の答えは、ドミノ遊びをする数人の若者たちを観察して突きとめたものだけだった。若者たちは、難破船から持ち去られた帽子をかぶってめかしこんでいた。マーガレットの衣装トランクから盗まれた帽子に、母親たちがふさ飾りやボタンを縫いつけたのだろうと、ソローは推測した。
ソローはファイア島に戻り、数点の衣服が取り戻されたことを知った。見つかった衣服とは、マーガレットの頭文字が刺繍されたシャツ、子ども用の下着、男性用のシャツだった。しかし、もはや書類はどこにも見つからなかった。マーガレットの原稿は、トランクの書類の中に含まれておらず、彼女の指示で一等航海士のデイヴィスが客室から回収していた小さな移動式の机の中にもなかった。[15] エラリー・チャニングは、キャサリン・ヘイスティが荷物の中身を乾かすのを手伝うため、あとに残っていた。マッツィーニとミツキェヴィッチ[16]からの貴重な手紙は、マーガレットとジョヴァンニとの往復書簡と、彼女が一八四九年の初めの数カ月にローマでつけていた薄い日記帳と共に見つかった。日記は、ちょうどローマ包囲の始まった時点で終わっていた。他には何もなかった。ソローがジョヴァンニの都市警備員の上着に偶然出くわすまでは、何も見つからなかった。彼はその上着のボタンをひとつはぎ取り、コンコードに戻る際にポケットに入れていた。ボタンの堅固な実体性は、消えた命の捜索をあざけるようなものだった。ソローはそのボタンについて、日記に書き記している。「手にとってみると、それは光を遮り、影を落とす——いわゆる、実体のあるボタン——それなのに、このボタンが関わるすべての命は私にとって、もっともかすかな夢ほどの実体性もない。[17]」

エリザベス号が沖合で浸水沈没してから一週間後、灯台から一マイル以上離れた浜辺で、鮫によって識別できないほど損傷した「人間の骨格の一部[18]」の漂着が報告された。ソローもこの報告に従い、今ではすっかり無人となった海岸線をもう一度徒歩でたどり、「人体の遺骸[19]」を見つけた。彼の後の記述によれば、その遺骸は布にくるまれていて、その場所は「突き立てられた棒」で目印をされていた。「近寄ってみると、それらはわずかばかり肉が付着した骨片にすぎず、注目に値するものではなかった[20]」とソローは書いている。その遺体が「男性のものか、それとも女性のものか」——マーガレットか、ジョヴァンニか、ホレス・サムナーか、あるいは別の誰かなのか——「確信を持って判断できるような解剖学的特徴[21]」を、ソローは判別することができなかった。

無益な捜索を何日も続けた後に、ソローはこの劇における自分の役回りの無意味さを鋭敏に感じていた。そして、「そばに立っている間に、［遺骨は］次第に存在感を増していった。浜辺と海のほかに見えるものといえばただこの遺骨だけであり、空ろな海鳴りの音はまるでそれに語りかけているようであった[22]」。初期の執筆原稿がマーガレットという厳しい編集者の目にさらされてきた三十三歳の作家には、「骨と海とは以心伝心の仲であって、めそめそした同情心を抱いている私などは必然的にそこから閉め出されているような気がした。この死体こそ海辺の所有者であり、それが持つある種の威厳によって、生者にはない支配権をそこに振るっていたのである」。

ヴァチカン美術館のたいまつツアーを回想したフラーの『デモクラティック・レビュー』誌へのエッセイは、七月号の誌面にちょうど掲載された。その最後の数行は、ミケランジェロの室内装飾の夜間観覧のためにサン・ロレンツォ教会へ入りこもうとする、フィレンツェでの彼女の最近の奮闘が描かれたものだった。そこには、「別の光を当てたからといって、それらがより素晴らしく見えるかは分からない。しかし、私は試してみたかったのだ[23]」と記されている。この最後の数行は、『トリビューン』紙が報道した彼女の人生最後の言葉と著しい対照をなしている。同紙によると、エリザベス号の料理人によって報告されたという彼女の最後の言葉は、「目の前には死しか見えない。私は岸にたどり着けないだろう[24]」というものであった。しかし、このことを議論しても始まらない。マーガレットは死んでしまったのだから。

「最後まで彼女の母国は、彼女に冷酷であった[25]」とウォルドー・エマソンは自身の日記にまとめている。おそらく彼は自分が、マーガレットの人生がイタリアでとった驚くべき進路に不安を抱き、アメリカへの帰国を思い留まらせようとした数人の友人たちのひとりであったことを、忘れたいと望んでいたのだろう。いまや彼は、「私は、彼女の内なる観客を失ってしまった[26]」と単に嘆くことができた。マーガレットは知性において彼に匹敵する人物であり、コンコードを離れてからは、人生経験において彼を上回っていた。「私たちがいかに生気がなく、うわべだけの存在であるか、彼女から多くを教わったのだ[27]」と彼はかつて述べていた。そしていまや彼は、マーガレットが崇めていたゲーテへの評価としてよく引用される文章を脚色して、「ほとんど知られることのなかった彼女の心は、誰もが知る彼女の知性と同じく偉大であったのだ[28]」と書いた。幼少時から父親がいなかったウォルドー・エマソンは、繰り返しの喪失の中で成長してきた。誰かが死ぬ度に、その死は数か月に及ぶ憂鬱の形をとって、内奥の激情を解放した。友人であり、共編者であり、知的な議論相手であったマーガレットの喪失は、依然として個人的なものではあったが、これまでの死の経験とは異なる影響を彼に与えた。それは、彼自身の限られた生を警告する衝撃であったのだ。「私はいま、もう数日も残されていないと警告された仕事を急いでいる[29]」とエマソンは書き残している。

ひそかに日記のなかで、ホレス・グリーリーはマーガレットの本――「彼女の経験と人生が豊富につまった本[30]」であったろうと彼は推測していた――が失われたことを嘆いた。グリーリーは『トリビューン』紙の彼女の死亡記事を自ら執筆し、既に出版されていた彼女の作品の新版を呼びかけ、「アメリカは、その知的才能にせよ、教養にせよ、マーガレット・フラーを超える女性を生み出していない」と締めくくった。そして彼は『トリビューン』紙の数ページを、フラーを追悼する詩のために割いた。超越主義者のグループの一員として、ボストンで、そして後にローマでも彼女と交流のあったクリストファー・ピアース・クランチが、最初の哀歌のひとつを寄稿した。それは、ロバート・ローウェルやエイミー・クランピットを含め、アメリカの詩人たちを二十世紀に至るまで困惑させることになるひとつの主題に寄せたものだった。彼女の溺死への直接的な反応として書かれ、『トリビューン』紙に掲載された他の抒情詩と同様に、クランチの「マーガレット・フラー・オッソーリの死に寄せて」は明白な悲痛を表現している。

おお、静かで甘美な夏の昼よ！　おお、月明かりの夜よ！
猛烈な嵐のあとにどうして輝けるのか！……
彼女は我々のもとから去ってしまったのに――逝ってしまった、永遠に失われた、
激しい大波のなかに、のみ込まれ、失われた――
愛と、人生と、希望と、そして高い野心に満ちたまま逝ってしまった、
我々が彼女に最上の歓迎をしようとしたちょうどその時に。(31)

しかし、マーガレットはどれだけ温かく歓迎されただろうか。彼女の悲劇的な死は、彼女の秘密の結婚と子どものニュースがニューイングランドに届いてからずっと、マーガレットの友人たちの心を占めていた話題に、さらなる憶測を呼ぶだけだった。この疑問を思案することが、哀悼の形となり、喪失と折り合いをつける手段になった。八月一日までに、キャリー・スタージス・タッパンは一束の書類を受け取っていた。それはコンコードから送られたもので、その中にはエラリー・チャニングとヘンリー・ソローがウォルドー・エマソンへ宛てて詳

細に書いた難破事故の報告が含まれていた。それは郵便を通じて手紙や日記のやり取りをしたかつての時代を彷彿とさせるものだったが、その内容は測り知れないほど悲しいものだった。その危機において、マーガレットの行動は「なんと彼女らしかったことだろう」[32]と、キャリーは断言する。岸を目指さないと決断すると、救命具を船員のひとりに渡し、「自分の子どもを救うことができなかった際に、その子と別れることを拒んだのだ」。またマーガレットが死の直前に「お金を彼女の体にかたく結びつけたこと」[33]すら、「彼女がお金の必要性を深く感じていたこと」の悲痛なしるしであった。キャリーは、「常に誰かの世話になってきた」者、すなわち自分自身のような者は、「命が危険にさらされている際にそんなことはしないものだ」と述べている。

そしてキャリーはとりとめなく、いまや不可能となった未来へと思いを巡らせた。「彼女が無事に到着していたら遭遇したであろう偏見は、彼女を襲った波以上に、勇敢に立ち向かうのが困難なものであったと思われる。」[34]マーガレットは、キャリーの回想によれば、「たとえ見知らぬ人物からであっても、冷淡さや悪意にはいつも非常に敏感だった」。人生の終わり方についてすらマーガレットにふさわしいものがあり、「彼女の帰国は、鳥の巣を雨宿りの木から引きはがし、海に捨てるようなものだった」。そしてキャリーは恩師への、自分が愛し、また恨んだ女性への、最後の愚弄に抗しきれなかった。キャリーは人生の早い段階で喪失を被っていた——子どもの頃に、愛する兄が海で、急激に動く帆桁に打たれ、船外へ投げ出されてしまったのだ。彼女の母親は悲痛のあまりに気が狂ってしまった。「なぜ私たちはみな、すべてを失うことに怯えなければならないのだろう。」キャリーは自問し、夫と息子と共に沈没するエリザベス号に残ったマーガレットの決断に疑問を呈した。「我々が恐れるのは、悲しみではなく、単調で退屈な日々である。」マーガレットは、キャリーもまた棄てたのだ。

キャリーは既婚女性としての、そして母親としてのマーガレットを知らなかった。キャリーは自分の古い友人が、シェイクスピアのヒロインたちのように——『十二夜』のビオラや、マーガレットが『十九世紀の女性』においてペンネームを用いた自伝的スケッチに名前を借りた『あらし』のミランダのように——海難死から自身を救うことができたはずだと信じたのだろうか。「私はただ一人の変わらぬ友人として、自分自身に頼らねばならない[35]」と作家の声で叫びながら、「自身の道を進むことを、そしていかなる男にもその邪魔をさせないこと[36]」を誇りながら、このマーガレット兼ミランダは夫と子どもを棄て、岸への活路を見出そうとしたのだろうか。四年前にロンドンからキャリーへ手紙を書く際に、マーガレットは、結婚のために「高貴な」自立を放棄し、芸術家としての仕事を続けることで「世界という大河に船出」することに失敗したと、この若い女性を同様に責めていた。マーガレットは正しかった。キャリーは結婚生活において、すでに不幸だった。すでに目の前の退屈な日々、生きながらの死を恐れていたのだ。

キャリーはマーガレットの溺死という恐ろしいニュースを、ソファイア・ホーソーンとナサニエル・ホーソーンに伝えた人物であった。この二人は、二人の子どもたちと共にハイウッドの土地に建つ小さな田舎家に居を構えていた。その土地はレノックスのサム・ウォードからタッパン家が借りていたもので、ナサニエルは子供向けの物語の中で、その地をタングルウッドと名付けることになる。ナサニエルの最初の長編小説である『緋文字』は早春に出版され、それから十日のうちに初版は完売し、その著者を即座に名士にした。しかし金銭的には依然として苦しく、ナサニエルが「赤い家」と称した簡素な田舎家――「緋文字と同じくらい赤い[37]」と彼は喜びと共に記した――をキャリーが最低限の賃料で提供したことは、願ってもない申し出であった。特にナサニエルの本は、その前年に猟官制度によって彼が仕事を失うまでに出会ったセイラムの税関の人々、つまり彼の元同僚を風刺した序文によって、故郷に多くの敵を生んでいたのでなおさらだった。

キャリーが持参した難破についての新聞記事を読んで、ソファイアは「難破船のただ中で、一人きり両手を膝に置いたマーガレットの姿や、その上で砕ける激しい波ほど、言語に絶する苦痛[38]」を考えられなかった。ソファイアはボストンの母にあてた手紙で、「少なくともアンジェリーノが救出されていれば[39]」と願った。しかしマーガレットとジョヴァンニに関しては、「もし彼らが想像されていたとおり、本当に互いに分かち難く結びついていたならば、彼らが共に死んだことを私は嬉しく思うわ」と述べている。数年前にソファイアは、『十九世紀の女性』におけるマーガレットの結婚への批判を退け、自分のように「本当の結婚」をしないかぎり、マーガレットにはその制度を語る権利はないと論じた。しかしいまや、「人生におけるすべての人間関係において、彼女の新たな、そしてより深い人生経験と――観察力を考慮すると（中略）マーガレットの死はあまりにも大きな損失」だとソファイアは感じていた。

しかしマーガレットとジョヴァンニの結婚のゴシップは、溺死のニュースとほとんど同じ速さで伝わっていった。ジョージ・リプリーとウォルドー・エマソンは、侯爵というジョヴァンニの爵位の正確な意味に困惑し、「それは、ニューイングランドの行政官とほぼ同等なものだろう」[40]と考えていた。ソファイア・ホーソーンの姉メアリーは、リディア・マライア・チャイルドから、ジョヴァンニは「この国では［マーガレットの］夫としてまったくふさわしくなかった。（中略）彼はここでは何者でもなかった――何もできず、何者にもなれず、何にもならず、彼女の地位を下げてしまっていただろう」[41]と聞いていた。マーガレットは、成立してから間もない彼女の家族の「唯一の生計の見込みが彼女のペンによるものだった」にもかかわらず、二人目の子どもを妊娠していると噂されていた。マライア・チャイルドは、マーガレットがアメリカに到着していれば、彼女は「組み合わせの不釣り合い」を「充分に理解しただろう」と推測した。「いかに骨が折れる不安定な生計を彼女が得なければならなかったかと考えると、その旅立ちは苦しく憂鬱なものであったけれど、二人が一緒に天国へ旅立ったことには感謝してもよいでしょう」とメアリーは締めくくっている。

マライア・チャイルドの暴露はさらに進んだ。彼女はメアリーに、「マーガレットに見受けられたほどの愛情の渇望を見たことがない」[42]と話し、ニューヨーク市で共にジャーナリストであった時代の出来事を回想している。マーガレットは「突然泣き出し」、もし子どもを持てなければ、「きっと死んでしまうだろうと恐れている」ことを打ち明けたという。「高い野心を持つマーガレットがそんなことを言う女性である」ことに驚き、いまや政治家のホレス・マンと結婚し、自身が三人の幼い男の子たちの母親であったメアリー・ピーボディは、ソファイアへの手紙に、「たとえ特別に知的ではなかったとしても、彼女に対して熱心な愛を見せた最初の男性と彼女が結婚したことは、不思議なことではないわ」と書いている。

「マーガレットって、なんて気の毒なのかしら[43]」と、ソファイアは返事を書いた。彼女もいまや、確信していた。「もし彼女の夫に、影響力や有用性がまったくなかったのなら」マーガレットはアメリカに戻っても「心の平安や安らぎを覚えることはなかった」でしょう――「彼女が死んでしまったことを、うれしく思うわ」。ソファイアは口の軽いマライア・チャイルドに対しても同様に、辛辣な言葉を用いている。「彼女の性質には、女性的ではない下品な傾向があるわ。私は改革運動の女性たち（リフォーム・ウィーメン）の類が嫌いよ。姉さんはどう？　私は、女性はいつも精神的に、上着や帽子ではなくヴェールを身につけるべく神に定められていると思うわ。[44]」

しかしソファイアとメアリーの姉であるエリザベス・ピーボディはまだ結婚しておらず、かつて自分がボストンの文学市場に入るのを助けたマーガレットについて、また彼女のローマでの慣習に囚われない男女関係についても、もっと思いやりのある評価をしていた。「マーガレットのロマンティックな性格にとって、この小さな秘密を季節が変わるまで」持っていることは「不快ではなかったのだろう[45]」とエリザベスは考えていた。

ソファイア・ホーソーンの「改革運動の女性たち」への嫌悪は、内気で無教養のジョヴァンニ・オッソーリ侯爵をアメリカで共に暮らすために連れ帰ることから生じる論争以上に、アメリカへの帰国に際してマーガレットを悩ませたであろうある闘争の前兆であった。マーガレットがヨーロッパにいる間に、かつて彼女が『十九世紀の女性』によってその始動に助力した女権拡張運動は、ニューヨーク州セネカ・フォールズにて準備期間もなく開催された第一回会議と共に、積極行動主義に急成長していた。この会議は、ルクレティア・モットやマーガレットのボストン談話会の参加者であったエリザベス・ケイディ・スタントンらによって呼びかけられた。それは一八四八年のことで、革命の風が欧州に吹き荒れた年だった。もしマーガレットが一八五〇年夏の大西洋横断を生き延びていたら、その年の十月にマサチューセッツ州のウスターで開催が予定されていた第一回全米女権拡張会議への参加が期待されていただろう。その会議の議長であったポーリーナ・ライト・デイヴィスは、反奴隷制活動家から女性参政権論者に転じた人物であった。彼女は後年になって、一八五〇年の五月にマーガレットに手紙を書き――マーガレットがその手紙を受け取ることはなかったが――彼女に二日間の会議の議長役を依頼したことを回想している。「彼女が了承してくれたかどうかはわからない」と、デイヴィスは認めている。しかし、「少なくとも私は彼女に、この運動の指揮を任せたかったのだ」[46]。

その代わり、十月二十三、二十四日に、遠くはオハイオ、ペンシルヴァニア、ヴァーモント、ニューヨーク北部から会議の代表者たちが、ソジャーナ・トゥルース、ルクレティア・モット、フレデリック・ダグラス、ルーシー・ストーン、ウィリアム・ロイド・ギャリソンらが女性参政権やその他の一連の改革運動を支持して演説するのを聞くために集まった際に、聴衆は黙とうを捧げた。「私たちは、彼女の導きの手――彼女の気高い存在を哀悼するために残されたのだ」[47]とデイヴィスは回想している。しかしその会議の二人の副議長のうちの一人であったウィリアム・チャニングをのぞいて、これらの著名な急進論者たちは、マーガレットの同志ではなかった。ウォルドー・エマソンはマーガレットの追悼伝記に専念していることを主張し、この会議への参加を回避していた。このような会議で千人以上の参加者たちと話すことは、マーガレットのやり方とはかけ離れたものであった。

それにもかかわらず、ポーリーナ・ライト・デイヴィスは、女権拡張運動と「一八四八年のヨーロッパの運動[48]」――マーガレットが熱心に擁護し、しばらくの間は確実に成功すると思われた革命の波――との結びつきを引合いに出しながら、基調演説を始めた。デイヴィスは、「善い大義と善意のみをあてにする」だけでは足りないと警告した。明確な目的を持つ強固な組織が必要なのだ。演説を続けるうちに、彼女の言葉はマーガレットの『トリビューン』紙のコラムや、『十九世紀の女性』から引き出されていったのかもしれない。デイヴィスは、本質的に「急進的で普遍性のある改革」を唱えた。それは、「使い古されたものを、生き生きとした美しいものに置き換える」改革であった。彼女は「新しい時代をもたらす運動――階級の解放、世界の半分の救済、すべての社会的、政治的、産業的な権益と制度の適切な再編成」――すなわち「人権」のための運動を構想していた。

数人の親しい友人たちにその死は幸いであったと結論づけさせた、帰国に際するマーガレットの受け入れの問題は、より厄介な問題の存在を暗示するものだった――はたしてマーガレットは、死を願っていたのだろうか？　家族への献身のためとはいえ、救助を「拒否」できた人物に、自殺めいたという以上のものがあったのだろうか？　マーガレットに親しかった者たちは誰もが、彼女が時折絶望に陥っていたことや、苦境からの解放を繰返し願っていたことを知っていた。この問題は、マーガレットの奔放な人生の豊かな土壌に繁茂しており、消えることはなかったのだろう。多くの人々にとって、マーガレットの選択は、常に思いもよらないものであった。最期の時に、彼女は死という解決法を歓迎したのだろうか？

一八八四年になっても、初老のウィリアム・ヘンリー・チャニングは未だに、ウォルドー・エマソンやジェイムズ・フリーマン・クラークと共に、マーガレットの死後すぐに出版に加わった追悼本の中の海難事故の報告によって、そのような憶測を扇動したかもしれないと「胸を痛めていた」[49]。「夫と息子から離れないという決意から」、その場において、「私たちの神聖なMは、ほとんど故意に（中略）自分の命を棒に振ってしまったように思える」とチャニングは、マーガレットの伝記に取り掛かっていたトーマス・ウェントワース・ヒギンソンへの手紙の中で彼女の死を惜しんだ。キャロライン・ヒーリー・ドールは、マーガレットの談話会の若き記録係であった。実際に、一八五二年の『マーガレット・フラー・オッソーリ回顧録』にチャニングが書いたマーガレットの悲劇的結末を読んだ後に、自分より知的に劣ると思っている男性と不幸にも結婚していたドールは、「マーガレットが喜んで死んだ[50]」ことは大いにありうると考えた。ただしそれは、チャニングの想像とは違った理由によるものだった。ドールは、マーガレットは「霧が晴れる前に」、すなわちジョヴァンニ・オッソーリとの「ロマンティックな結婚」が、「心と体」——そして「知性」——の「結合」したものではなかったと認めさせられる前に、死を選んだに違いないと信じたのだった。

しかし人生の最後の年にマーガレットが書いた文章には、無謀さ、諦め、世の中の非難に対する責任逃れなどではなく、危機に直面した際の不屈の精神が見て取れる。「本当の危機に直面した時にも、私は未だに恐れを抱いたことなどない[51]」と、ニノの誕生の後に、水没した道をローマに向かう旅路について、マーガレットは母に書いている。もし噂通りに、マーガレットがまた妊娠していたならば、あるいはたとえそうでなくても、彼女はまだジョヴァンニを愛していたのだろう。彼女は、家族の未来を信じていた。彼女が帰国の前日にフィレンツェからウィリアム・チャニングに向けて書いたように、マーガレットにはわかっていたのだ。「最初はあらぬ噂や誤解がたくさんあるに違いないでしょうが、私たちが再会した時には、私がしたことのすべてに十分な理由があったことが、あなたにはお分かりになるでしょう。[52]」

マーガレットがイタリアでしたすべてのこと、彼女が苦しみ、くぐりぬけてきたすべてのこと——孤独な出産、ジョヴァンニとニノとの数か月の別離、ローマ包囲中の生活、ニノが瀕死の状態に陥ったこと——が、帰郷の旅路で「猛烈な嵐」に遭遇するという最後の山場を彼女に準備していたのだ。彼女はかつて、「お父さんが嵐の中を帰宅しなくてもよいことを願っています[53]」と、激しい嵐の中にいる父親の安全を懸念する、人生で初めての手紙を書いた。その父親とは異なり、帰郷する放蕩者マーガレットは、彼女の最も大事な存在と旅をしていた。マーガレットは、自身の指針とみなした神話のヒロインにふさわしい勇敢な決断を行い、愛する人たちを後に残さなかった。「生きてきたのだから、私はいま、死を恐れることはない。[54]」

マーガレットとジョヴァンニの墓は作られようがなかったが、その海難事故から五年経たぬうちに、彼女の家族はケンブリッジのマウント・オーバーン墓地に石碑を建てた。ニノの遺体は、海難事故の数日後に、ファイア島からケンブリッジポートに移された。そしてマーガレットの父ティモシー、妹ジュリア・アデレード、弟エドワードらの遺体と同様に、未来の世代を収容するには十分に大きい、青草のみずみずしく茂る、まるで庭園のような墓地の一画に、改めて埋葬された。母マーガレット・クレインの計画通りに、フラー家が「心を交えてきたように、共にちりを交える[55]」ことができるようにと。マーガレットの妹のエレン・チャニングが、最初にそこに加わった――彼女は肺結核で、一八五六年に命を落とした。

以来、多くの訪問者たちが――心を痛めて、好奇心をそそられて、霊感を受けて――マーガレットの記念碑に足を運んだ。そのため、墓地の入口から丘の斜面を登り、フラー家の区画に至る道は踏みならされた小道となり、ついには、その墓地で最初の舗装された道となった。その花崗岩で作られた記念碑の――そこには「マーガレット・フラー・オッソーリ」と「彼女の夫、ジョヴァンニ・アンジェロ・オッソーリ侯爵」へと記されている――見る者を安心させるような堅固な実体性にかかわらず、彼女がかつて外国から友人へ向けた手紙の結びに書いたように、マーガレットはいまや、いつもただ「遠くであなたと共に[56]」あるのかもしれない。そしておそらくこのことが、多くの人々ができるだけこの記念碑に近寄り、さよならを伝えたいと願う理由なのだろう。

注

（1）［訳注］本稿は Megan Marshall, *Margaret Fuller: A New American Life*（Boston: Houghton Mifflin, 2013）の最終章の日本語訳である。翻訳に際し章題を改め、必要に応じて訳注を追加した。

（2）“Letter of Bayard Taylor,” Fire Island, July 23 [1850], first published in *New-York Tribune*, reprinted in Margaret Fuller, *At Home and Abroad; or, Things and Thoughts in America and Europe*. Ed. Arthur B. Fuller (New York: The Tribune Association, 1869), p. 425.

（3）“H. Thoreau’s Notes,” BPL を参照し、チャールズ・キャパーはその距離を「三百ヤード以下」（*CFII*, p. 506）としているが、ベイヤード・テイラーの "Letter of Bayard Taylor" では、難破船の位置は「岸から遠くとも五十ヤード」（p. 425）となっている。この食い違いはおそらく、潮の干満によるものと思われる。

（4）"Letter of Bayard Taylor," pp.427–28.

（5）Ibid., p. 426.

（6）Ibid., p. 428.

（7）Ibid., pp. 427–28.

（8）［訳注］イタリア人の政治活動家ジュゼッペ・マッツィーニ。マーガレットとマッツィーニの出会いについては *Margaret Fuller: A New American Life*, pp. 280–81 を参照。

（9）*CFII*, p. 512 の引用による。

（10）*ELIV*, p. 219. また Robert D. Richardson Jr., *Henry Thoreau: A Life of the Mind* (Berkeley: U of California P, 1986), pp. 212–13 も参照。フラーの友人たちや家族が難破の現場へと旅立ち、到着した日時の正確な特定は困難である。筆者の記述は、以下の文献に見られるいくぶん矛盾した説明による。*CFII*, p. 513, Walter Harding and Carl Bode, eds., *The Correspondence of Henry David Thoreau* (New York: New York UP, 1958), p. 261.

（11）*JMNXI*, p. 256.

（12）*JMNXI*, p. 258.

（13）Ralph Waldo Emerson to Hugh Maxwell, August 3, 1850, PSR.

（14）Ralph Waldo Emerson to Hugh Maxwell, August 3, 1850.

（15）［訳注］エリザベス号の座礁後に、船員や乗客たちは船首楼に集められた。その後、デイヴィスはマーガレットの依頼で客室へと戻り、彼女の移動式の机と財布を運び出した。この机には、マーガレットの原稿が入っていたと思われる。この件については、*Margaret Fuller: A New American Life*, p. 375 を参照。

（16）［訳注］ポーランド人の詩人かつ政治活動家アダム・ミツキェヴィッチ。マーガレットとミツキェヴィッチの出会いについては、*Margaret Fuller: A New American Life*, 286–88 を参照。

（17）Bradford Torrey and Francis H. Allen, eds., *The Journal of Henry D. Thoreau*, Vol. 2, 1850–Septmber 15, 1851 (Boston: Houghton Mifflin, 1949), p. 43. ソローは同じ文章を一八五〇年八月九日のＨ・Ｇ・Ｏ・ブレイクに宛てた手紙にも書いている。こ

の手紙については *Correspondence of Henry David Thoreau*, p. 265 を参照。また Walter Harding, *The Days of Henry Thoreau: A Biography* (New York: Dover, 1982), pp. 278–79 も参照。

（18）*Correspondence of Henry David Thoreau*, p. 263.

（19）Henry D. Thoreau, *Cape Cod* (New York: Thomas Y. Crowell, 1961), pp. 123–24. 以後、*Cape Cod* の日本語訳に際しては、飯田実訳『コッド岬』（東京：工作舎、一九九三）を適宜参照した。

（20）*Cape Cod*, pp. 123–124.

（21）*Correspondence of Henry David Thoreau*, p. 263. チャールズ・キャパーは、ファイア島のある船乗りによって「難破からしばらくして」発見された二つの遺体についての興味深い報告を追っている。その船乗りは、ホレス・グリーリーのもとへ遺体を送ろうと試みたが、グリーリーは身元確認をするにはあまりに長い時間が経過していると考えて遺体の輸送を断り、船乗りは二つの遺体を、葬儀も墓標もなくコニー島に埋葬した。この話の出所は、ファイア島のパブの所有者であったフィーリクス・ドミニーであり、ソローが調査中に話を聞いた人物のひとりだった。ドミニーは、水没事故の四年後に、その話をマーガレットの家族に伝えた。それらの墓の場所の手がかりはなく、そしておそらくはこの話の出所の信憑性も薄かったために、マーガレットの家族はこの調査に着手しなかった。このことについては、*CFII*, pp. 513–14, 622 n. 26 を参照。またこの時までに、故人たちの財産に関してフラー家とオッソーリ家の両家によってなされた訴訟と反訴は解決されていた。この解決は、部分的には、「オッソーリ侯爵と彼の妻の遺産は発見されなかったこと」、そしてマーガレットには「財産はなく」、むしろ「負債」があったことを立証するバングズ船長の宣誓供述書によるものだった。おそらく、二人の残した負債の発覚は、二つの家族間の論争を復活させたと思われる。このことについては、Joan Von Mehren, "Margaret Fuller, the Marchese Giovanni Ossoli, and the Marriage Question: Considering the Research of Dr. Roberto Colzi," *Resources for American Literary Study*, vol. 30, 2005, p. 130 を参照。

（22）*Cape Cod*, p. 124.

（23）Margaret Fuller, "Recollections of the Vatican," *United States Magazine and Democratic Review*, vol. 27, July 1850, p. 71.

（24）"Letter of Bayard Taylor," p. 427.

（25）*JMNXI*, p. 256.

（26）*JMNXI*, p. 258.

（27）*JMNVIII*, p. 368.
（28）*JMNXI*, p. 257.
（29）*JMNXI*, p. 258.
（30）*CFII*, p. 514 の引用による。
（31）C. P. Cranch, "On the Death of Margaret Fuller Ossoli," "From the Tribune," undated newspaper clipping c. August 1850, bMS Am 1086 (misc.) B, FMW. 後の版では、「猛烈な」（"dear"）の箇所が、「陰鬱な」（"drear"）に修正された。また *At Home and Abroad*, p. 436 にあるように、詩のタイトルも "Margaret Fuller Ossoli" と改題された。
（32）*VM*, p. 339 の引用による。
（33）〔訳注〕船の難破後、マーガレットは財布から取り出した金貨をスカーフで巻き、それを自身のウエストに結びつけていた。詳細は *Margaret Fuller: A New American Life*, p. 375 を参照。
（34）*VM*, p. 339 の引用による。
（35）*WNC*, p. 29.
（36）*WNC*, p. 28.
（37）James R. Mellow, *Nathaniel Hawthorne in His Times* (Boston: Houghton Mifflin, 1980), p. 317 の引用による。
（38）Sophia Peabody Hawthorne to Mrs. Elizabeth Palmer Peabody, August 1, 1850, Berg.
（39）〔訳注〕アンジェリーノとは、マーガレットの息子ニノを指す。
（40）*JMNXVI*, p. 210.
（41）Mary Peabody Mann to Sophia Peabody Hawthorne, [1850], Berg.
（42）Ibid.
（43）Sophia Peabody Hawthorne to Mary Peabody Mann, September 9, 1850, Berg.
（44）Sophia Peabody Hawthorne to Elizabeth Palmer Peabody, December 29, 1850, Berg.
（45）Elizabeth Palmer Peabody, "Miss Peabody's Reminiscences of Margaret's Married Life," *Boston Evening Transcript*, June 10, 1885.
この記事について注意を喚起してくれたメアリー・デ・ヨングに感謝したい。この文章は一八七〇年に書かれ、マーガレット・フラーの七十五回目の誕生日を祝って掲載されたものである。

（46） Paulina Wright Davis, *A History of the National Woman's Rights Movement, for Twenty Years* (New York: Journeymen Printers' Co-operative Association, 1871), p. 14.

（47） Ibid., p. 14. またマーガレットへの黙とうについては *VM*, p. 339 を参照。

（48） *The Proceedings of the Woman's Rights Convention, Held at Worcester, October 23 and 24, 1850* (Boston: Prentiss & Sawyer, 1851).

（49） William Henry Channing to Thomas Wentworth Higginson, January 5, 1884, Margaret Fuller Papers, Folder 194, BPL.

（50） Joel Myerson, ed., *Fuller in Her Own Time* (Iowa City: U of Iowa P, 2008), p. 117.

（51） *FLV*, p. 149.

（52） *FLVI*, p. 57.

（53） *FLI*, p. 79, original document fMS Am 1086 [9:I] FMW.

（54） Margaret Fuller poetry fragment, Fuller Papers, Folder 141, BPL.

（55） *VM*, p. 339 の引用による。

（56） *FLIV*, p. 274.

注内の省略記号

書籍

CFII: Charles Capper, *Margaret Fuller: An American Romantic Life*, vol. 2, *The Public Years* (New York: Oxford UP, 2007).

EL: *The Letters of Ralph Waldo Emerson*. 10 vols. 1–6, Ralph L. Rusk, ed.; vols. 7–10. Ed. Eleanor M. Tilton. (New York: Columbia UP, 1939, 1990–95).

FL: *The Letters of Margaret Fuller*. 6 vols. Ed. Robert N. Hudspeth (Ithaca, NY: Cornell UP, 1983–94).

JMN: *The Journals and Miscellaneous Notebooks of Ralph Waldo Emerson*. 16 vols. Ed. William H. Gilman et al. (Cambridge: Harvard UP, 1960–82).

VM: Joan Von Mehren. *Minerva and the Muse: A Life of Margaret Fuller* (Amherst: U of Massachusetts P, 1994).

WNC: Margaret Fuller, *Woman in the Nineteenth Century* (New York: Greeley and McElrath, 1845).

所蔵資料

Berg: Henry W. and Albert A. Berg Collection of English and American Literature, New York Public Library, Astor, Lenox, and Tilden Foundations

BPL: Rare Books and Manuscripts, Trustees of the Boston Public Library

FMW: Fuller Manuscripts and Works, Houghton Library, Harvard University

PSR: Swedenborgian House of Studies, Pacific School of Religion

あとがき

文学における越境やトランスナショナルなテーマが注目され始めて久しい。とはいえ、今回、南北戦争前後のアメリカ社会を生きた女性たちが、当時国境を越えた世界にどのような関心を持っていたかという切り口でその作品を読むことで、実に多くの新鮮な発見があった。単なる地理的移動や異文化への関心だけでなく、彼女たちを取り巻く不自由な社会環境全体から抜け出そうとする試みも浮かび上がってきた。それは当時アメリカ社会で確立されていた父権制や奴隷制といった既存のシステムへの挑戦であり、新たな社会や宗教や教育の可能性を追求する冒険でもあった。あらためて彼女たちの、現実を打破しようとする強い意志力や行動力、そして未知なるものへの好奇心や探究心に圧倒される。

この論集の発端は、七年前、ピューリッツァー賞の最終候補となった、メーガン・マーシャル氏による伝記『ピーボディ姉妹――アメリカ・ロマン主義に火をつけた三人の女性たち』（南雲堂）の翻訳に、編者たち三名が関わることになった時点まで遡る。中産階級の女性が家庭という領域を超えて活動することが難しかった時代に、この三姉妹がニューイングランドを中心に、理想の女子教育や女性の精神的自立を目指して各地で私設の学校や勉強会を開きながら、当時の著名な聖職者や作家や思想家たちとの交流を深め、知的・芸術的な活動に奮闘する姿には、胸を打つものがあった。とくに現代において、女性が依然として少数派である大学という職場で、未解決の問題や未開拓の分野に日々挑まなければいけない女性研究者である編者たちにとっては、大いに励みとなるような、姉妹たちの活躍ぶりであった。その翻訳作業をきっかけに、二〇一一年度から二〇一三年度まで、「十九世紀アメリカにみる女性思想家・作家たちによる環大西洋交流の社会的・文化的影響」と題する研究プロジェクトを、日本学術振興会科学研究費による助成を受けて、再び三人で取り組むこととなった。そして最終年度である二〇一三年、同じく十九世紀アメリカにおける女性作家たちの作品や活躍に関心を寄せる七名の研究者たちに新たに声をかけ、さらに広い見地から当時の女性たちの越境の挑みを考察し、こうして論集としてまとまったのが本書である。ピーボディの伝記作者であるマーシャル氏から最新のフラー伝記のエピローグの本書掲載許可をいただいたのも、望外の喜びであった。

長い伝記の翻訳作業やこの論集の編集作業を、編者たち三人はそれぞれ、名古屋、広島、松山という、互いに離れた地域に身を置きつつ、電話やメール、時にスカイプなどの最新のテクノロジーを用いながら、試行錯誤で進めてきた。意見の相違は徹底的に話し合った。文字通り、越境の作業を繰り返していたように思う。三姉妹のように親密に仕事が続けてこられたこと、さらに、それを支える多くの人に恵まれたことに、あらためて感謝したい。諸般の理由から、この論集に取り上げられず、紹介できなかった同時代女性作家や思想家、芸術家たちは他にも大勢いる。この論集の刊行を機に、十九世紀という、女性にとって慣習による束縛の多い時代を懸命に生き抜き、現代の私たちに作品や思想を残してくれた女性たちの〈声〉に真摯に耳を傾けようとする人が増え、この分野の研究がますます盛んになることを願って止まない。

辻　祥子
城戸　光世

二〇一三年冬

ヤ・ラ

ユニテリアニズム (Unitarianism) 28–29, 183, 187
ユニテリアン・ユニヴァーサリスト (Unitarian Universalist) 193, 197
ユニテリアン論争 (Unitarian Controversy) v, 24, 27–28, 33, 42
リー、エライザ・バックミンスター (Lee, Eliza Buckminster) v, 23–24, 29, 33–45
リベリア (Liberia) iv, vi, 165–66, 175–80
ルイジアナ (Louisiana) 77, 88, 174–75
ルヴェルチュール、トゥサン (L'Ouverture, Toussaint) 85, 167–68, 171–72
ルツ記 (The Book of Ruth) 38
ロチェスター (Rochester) 41, 69, 90, 171
ロンドン万国博覧会 (The Great Exhibition) 55

『ピアース伝』(*The Life of Franklin Pierce*) 146
ピーボディ、エリザベス (Peabody, Elizabeth) 119, 121, 125, 126, 133,141–42, 144, 146–47, 156, 161–62, 184–85, 187, 198, 214
ピーボディ、ソファイア（ソファイア・ピーボディ・ホーソーン）(Peabody, Sophia) (Sophia Peabody Hawthorn) v, vi, 115–40, 141–42, 144–46, 152–53, 158, 160, 162, 212–14
ピクチャレスク (picturesque) 122, 129, 131, 135
『緋文字』(*The Scarlet Letter*) 25, 212
『病院のスケッチ』(*Hospital Sketches*) v, 93–95, 99, 103–04, 107, 109–10
『フアニータ』(*Juanita: A Romance of Real Life in Cuba Fifty Years Ago*) vi, 141–64
『フィロシア』(*Philothea: A Romance*) 42, 147, 160, 162, 188–89
フォックス、ジョージ (Fox, Gorge) 32, 34
仏教 (Buddhism) vi, 182–86, 189–200
フラー、サラ・マーガレット (Fuller, Sarah Margaret) iv, v, vi, 3–22, 184, 187, 203–23, 226
ブラウニング、エリザベス・バレット (Browning, Elizabeth Barrett) 58
ブラウン、ウィリアム・ウェルズ (Brown, William Wells) 46, 51–53, 55–56, 58, 60, 71, 168, 171
ブラウン、ジョン (Brown, John, 1800–59) 21, 72
ブラウン、ジョン (Brown, John, 1810–76) 71, 73
ホーソーン、ナサニエル (Hawthorne, Nathaniel) v, vi, 17, 25, 50, 115, 116, 125, 137, 138, 143, 146–47, 158–62, 184, 212
ポスト、エイミー・カービー (Post, Amy Kirby) 69
『ホボモク』(*Hobomok*) 26, 182, 186–87
ホリー、セオドア (Holly, Theodore) 176

マ

『マーガレット・フラー・オッソーリ回顧録』(*Memoir of Margaret Fuller Ossoli*) 216
「マーガレット・フラー・オッソーリの死に寄せて」(“On the Death of Margaret Fuller Ossoli”) 210
マーシャル、メーガン (Marshall, Megan) iv, vi, 116, 119, 147, 203, 225
『マーティン・チャズルウィット』(*Martin Chuzzlewit*) 103–04
マッツィーニ、ジュゼッペ (Mazzini, Giuseppe) v, 5, 9–14, 16, 18–21, 205, 207, 219
マン、ホレス (Mann, Horace) 142, 145–47, 162, 214
マン、メアリー・ピーボディ (Mann, Mary Peabody) vi, 115, 121, 123, 130, 133, 136–37, 141–64, 213–14

206–07, 210
チャニング、ウィリアム・ヘンリー (Channing, William Henry) 206, 215–17
チャニング、ウォルター (Channing, Walter) 117, 119, 123, 141, 142
超絶主義 (Transcendentalism) v, 3, 5, 6, 10, 13, 94, 124–26, 184–87, 192, 195, 198–99
デイヴィス、ポーリーナ・ライト (Davis, Paulina Wright) 215–16
ディケンズ、チャールズ (Charles, Dickens) 94, 103, 110
ディックス、ドロシア・リンド (Dix, Dorothea Lynde) v, 94–98, 101, 105–10
テイラー、ベイヤード (Taylor, Bayard) vi, 90, 203–05, 219
ディレイニー、マーティン (Delany, Martin) 177
テニエル、ジョン (Tenniel, John) 57–59
『デモクラティック・レビュー』(*United States Magazine and Democratic Review*) 208
デルモンテ、ドミンゴ (Delmonte, Domingo) 148
テンプル・スクール (Temple School) 147, 185
トウェイン、マーク (Twain, Mark) 63, 94
同胞 (brotherhood) vi, 81, 84, 87, 100–01, 103, 184, 190–94, 196, 198
逃亡奴隷 (Fugitive slaves) v, 48, 52–54, 62–63, 68–69, 71, 73, 75, 90, 154, 176
トランスアトランティック・アボリショニズム (Transatlantic Abolitionism) v, 66–67, 69–71
奴隷制 (slavery) iii, v-vi, 6, 46, 48, 50, 53–54, 56, 59, 60, 61, 67, 70, 72–75, 76, 81, 83, 85–88, 131–38, 142–51, 154–62, 165, 167–69, 171–76, 178, 181, 188, 190–91, 225
奴隷制廃止運動（反奴隷制、奴隷制反対運動家）(abolitionism) v, 46–48, 51–56, 58–60, 62, 67–71, 73, 80, 84–85, 88–89, 136, 138, 143, 145–48, 150, 158–59, 162, 165–67, 171, 178–79, 182, 187–90, 194, 196, 198–99, 215
奴隷体験記 (slave narratives) 46, 51–52, 62

ナ

ナイチンゲール、フローレンス (Nightingale, Florence) v, 94–101, 103, 105–08
南北戦争 (the Civil War) iii, 27, 38, 51, 66, 70, 72, 78, 85, 89, 93, 96–97, 101, 103, 168, 225
『ニューヨーク・トリビューン』(*New York Tribune*) v, 4–6, 20, 156, 203–05, 209–10, 215
ネイチャーライティング (nature writing) v, 122–26, 137

ハ

ハイチ、ハイチ共和国 (Haiti) vi, 120, 165–70, 174–79
ハイチ革命 (the Haitian Revolution) 85, 167–71, 174, 178–79
ハチンソン、アン (Hutchinson, Anne) 24–27, 29–33, 35–36, 38, 41–43
バトラー、ジュディス (Butler, Judith) 59
パワーズ、ハイラム (Powers, Hiram) 56–60, 63

クランチ、クリストファー・ピアース (Cranch, Christopher Pearse) 210
グリーリー、ホレス (Greeley, Horace) 4, 6, 9, 203, 206, 209, 220
グリフィス姉妹 (Julia and Eliza Griffiths) 69
クリミア戦争 (the Cremean War) 95, 100, 106

サ

ジェイコブズ、ハリエット (Jacobs, Harriet A.) v, 46, 66–92
ジェイムソン、アンナ (Jameson, Anna) 118
ジェンダー (gender) v, 46, 51–52, 59–61, 122, 137, 148–49, 155, 157, 160
『十九世紀の女性』(*Woman in the Nineteenth Century*) 4, 11, 211, 213–14, 215
『宗教思想の進歩』(*The Progress of Religious Ideas, Through Successive Ages*) 42, 182, 185, 189
『自由を求めた千マイルの逃走――ウィリアムとエレン・クラフトの奴隷制からの脱出』(*Running a Thousand Miles for Freedom: Or, The Escape of William and Ellen Craft from Slavery*) v, 46–49, 51, 61
所感宣言 (The Declaration of Sentiments) 41
女性参政権運動 (Women's suffrage movement) 182, 193
神智学 (Theosophy) 185–86
心霊電信 (Spiritual Telegraph) 41
スウェーデンボルグ、エマニュエル (Swedenborg, Emanuel) 187
スタントン、エリザベス・ケイディ (Stanton, Elizabeth Cady) 42, 193–94, 214
ストウ、ハリエット・ビーチャー (Stowe, Harriet Beecher) 52, 54, 152, 161, 165–81
スピリチュアリズム (spiritualism) 41–42
青年イタリア党 (Giovine Italia) 10, 13–14
『世界の希求』(*Aspirations of the World*) vi, 182, 184, 190–93, 196–99
全米女権拡張会議 (National Woman's Rights Convention) 215
ソロー、ヘンリー・デイヴィッド (Thoreau, Henry David) vi, 15, 21, 134, 184, 198, 206–08, 210, 219–20

タ

『ダイアル』(*The Dial*) 3, 4, 10, 184–85, 198
ダグラス、フレデリック (Douglass, Frederick) 6, 46, 68–69, 71, 73, 90, 171, 174, 177, 215
チェニィ、ハリエット・ヴォーン (Cheney, Harriet Vaughn) 25, 26, 43
チャイルド、リディア・マライア (Child, Lydia Maria) vi, 26, 42, 51–52, 72, 84, 90, 91, 147, 156, 160–62, 182–201, 213–14
チャニング、ウィリアム・エラリー (Channing, William Ellery) 29, 117, 119, 142, 183, 190,

索 引

ア

『アフリカ人と呼ばれる人々の階級を支持する訴え』(*An Appeal in Favor of That Class of Americans Called Africans*) 147, 158, 161, 188
アボット、エイビエル (Abiel, Abbot) 120, 141, 142
アメリカ独立戦争 (the Revolutionary War) 171
アメリカン・ルネサンス (American Renaissance) 22, 27, 116. 138, 184
『アンクル・トムの小屋』(*Uncle Tom's Cabin*) vi, 52, 54, 152, 165–81
『イギリス及びイタリア覚書』(*Notes in England and Italy*) 116
ヴードゥー (voodoo) 174, 179
エマソン、ラルフ・ウォルドー (Emerson, Ralph Waldo) 3, 9, 15–16, 21, 90, 119, 124, 134, 184–85, 187, 206, 209–10, 213, 215–16
オッソーリ、アンジェロ・ユージーン・フィリップ（ニノ）(Ossoli, Angelo Eugene Philip "Nino") 5, 15, 17, 204–05, 212, 217–18, 221
オッソーリ、ジョヴァンニ・アンジェロ (Ossoli, Giovanni Angelo) vi, 4–5, 15–17, 19, 204–05, 207–08, 212–14, 217–18, 220
オルコット、エイモス・ブロンソン (Alcott, Amos Bronson) 10, 94, 147, 185, 199
オルコット、ルイザ・メイ (Alcott, Louisa May) v, 93–112

カ

カースト (caste) 148–49, 151–53, 160–61
解放民 (Contraband) 80, 84, 87–88
家庭の天使 (Angel in the House) iii, 95, 97–98, 101, 106–08
ギャスケル、エリザベス (Gaskell, Elizabeth) 52
ギャリソン、ウィリアム・ロイド (Garrison, William Lloyd) 11, 51–52, 68, 146, 215
「キューバ日誌」("The Cuba Journal") v, 115–37, 142, 158–60
キューバ文学 (Cuban literature) vi, 143, 148, 152, 154, 161
共和国の母 (Republican Motherhood) 98, 110
キリスト教 (Christianity) 13, 29, 56, 81, 83, 88, 103, 156, 182–84, 186–94, 196, 198–200
クエーカー教 (Quaker, Society of Friends) v, 32, 35–39, 41–44, 194–95
グラシアス・アル・サカル (Gracias al Sacar) 149, 151
クラフト、ウィリアム (Craft, William) v, 46–56, 59–63
クラフト、エレン (Craft, Ellen) v, 46–65

本岡　亜沙子（もとおか　あさこ）
広島経済大学　助教
主要業績：「"Moral Pap for the Young"——Alcott の〈Little Women 三部作〉における家事と教育」『日本ソロー学会研究論集』第 38 号 (2012 年)、「Louisa May Alcott の *Little Women* における教育観」『日本イギリス児童文学会論文誌 *Tinker Bell*』第 56 号 (2011 年)、「転覆する階層関係——Louisa May Alcott の *Under the Lilacs* におけるサーカス表象」『中・四国アメリカ文学研究』第 44 号 (2008 年)

倉橋　洋子（くらはし　ようこ）

東海学園大学　教授

主要業績：『英語研究と英語教育——ことばの研究を教育に活かす』第8巻（共著、大修館書店、2010年）、『テクストの内と外』（共著、成美堂、2006年）、『ホーソーンの軌跡——生誕200年記念論集』（共著、開文社出版、2005年）

髙尾　直知（たかお　なおちか）

中央大学　教授

主要業績：『環大西洋の想像力——越境するアメリカン・ルネサンス文学』（共著、彩流社、2013年）、『アメリカ文学のアリーナ——ロマンス・大衆・文学史』（共著、松柏社、2013年）、F・O・マシーセン『アメリカン・ルネサンス——エマソンとホイットマンの時代の芸術と表現』（共訳、上智大学出版局、2011年）

辻　祥子（つじ　しょうこ）

松山大学　教授

主要業績：『カウンターナラティヴから語るアメリカ文学』（共著、音羽書房鶴見書店、2012年）、*Melville and the Wall of the Modern Age*（共著、南雲堂、2010年）、『かくも多彩な女たちの軌跡：英語圏文学の再読』（共著、南雲堂、2004年）

中村　善雄（なかむら　よしお）

ノートルダム清心女子大学　准教授

主要業績：『水と光——アメリカの文学の原点を探る』（共編著、開文社出版、2013年）、『ヘンリー・ジェイムズ『悲劇の詩神』を読む』（共著、彩流社、2012年）、『笑いとユーモアのユダヤ文学』（共著、南雲堂、2012年）

Megan Marshall（メーガン・マーシャル）

エマソン大学　准教授

主要業績：*Margaret Fuller: A New American Life* (Boston: Houghton Mifflin, 2013)、*The Peabody Sisters: Three Women Who Ignited American Romanticism* (Boston: Houghton Mifflin Hartcourt, 2005)、*The Cost of Loving: Women and the New Fear of Intimacy* (New York: Putnam, 1984)

執筆者一覧
（50 音順）

生田 和也（いくた かずや）
北九州市立大学　非常勤講師
主要業績：『ロマンスの迷宮——ホーソーンに迫る 15 のまなざし』（共著、英宝社、2013 年）、“The Tar and Feathering in ‘My Kinsman, Major Molineux’”『比較社会文化研究』第 31 号（2012 年）

内堀 奈保子（うちぼり なおこ）
日本大学　助教
主要業績：『不道徳な女性の出現——独仏英米の比較文化』（共著、南窓社、2011 年）、「ホーソーンとメルヴィル——『大理石の牧神』と『クラレル』における巡礼をめぐって」『フォーラム』第 15 号（2010 年）、『実像への挑戦』（共著、音羽書房鶴見書店、2009 年）

大串 尚代（おおぐし ひさよ）
慶應義塾大学　准教授
主要業績：『アメリカン・ヴァイオレンス——見える暴力、見えない暴力』（共著、彩流社、2013 年）、『恋の研究』（共著、慶應義塾大学出版会、2005 年）、『ハイブリッド・ロマンス——アメリカ文学にみる捕囚と混淆の伝統』（松柏社、2002 年）

大野 美砂（おおの みさ）
東京海洋大学　准教授
主要業績：『アメリカン・ルネサンス——批評の新生』（共著、開文社出版、2013 年）、『アメリカン・ロマンスの系譜形成』（共著、金星堂、2012 年）、『オルタナティヴ・ヴォイスを聴く——エスニシティとジェンダーで読む現代英語環境文学 103 選』（共著、音羽書房鶴見書店、2011 年）

城戸 光世（きど みつよ）
広島大学　准教授
主要業績：『アメリカン・ルネサンス——批評の新生』（共著、開文社出版、2013 年）、『環大西洋の想像力——越境するアメリカン・ルネサンス文学』（共著、彩流社、2013 年）、『カウンターナラティヴで読むアメリカ文学』（共著、音羽書房鶴見書店、2012 年）

越境する女
――19世紀アメリカ女性作家たちの挑戦　［検印廃止］

2014年3月31日　初版発行

監修者	倉橋洋子
編者	辻祥子
	城戸光世
発行者	安居洋一
組版	ほんのしろ
印刷・製本	創栄図書印刷

〒162-0065　東京都新宿区住吉町8-9
発行所　開文社出版株式会社
TEL 03-3358-6288　FAX 03-3358-6287
http://www.kaibunsha.co.jp

ISBN978-4-87571-076-9 C3098